Ce jour où tu l'as tué

Carole Natalie

Ce jour où tu l'as tué

ROMAN

BOD

@ 2019 - Carole Natalie

Édition : BoD – Books on Demand
12/14 rond-point des Champs-Élysées, 75008 Paris
Impression : BoD - Books on Demand, Norderstedt, Allemagne
Photo : WikimediaImages de Pixabay

ISBN : 978-2-3221-7164-4
Dépôt Légal : Juin 2019

"Fais de moi ton refuge,
en te confiant en moi en tout temps,
et en épanchant ton cœur devant moi"

La Bible
Psaume 62,9

Chapitre 1

Dimanche 15 août 2010 - 17h00

On était à cet instant de la journée où le rayonnement du soleil se fait moins intense, où ce changement de luminosité fait prendre conscience que l'après-midi touche à sa fin et que l'on aborde déjà le début de soirée. La maison d'Isabelle était située sur une route qui sortait de la ville, après avoir dépassé un quartier résidentiel. Elle était au calme, sans être isolée. C'était une bâtisse ancienne, à un étage, avec une porte centrale logée entre les fenêtres du salon à droite et de la cuisine à gauche. La façade en était claire avec des volets rouges sombres. Le jardin était laissé à moitié à l'état sauvage, avec des saules pleureurs, des peupliers qui bordaient le canal tout au fond du jardin, et quelques massifs de fleurs envahis d'herbes folles. Une table et quelques chaises étaient placées sur le devant de la maison, sur un parterre de gravier blanc. Isabelle était à l'intérieur, occupée à donner le goûter à ses petits-enfants, tandis que ses enfants, sa belle-fille et son gendre étaient encore occupés à discuter, assis à la table ou debout à l'écart. Ils venaient de passer la journée ensemble.

Ce jour-là, lorsque tout commença, Michel prit soudainement conscience du changement de luminosité de fin de journée. Et comme à chaque fois, il sentit s'installer en lui ce malaise indéfinissable qui lui survenait à chacune de ces occasions. Mais il n'en montra rien bien sûr. Il se contenta, tout en écoutant sa belle-sœur, de tourner la tête et de chercher sa compagne du regard. Sans véritable surprise, il la découvrit un peu plus loin, sensiblement à l'écart, à l'angle de la maison et de la remise, occupée à discuter seule à seul avec son frère. Lorsqu'il tourna à nouveau la tête vers sa belle-sœur, il se rendit compte qu'elle avait suivi son regard et qu'elle aussi regardait son mari occupé à discuter avec Karine.

"Je me demande ce qu'ils peuvent bien avoir encore à se raconter", pensa Delphine à mi-voix. C'était la première fois, depuis qu'ils se connaissaient, c'est-à-dire depuis dix ans, qu'il l'entendait exprimer à haute voix ce que lui-même ressentait vaguement depuis plusieurs années, sans bien arriver à le formuler. Ainsi, il découvrait que, comme lui, Delphine trouvait bizarre de voir le frère et la sœur encore en grande conversation, alors qu'ils avaient déjà passé l'après-midi à épuiser, lui semblait-il, tous les sujets de discussion possibles. Et ce d'autant plus qu'ils se voyaient ou s'appelaient régulièrement dans la semaine. Et à cet instant, à ce moment précis où la luminosité baisse d'intensité, ou l'après-midi s'efface pour céder la place à la soirée naissante, c'était toujours à ce moment-là que Bastien et Karine s'esquivaient pour se raconter Dieu seul sait quoi.

"Je me pose la même question", répondit-il à Delphine sur le même ton. Elle tourna alors ses yeux bleus vers lui, le regard à la fois surpris et interrogateur. Elle avait parlé à haute voix machinalement, sans vraiment s'adresser à Michel. Mais en entendant la réponse de ce dernier, elle réalisa, elle aussi, qu'elle n'était donc pas la seule à s'étonner de cette étrange complicité qui rapprochait immanquablement Bastien et Karine chaque fois que la famille se rassemblait. Et plus précisément en fin d'après-midi. Elle reprit la parole sur un ton anodin, sans avoir conscience que ses yeux démentaient son apparent détachement. "Je lui ai demandé, une fois, qu'est-ce qu'ils trouvaient toujours à se raconter en fin d'après-midi tous les deux, alors qu'on avait déjà tant parlé." Michel attendit la suite qui ne vint pas. "Et ?...". "Alors rien, répondit-elle en détournant les yeux, selon Bastien, il est tout à fait normal qu'un frère et une sœur ait toujours quelque chose à se dire, même si c'est insignifiant pour les autres. Qu'après tout, ils ont grandi ensemble, qu'ils ont vécu vingt-quatre heures sur vingt-quatre ensemble, et que donc pourquoi s'étonner d'une telle complicité ?".

Michel aurait aimé demander à Delphine ce qu'elle en pensait, elle. Mais il était conscient qu'avec une telle question, il lui faudrait à son tour s'expliquer, justifier pourquoi il s'intéressait à son opinion, pourquoi il trouvait lui-même tellement bizarre que le frère et la sœur disparaissent comme ça chaque fin d'après-midi, pour se dire des choses comme en secret. Alors il se tut. Mais rien qu'au ton de Delphine, Michel avait compris qu'elle était aussi dérangée que lui par ce rituel.

Isabelle survint à ce moment de l'intérieur de la maison. De taille moyenne, les cheveux châtains clair coupés courts, les yeux gris, elle était d'un genre discret. Douce, gentille, attentionnée, elle aimait réunir la famille et faisait en sorte que tout le monde se sente bien. Elle concoctait toujours de bons petits plats, prévoyait des monceaux de gourmandises pour ses petits-enfants, et était toujours aimable avec tout le monde. En été, elle installait la table de jardin devant la maison afin que tout le monde profite du soleil, et que les enfants s'ébattent dans le jardin. En hiver elle recevait dans la salle à manger, où ronronnait un bon poêle à bois, et les enfants investissaient alors les anciennes chambres de leurs parents, tout heureux de redécouvrir à chaque fois leurs vieux jouets.

Isabelle reprit sa place à la table après avoir été donné leur goûter aux enfants. "Vous êtes bien silencieux", dit-elle avec un sourire à sa belle-fille et à son gendre en s'asseyant. "C'est que nous avons déjà bien parlé tout au long de la journée, répondit Michel, et de plus Karine et Bastien monopolisent déjà la parole entre eux ! Nous nous demandions d'ailleurs, Delphine et moi, ce qu'ils peuvent bien trouver à se dire à chaque fois en fin de journée, alors qu'ils ont déjà tant parlé ?".

Il n'aurait pas pu le jurer, mais Michel sembla voir une ombre passer sur le visage d'Isabelle au moment où il posa cette question. Il avait d'ailleurs hésité à la poser, l'espace d'une demi-seconde, mais la curiosité avait été la plus forte, maintenant qu'il avait deviné chez sa belle-sœur une perplexité similaire à la sienne. "Oh, vous savez ce que sont les frères et sœurs, Michel ! Quand on s'entend bien, on a toujours des choses à se dire." L'ombre sur son visage était partie aussi vite qu'elle était venue. "Hum… apparemment, c'est le cas pour ces deux-là !" concéda-t-il d'un ton volontairement railleur.

Il ne voulait surtout pas importuner sa belle-mère en ayant l'air d'émettre des doutes sur la relation de ses enfants, et avait choisi d'abdiquer par le ton de la plaisanterie. Il avait beaucoup de respect pour Isabelle. Non seulement il l'appréciait pour qui elle était, mais il l'admirait aussi sincèrement pour avoir continué seule l'éducation de ses deux enfants, son mari étant décédé prématurément d'une leucémie foudroyante alors qu'ils étaient encore jeunes.

Karine lui avait tout raconté : l'annonce de la maladie, la progression fulgurante, la souffrance, l'enterrement, le deuil. Puis avaient suivi la solitude, le manque d'argent, la peur du lendemain, les restrictions. Marc, encore jeune, n'avait pas prévu d'assurance vie. Il rapportait le seul revenu de la famille puisqu'Isabelle restait à la maison à s'occuper des enfants. Elle avait fait face comme elle avait pu. Lors du décès de son mari, cela faisait plusieurs années qu'elle n'avait pas travaillé. Retrouver un poste de secrétaire dans des circonstances normales aurait déjà été difficile, alors dans le cadre d'un deuil... Elle avait cherché tous les petits boulots qu'elle avait pu, mise en rayon, tressage d'ail avec, de temps à autre, quelques missions de secrétariat en intérim. Elle avait réussi à s'en sortir, tant bien que mal, elle et les enfants avaient au moins mangé à leur faim, même si l'ordinaire avait été... ordinaire. C'était sans compter les anniversaires et les noëls, tristes à chaque fois de l'absence du père, de l'absence de cadeaux, de l'absence de mets raffinés. En âge de faire des études, les deux enfants avaient obtenu une bourse : à force de combativité et de soif de revanche, ils avaient été chacun parmi les meilleurs de leur classe et avaient su convaincre les jurys d'attribution des bourses. Sans aller loin, ils avaient quand même décroché un diplôme de niveau III. Aujourd'hui, ils avaient tous deux un emploi qui leur convenait, correctement payé, ils étaient en couple, avaient des enfants, une maison... que demander de plus ? Et tout ça, ils le devaient en grande partie à Isabelle qui avait toujours été là pour eux, les avait toujours encouragés, soutenus, elle s'était battue pour qu'ils aient la vie la plus normale possible.

Karine et Bastien le lui rendaient bien. Ils allaient la voir régulièrement, ou bien l'appelaient au téléphone ; si elle était malade, ils lui rendaient visite, lui faisaient ses courses, lui préparaient ses repas. Elle faisait semblant de se fâcher, disant qu'elle n'était ni à l'agonie, ni vieille, et qu'elle pouvait très bien s'occuper d'elle-même, mais ni l'un ni l'autre n'écoutait ces paroles et ils continuaient à s'organiser pour assurer son bien-être. Elle ne protestait jamais beaucoup, car elle comprenait bien le fond de leur attitude : en prenant soin d'elle, ils ne faisaient pas que lui rendre ce qu'elle avait fait pour eux, ils lui apportaient aussi l'attention que leur père ne pouvait plus lui accorder, et même, à travers leur maman, c'était aussi leur façon de rendre honneur à leur papa décédé. Alors elle rouspétait pour la forme, tout en laissant faire.

Elle avait accepté sa belle-fille, puis son gendre, avec beaucoup de simplicité et d'amabilité, sans la jalousie que l'on trouve parfois chez les belles-mères, sans comparaison, sans rivalité avec les parents de l'un ou de l'autre. Elle s'intéressait gentiment à leurs familles respectives, posant des questions qui montraient son intérêt, sans jamais être indiscrète ni indifférente. Et bien entendu, elle était une vraie mamie gâteau avec ses petits-enfants, les chérissant, les câlinant, leur préparant plein de douceurs, toujours disponible quand il fallait les garder ou les consoler, jouant auprès d'eux la confidente, la grande amie, la conseillère, voir la psychologue. Et parfois aussi le gendarme, quand ils essayaient de faire des coups en douce.

Enfin, les deux couples avaient de bonnes relations. Michel s'était rapidement bien entendu avec son beau-frère et sa belle-sœur. Sans forcément avoir de grandes affinités, ils avaient tout de même suffisamment de points communs pour pouvoir s'entendre, et même passer de bons moments ensemble, que ce soit chez les uns ou les autres, ou quand ils se retrouvaient tous ensemble chez Isabelle.

Aussi, en cette fin de journée si agréable où tout c'était bien passé, Michel ne voulut surtout pas attrister la mère de Karine en ayant l'air d'émettre des doutes sur la relation de ses enfants. D'ailleurs, qu'aurait-il trouvé à dire ? Qu'il trouvait malsain ces éternels apartés secrets ? Qu'il n'avait jamais réussi à savoir le moins du monde de quoi ils pouvaient bien parler ? Que Delphine pensait visiblement la même chose ?... Il ne dit donc plus rien, tout en songeant qu'il lui faudrait essayer d'en savoir plus, soit auprès de Karine, soit auprès de Delphine, peut-être même auprès de Bastien.

Car enfin, ce soir-là, le soir où tout commença, il venait d'avoir la certitude que son malaise coutumier n'était pas juste le fruit de son imagination, et que les scrupules de Delphine étaient les mêmes que les siens : Qu'est-ce que le frère et la sœur trouvaient toujours à débattre en secret ?

Chapitre 2

Lundi 16 août 2010 - 7h30

Bastien trouvait que, une fois de plus, il avait assumé. On était lundi matin, et il finissait de se raser avant de partir au travail. Il était enchanté de la journée qu'ils avaient tous passé chez sa mère la veille : le temps avait été splendide, le repas délicieux comme d'habitude, l'ambiance agréable, les enfants en liesse. Ils avaient ri, avaient parlé sérieusement, avaient somnolé tour à tour. Les trois femmes étaient allées faire un bout de promenade, tandis qu'il avait raconté à son beau-frère comment il avait voulu passer la tondeuse la semaine précédente, comment il s'était retrouvé à court d'essence avant d'avoir eu le temps de finir, et comment la pelouse arborait maintenant un style iroquois, avec une crête au beau milieu du terrain ! Michel avait bien ri ! Ils avaient ensuite parlé de la dernière finale de Roland Garros, à se demander l'un à l'autre s'il avait vu tel match, ce qu'il avait pensé de tel point, de telle faute, ou discutant encore du jeu des joueurs.

Les enfants, qui avaient entre six et onze ans, étaient ensuite venus réclamer qu'on vienne les aider à construire une cabane à l'aide de branchages qu'ils avaient rapporté des quatre coins du jardin et des environs. Les deux hommes s'étaient dévoué de bon cœur à participer à la construction, retrouvant leur âme de gamins, et riant volontiers en évoquant la tête de leurs épouses quand elles les découvriraient au milieu des branchages. Les trois femmes, rentrant peu après, s'étaient joyeusement mises de la partie. Elles avaient entrelacé les branches les plus fines entre les plus grosses, et tout le groupe avait décidé d'enduire le tout avec de la boue pour étanchéifier les murs. Mais Isabelle avait décidé qu'ils ne passeraient à cette étape qu'après avoir pris le goûter ! Tout le monde avait alors mangé un morceau de tarte aux pommes, les adultes pour faire honneur à leur mère, comme s'ils avaient vraiment faim, les enfants parce qu'ils avaient vraiment faim, et ils étaient reparti de plus belle s'emparer de seaux dans le but de prendre de l'eau du canal pour faire de la boue. Les adultes avaient délaissé ce style d'occupation à leurs enfants, les mamans estimant qu'elles auraient déjà bien assez de vêtements à laver sans que les adultes ne s'y mettent !

Bastien ne savait plus trop comment il s'était retrouvé à l'angle de la maison et de la remise avec sa sœur Karine, mais ils en avaient profité pour commenter la construction des enfants et leurs méthodes d'élaboration, pour rire tendrement en les regardant de loin s'arc-bouter pour remplir leurs seau d'eau, au risque de tomber dans le canal, et avaient évalué avec espoir la solidité de la future construction, espérant que leurs enfants ne seraient pas trop vite déçus de voir la cabane s'effondrer. Bastien avait exprimé à Karine son bonheur de voir que leurs enfants s'entendaient bien. Ils avaient ensuite évoqué quelques souvenirs de leur enfance commune, où eux aussi avaient construit leur propre cabane, avaient puisé de l'eau dans le même canal pour leurs propres projets. Puis ils s'étaient taquiné sur quelques travers qu'ils se connaissaient l'un l'autre, et enfin, comme d'habitude, Bastien avait demandé à Karine si tout allait bien pour elle. A quoi elle avait répondu comme d'habitude que oui, tout allait bien.

Il estimait que son devoir de grand frère était de toujours prendre soin de sa petite sœur, même si elle avait maintenant trente-deux ans, comme elle aimait à le lui rappeler, et de toujours lui demander entre quatre yeux si elle allait bien, même si elle avait passé toute la journée à raconter comment sa vie allait bien. En effet, il avait beau bien s'entendre avec son beau-frère, et le beau-frère en question avait beau avoir l'air d'être un gars bien, il estimait qu'il ne fallait pas se fier aux apparences, que la plupart des gens affichaient toujours un sourire de circonstance pour masquer la réalité, et que son devoir était donc d'aller au-delà de ces apparences pour connaître la vérité. Il s'était déjà fait avoir une fois, il l'avait chèrement payé, et payait toujours, aussi ne voulait-il pas pécher une seconde fois par excès de confiance.

Aussi, il ne manquait jamais une occasion pour demander discrètement à sa sœur si elle allait bien, à quoi elle répondait généralement par un laconique "Ca va", parfois sur un ton franc et convaincant, mais la plupart du temps avec une curieuse façon de détourner son regard, comme si elle craignait de le regarder dans les yeux. Cette attitude ne manquait pas de le laisser perplexe. Il avait insisté, une fois, devant ces yeux qui s'étaient détournés, en redemandant "Tu es sûre que ça va ?", mais elle avait répondu alors d'un ton sec, et cette fois en le regardant bien dans les yeux "Mais oui, que vas-tu chercher ?!", avant de le planter là et de s'éloigner l'air fâchée. Il avait alors pris garde, par la suite, de ne pas se montrer trop intrusif, pour ne pas la contrarier davantage, mais restant perplexe sur cette façon qu'elle avait de répondre en détournant les yeux. Qu'avait-elle à cacher ?

Il avait alors observé le couple de sa sœur et de son beau-frère pour essayer de trouver quelque chose qui pourrait clocher. De déceler, dans les gestes, dans les paroles, dans les regards, ce qui pourrait révéler un problème, un conflit ou un souci qu'ils essaieraient de cacher. Mais il n'avait rien observé de concluant. Il avait également observé Michel dans son comportement avec ses enfants. Là non plus, il n'avait rien vu qui l'interpela. Alors, il avait essayé de bousculer un peu Karine en la poussant dans ses retranchements. Un jour qu'ils se trouvaient seuls, il en avait profité pour lui demander, comme à son habitude, si elle allait bien. Et comme il s'y était attendu, elle lui avait répondu que ça allait en détournant les yeux. Il avait alors rétorqué derechef "Pourquoi détournes-tu les yeux si ça va tellement bien que ça ?". Elle avait alors relevé brusquement la tête et s'était mise en colère, ce qui était plutôt rare : "Mais tu m'ennuis à la fin ! Que vas-tu chercher ?! Ça suffit avec ça !", avant de lui tourner le dos. Il avait alors décidé de ne plus insister, et que l'attitude la plus sage consisterait à maintenir une présence affectueuse mais discrète, qui signifierait "Je serai toujours là si un jour tu veux me parler."

Il avait réussi à se tenir à cette résolution pendant quelques semaines mais, la tendresse fraternelle aidant, il n'avait pas pu s'empêcher de lui demander à nouveau, un jour, "Ca va toi ?", à quoi elle avait répondu sur le même ton laconique que d'habitude "Ça va, ça va..." avec un regard profondément triste.

Cela faisait maintenant des années qu'ils fonctionnaient ainsi, lui à essayer d'apporter son aide à sa sœur sur un sujet dont il ignorait tout, elle à esquiver sous un sourire d'apparence, et avec un regard de plus en plus triste, ou irrité selon les cas. Il n'avait toujours aucune idée de ce qui lui pesait. Alors il continuait à se montrer présent, essayant toujours de saisir une occasion, comme la veille, pour lui montrer qu'il était là, grand frère aimant, toujours complice comme dans l'enfance, toujours investi de son rôle de protecteur à la place du père absent.

Et curieusement, la veille au soir, un revirement s'était produit. Pourtant, ce n'était pas chez sa sœur qu'il avait cru trouver un début de réponse, mais chez son beau-frère. Il avait constaté, sur le départ, que celui-ci le regardait un peu fixement, avec un rien d'insistance. Il avait d'abord pensé que ça n'était qu'une impression mais il lui avait semblé, quelques instants après, au moment de monter en voiture, que Michel s'apprêtait à lui adresser la parole. Puis il avait semblé se raviser, pour finalement ne rien dire. Pourtant, Bastien ne s'y était pas trompé : s'il lui avait semblé, deux fois de suite, que Michel voulait lui dire quelque chose, c'était bien qu'il avait quelque chose en tête. S'il n'avait finalement rien dit, c'était probablement parce que le départ était imminent, et qu'il y avait renoncé. Bastien en avait été intrigué, mais avait bien eu conscience que ce n'était pas le moment d'entamer une conversation. Il s'était donc promis soit de contacter Michel au téléphone, soit d'arranger une rencontre, soit d'attendre la prochaine réunion familiale. Il devait encore y réfléchir.

C'est pourquoi, une fois de plus, il estimait avoir assumé au cours de la journée du dimanche, puisqu'à force de présence discrète mais ferme, il avait fini par faire bouger quelque chose au sein du couple de sa sœur et de son beau-frère. Il avait donc joué son rôle de grand frère. Il n'avait toujours pas la moindre idée de ce qui pouvait peser à sa sœur, pour qu'elle détourne le regard à chaque fois qu'il lui demandait de ses nouvelles, mais depuis tant d'années qu'il se demandait la raison de ce comportement, il espérait enfin voir bouger quelque chose. Et sans qu'il l'ait envisagé, la réponse allait peut-être bien venir de Michel.

Il avait fini de se raser et de s'habiller. Avant de quitter la salle de bain, il jeta un regard à son reflet dans le miroir, histoire d'être sûr de son apparence. En tant que commercial, il se devait d'avoir une tenue irréprochable face au client. Ce lundi, il avait pris une chemise blanche de style moderne qui mettait son teint mat en valeur et un jean bleu foncé de bonne coupe. Comme chaque jour, il avait donné à ses cheveux bruns courts un style coiffé-décoiffé avec un gel fixant à effet mouillé. Et pour finir, l'incontournable après-rasage au parfum à la fois frais et piquant, note finale à son style de jeune homme bien dans sa peau et sûr de plaire. Une fois cette vérification effectuée, il sorti de la salle de bain et descendit l'escalier.

Arrivé dans la cuisine, il embrassa sa femme Delphine, son fils Christophe, neuf ans, puis sa fille Karen, douze ans, et leur demanda s'ils avaient bien dormi et s'ils allaient bien. Echangeant leurs rôles, Delphine monta faire sa toilette tandis que Bastien s'installa à la table du petit déjeuner tout en discutant avec ses enfants de la journée à venir.

Une fois son repas terminé, il débarrassa la table des restes du petit déjeuner, mit la vaisselle sale dans le lave-vaisselle et se lava les mains avant d'enfiler ses chaussures et sa veste. Il embrassa une dernière fois ses enfants, leur souhaita une bonne journée avec un sourire radieux et quitta la maison. Il monta dans sa voiture, démarra, s'engagea sur la route et accéléra pour arriver à l'heure à son travail.

Toujours aussi radieux, il se dit qu'il avait vraiment de la chance d'avoir une famille aussi charmante, un travail, une maison, et une voiture puissante. Une voiture puissante, pour un homme, ça compte. Pour autant qu'il ait une femme et des enfants, bien sûr, sinon ça ne compte pas vraiment. Pourtant, malgré tout le plaisir qu'il pouvait avoir à conduire une belle voiture par une belle matinée, en pensant à sa charmante famille à l'abri dans une belle maison, Bastien sentit poindre en lui, au moment où il passait la 4e, une vieille angoisse qu'il connaissait bien et qui revenait de loin en loin, comme ça, sans crier gare, et aux moments les plus inattendus. Il la connaissait bien, cette vieille angoisse, et il la détestait. Il la détestait parce qu'il ne savait pas d'où elle venait, ni pourquoi elle était là. C'était comme si quelqu'un l'espionnait, de loin, par intermittence, mais il ne savait pas qui était cette personne, ce qu'elle lui voulait, pourquoi elle l'espionnait, et chaque fois qu'il essayait de rejoindre cette personne pour savoir quelles étaient ses intentions, elle s'enfuyait.

Il avait essayé de comprendre d'où venait ce mal-être, quelle était son origine, sa raison d'être, et pourquoi il revenait, ce mal-être, quand bien même il pensait chaque fois s'en être débarrassé. Il avait lu des livres sur la psychologie et la psychiatrie, espérant trouver un fil conducteur, mais sans résultat. Il avait alors pensé consulter un psychologue, mais ne s'était jamais décidé à franchir le pas. Cela faisait des années maintenant qu'il luttait avec son vieil ennemi, qu'il jouait à cache-cache avec lui dans les tréfonds de son âme, ou tentait de le semer sur les chemins de la vie. Par moment, il croyait avoir réussi, il lui semblait que son angoisse avait disparu, qu'elle l'avait finalement abandonné, ou bien était-ce lui qui avait fini par la semer ? Et c'était toujours quand il pensait avoir enfin repris les rênes de sa vie qu'elle le rattrapait, qu'elle revenait. Son angoisse. Sa bête noire. Sa peur dissimulée.

Une part de lui-même, infime, occultée, latente, savait très bien quelle était la source de son angoisse. Comme elle savait très bien ce qui tracassait sa sœur. Peut-être d'ailleurs était-ce la même chose. Peut-être aussi qu'il lui était trop dur de se l'avouer, et encore plus dur de regarder les faits en face. Alors, depuis toujours, il refoulait cette part de lui-même, il la bâillonnait puis l'assommait avant de la remiser dans un placard et de lui tourner le dos. Puis il l'oubliait. Ou du moins il s'y efforçait. Et il y réussissait presque. Parfois mieux, parfois moins bien. Et parfois, comme à l'instant, la prisonnière revenait à elle et se manifestait. Réveillant ainsi son angoisse. Alors, comme chaque fois, il renvoya son tourment dans les bas-fonds de son âme, et appuya un peu plus sur l'accélérateur.

Chapitre 3

Lundi 16 août 2010 - 8h00

- Allez les enfants, il est temps d'y aller !

C'était toujours Delphine qui accompagnait les enfants à l'école le matin. En l'occurrence, puisqu'ils étaient encore en vacances, elle devait ce matin-là les déposer au centre aéré situé dans les locaux de l'école. En effet, elle travaillait à la mairie en tant qu'assistante sociale, et cette dernière n'ouvrait qu'à huit heures quarante-cinq. C'était donc idéal pour déposer les enfants au centre avant de continuer jusqu'à son travail. Ainsi, tous les matins, ils partaient tous les trois en voiture, elle se garait en zone blanche non loin de l'école, puis continuait son trajet à pied jusqu'à la mairie. Cette organisation lui permettait d'une part de passer un maximum de temps avec les enfants, et d'autre part de faire un peu de marche avant et après le travail, ce qui lui donnait le temps de réfléchir à son organisation, au repas du soir, aux soucis de Karen ou Christophe, à sa dernière discussion avec Bastien, ou tout simplement de se défouler après une journée de travail à entendre les doléances et réclamations de tout un chacun.

Aujourd'hui, honnêtement, il lui tardait de se retrouver enfin seule. Elle avait besoin de mettre de l'ordre dans ses pensées, au calme. Mais dans l'immédiat, elle fit comme d'habitude et joua le rôle de la maman pour qui tout va bien : elle ouvrit la porte pour faire sortir les enfants, attendit patiemment qu'ils soient montés en voiture et aient bouclé leur ceinture, elle fit le trajet à allure modérée tout en écoutant leurs discussions à bâton rompu, se gara, les accompagna jusque devant le portail de l'école, leur fit leur bisou habituel et les quitta en leur disant comme chaque fois "A ce soir". Enfin, ils se firent un dernier signe de la main avant de disparaître tout à fait. Delphine allait enfin pouvoir se livrer à ses réflexions, et pour s'en donner le temps, elle décida d'emprunter le trajet le plus long pour se rendre à la mairie.

La scène de la veille au soir lui revint alors avec toute sa force : Bastien et Karine discutant à l'angle de la maison, tandis que le soleil dardait ses rayons sur eux en cette fin d'après-midi. Ce n'était pas que le fait ou la scène soient nouveaux pour elle, non. C'était même plutôt une habitude, pour ne pas dire un rituel, et il lui semblait même que les scènes, les unes après les autres, se superposaient pour n'en former plus qu'une, à force de similarité, de répétitivité : en été, pour leur aparté, ils se retrouvaient toujours à l'angle de la maison, et en hiver c'était dans le coin du salon. Et c'était justement cette force de l'habitude, cette immuabilité du rituel qui l'avaient frappée hier soir. Une fois de plus. Peut-être une fois de trop ? Curieusement, et c'était bien la première fois, elle avait exprimé son trouble à voix haute et Michel l'avait entendu. Et c'est là, probablement, ce qui avait cristallisé sa propre angoisse : Michel avait alors exprimé, pour la première fois lui aussi, son propre embarras face à cette répétitivité. C'est à ce moment-là que Delphine avait eu la confirmation que non, décidemment, le comportement de son mari et de sa belle-sœur n'avait rien de commun.

Cela faisait des années qu'elle y songeait. Au début, alors qu'elle et Bastien étaient jeunes mariés, elle avait trouvé amusant que chaque fois qu'ils allaient rendre visite à Isabelle et Karine, le frère et la sœur avaient toujours ce besoin de se rapprocher en fin de journée pour discuter de choses apparemment secrètes, puisque dites à part, et à voix contenue. Une fois, au bout de plusieurs mois, elle avait demandé à Bastien de quoi ils s'étaient entretenus, après qu'ils soient rentrés chez eux. Il avait répondu évasivement, disant qu'ils avaient parlé de tout et de rien, en frère et sœur. Puis, le temps passant, elle avait constaté que cette manie se perpétrait, de visite en visite. Toujours, il fallait qu'ils aient leur petit moment de discussion à eux, rien qu'à eux, à l'écart du reste de la famille. C''est-à-dire, à cette époque, d'elle-même et d'Isabelle.

Puis le temps avait passé, et Delphine avait bien été obligée de constater que cette petite réunion rituelle se poursuivait à chaque réunion familiale, sans qu'elle n'en sache jamais la teneur. Une seconde fois, des mois plus tard, elle avait à nouveau demandé à

Bastien de quoi il avait discuté avec sa sœur en fin d'après-midi, et comme la fois précédente il avait répondu évasivement. Elle avait alors insisté, lui faisant remarquer qu'il était quand même surprenant qu'ils aient toujours quelque chose à se dire en catimini, alors même qu'ils avaient été en présence toute la journée, et avait déjà épuisé, lui semblait-il, tous les sujets de discussion possibles et imaginables. Bastien s'était fermé, et lui avait dit qu'il ne voyait pas en quoi ça pouvait la déranger, qu'il avait quand même bien le droit de parler à sa sœur. Elle lui avait alors expliqué que ça ne la dérangeait pas qu'il parle à sa sœur, mais qu'elle trouvait surprenant à la fois cette répétitivité et ce côté "caché" : pourquoi un tel besoin d'intimité, aussi systématiquement ? Bastien s'était alors à moitié fâché, disant qu'elle était ridicule de prétendre qu'ils se cachaient, puisqu'ils n'étaient qu'à quelques mètres d'elle, et qu'il était quand même incroyable qu'elle lui fasse une scène à propos de sa propre sœur, comme s'il voyait une autre femme. Delphine s'était alors fermée à son tour, arguant qu'il ne voulait pas comprendre et qu'il valait mieux ne plus en parler.

Mais le rituel avait continué. Alors un jour, au culot, elle avait pris le parti de se diriger droit vers eux et de s'immiscer dans leur duo, en demandant sur un ton léger "Alors, de quoi parlez-vous ?" tout en affichant un sourire complice et intéressé. Cela eu pour résultat de faire cesser immédiatement la conversation. Karine l'avait regardée d'un air effaré, et Bastien d'un air plutôt irrité. Il lui avait même demandé ce qu'elle voulait sur un ton sec, lui signifiant sans détour qu'elle gênait. Mais elle, sans se laisser démonter, avait insisté en leur demandant "Est-ce que pour une fois je pourrais savoir de quoi vous parlez ?" en arborant un sourire naïf. Bastien avait pris le parti de lui répondre sur le même ton : "Nous comparions les avantages et les inconvénients de nos fournisseurs d'accès internet respectifs." "Encore ?!, avait répondu Delphine, il me semblait pourtant que nous en avions assez discuté tout à l'heure !". "Eh bien non, tu vois." lui avait froidement répondu Bastien. Delphine n'avait plus eu qu'à battre en retraite, puisqu'apparemment elle n'apprendrait rien de plus. Elle était alors retourné aider sa belle-mère à débarrasser la table et à ranger la cuisine.

Elle avait aussi essayé d'en parler avec Karine. Elle s'entendait bien avec sa belle-sœur. Avec à peine un an d'écart, elles avaient sensiblement des goûts communs, des opinions similaires sur la vie, et quand elles n'avaient pas les mêmes idées, elles se respectaient et discutaient alors plaisamment pour comprendre le point de vue de l'autre. Sauf sur le sujet des réunions secrètes. Quand Delphine avait demandé à Karine, sur le ton de l'intérêt amical, de quoi elle et son frère trouvaient toujours à parler en fin de journée, à chaque fois qu'ils se voyaient, Karine avait répondu aussi évasivement que Bastien, comme quoi des frères et sœurs ont toujours des choses à se dire, qu'après ce qu'ils avaient traversé ensemble, il ne fallait pas être étonné de leur complicité, que c'était justement cette même complicité qui les avait soutenus dans les moments les plus tragiques, et qu'une complicité comme ça on ne la laissait pas disparaitre. Delphine ne réussit jamais à en apprendre davantage.

Elle avait alors essayé d'en savoir plus auprès d'Isabelle. Mais comme elle s'y attendait, pour cette dernière, voir ses deux enfants discuter avec complicité n'avait rien de surprenant. Oui, elle était bien consciente que c'était une manie chez eux que de s'isoler à chaque fois pour discuter de Dieu sait quoi, mais elle s'était habituée depuis longtemps. Avant, c'est-à-dire avant le départ de leur père, Karine et Bastien avaient été comme tous les enfants du monde : ils se chamaillaient, voir même se disputaient, mais aussi jouaient ensemble, échafaudaient des plans, discutaient de projets communs. Puis, suite au décès de leur père alors qu'ils n'avaient que douze et quinze ans, toute l'organisation familiale s'en était trouvée forcément bouleversée. Devant subvenir seule aux besoins de sa famille, affligée de la perte de son époux et de toutes les conséquences qu'elle devait porter seule, Isabelle n'avait plus eu le temps de discuter avec ses enfants comme avant, d'écouter leurs petits malheurs et de les conseiller. Ils avaient donc dû trouver l'un auprès de l'autre le réconfort que leur maman ne pouvait plus leur accorder autant qu'elle l'aurait voulu. De plus, elle avait bien eu conscience qu'ils ne voulaient pas non plus alourdir son fardeau en lui partageant les leurs. Ce qui fait que, même une fois un certaine équilibre retrouvé, elle avait eu beau essayer de se rendre davantage disponible, elle n'y était pas parvenu autant qu'elle l'aurait voulu, tant leur relation à eux s'était approfondie. Aussi, comment s'étonner que leur relation soit si complice encore à présent ? Même si elle éprouvait un certain regret de ne pas avoir su mieux les épauler dans les moments difficiles, elle estimait qu'après tout, ils avaient su trouver leur équilibre, et que même si ça pouvait surprendre, elle ne voyait rien de répréhensible à ça.

Delphine n'avait pas osé pas insister davantage. Elle avait la chance de ne pas connaître avec sa belle-mère ce que beaucoup d'autres femmes vivaient avec la leur. Avec Isabelle, tout était simple et beau. Elle acceptait les gens comme ils étaient, se contentant, lorsqu'elle n'était pas d'accord, de faire une remarque sous forme de boutade, sans jamais être méchante ni même vexante. Ce qui fait que même le "contrevenant" ne pouvait qu'en rire. Alors pourquoi lui faire de la peine ? Delphine avait estimé qu'Isabelle avait assez souffert dans la vie, qu'elle avait fait de son mieux avec ses enfants, et même qu'elle s'en était très bien sortie. Elle avait donc prit le parti de ne plus lui parler de ces entretiens aux allures d'intrigues, et avait gardé ses interrogations pour elle.

Puis Michel avait fait son entrée dans le cercle familial. Karine le leur avait présenté un jour, un peu émue, visiblement très amoureuse de ce garçon souriant aux cheveux bruns et aux yeux verts qui semblait être tout aussi amoureux de Karine. Bastien et elle-même avaient fait sa connaissance sur deux modes très différents : Delphine dans une attitude accueillante, ouverte et intéressée, Bastien dans l'attitude de défiance du grand-frère qui veut être sûr que le gars qui fréquente sa petite sœur est un type bien. Michel ne s'était pas le moins du monde laissé impressionner, avait répondu à toutes les questions de Bastien avec beaucoup de franchise, sans hésiter à dire clairement quand il trouvait que la question ne concernait que Karine et lui. Ce qui fait qu'à la fin de la journée, Bastien avait donné une grande claque amicale dans le dos de Michel, en déclarant que sa petite sœur avait trouvé un type bien. A quoi Michel était parti d'un grand éclat de rire ravi, et Karine s'était décrispée.

Suite à l'arrivée de Michel, la perception que Delphine avait eu des réunions secrètes du frère et de la sœur avait un peu changé. En effet, il lui était moins souvent arrivé de se retrouver seule et, ainsi occupée, et de plus avec un compagnon agréable à discuter, elle avait été moins consciente de ces moments où son mari rejoignait sa belle-sœur. Avec Michel, ils parlaient d'avenir, de sa future installation avec Karine, comment ils s'étaient connus... Ils avaient appris à se connaître, et avaient découvert avec plaisir qu'ils avaient des goûts communs. Ce qui n'avait rien eu de très surprenant puisque Michel avait sensiblement les mêmes goûts que sa petite amie. Puis, au bout de plusieurs mois, le jeune couple avait décidé d'emménager ensemble, ce qui avait fait que les rencontres entre le frère et la sœur s'en étaient trouvées d'autant réduites. Ainsi, entre la présence de Michel et l'éloignement de Karine, Delphine n'eut plus autant conscience des discussions en aparté de son mari et de sa belle-sœur, à tel point qu'elle crut, pendant un temps, que ces entretiens avaient cessés, ou pour le moins s'étaient nettement espacés.

Mais finalement, de la même manière qu'on s'aperçoit un jour qu'il fait nuit beaucoup plus tôt et que l'hiver n'est alors plus très loin, elle avait pris conscience que non, rien n'avait changé, et que c'était seulement elle qui avait été plus occupée : un été, en se levant de table pour aller dans la maison prévenir les enfants du prochain départ, ses yeux étaient tombés soudainement sur Karine et Bastien en grande discussion à voix basse, avec une évidente complicité. Elle en avait été secouée. Sans trop bien savoir pourquoi d'ailleurs. Mais elle avait pris conscience, à ce moment-là, que ces discussions systématiques de fin de journée lui pesaient. Et même, lui pesaient beaucoup. Elle avait essayé de trouver la raison de ces rencontres mystérieuses, quasi rituelles, sans jamais y parvenir. Elle avait alors prit le parti, pour le bien de son couple, de fermer les yeux et de ne plus en parler. Car non seulement elle n'avait jamais réussi à savoir quoi que ce soit de la teneur de ces discussions, mais de plus elle était incapable de dire en quoi ces séances la dérangeaient. Et ça la mettait pourtant très mal à l'aise.

Et aujourd'hui, elle savait que Michel, lui aussi, s'interrogeait sur ces sempiternelles rencontres de fin d'après-midi, lui pourtant si positif, lui pourtant si ouvert. Preuve pour elle que ces rencontres n'avaient donc rien d'anodin. Qu'elles étaient troublantes. Déroutantes. Inquiétantes. Dérangeantes parce que preuves qu'il y avait quelque chose de malsain derrière. Mais quoi ? Elle était arrivée à la mairie sans avoir apaisé son désarroi, sans avoir pu le moins du monde trouver quelle était la sombre motivation de ces rencontres sans fin.

Chapitre 4

Lundi 16 août 2010 - 11h00

Karine était seule dans sa cuisine, occupée à préparer le repas de midi, tandis que les enfants jouaient dans le jardin. Comme elle et Michel étaient tous les deux professeurs, et que leurs enfants n'avaient que six et huit ans, ils avaient décidé d'un commun accord de ne pas les mettre à l'accueil périscolaire pendant tout l'été. Cela leur permettait de faire des sorties en famille quand l'envie les en prenait, sans priver de les mettre à la garderie une semaine par-ci par-là pour se ménager un peu de temps à eux.

Pourtant, ce matin, Karine aurait bien apprécié que les enfants soient loin. Elle était contrariée, et même plus que contrariée, et il lui aurait été bien utile d'être seule pour pouvoir réfléchir. Ce n'est pas tant que les enfants aient été pénibles, mais leur seule présence la bloquait, l'empêchant de se laisser aller. Elle avait essayé de s'occuper l'esprit en préparant ses prochains cours, en réajustant ses notes des années précédentes, mais elle avait passé la matinée à essayer de se concentrer en vain. Elle était trop à cran pour pouvoir fixer son attention sur ce qu'elle faisait. Alors, saturée, elle avait renoncé et avait décidé d'aller à la cuisine. Il n'était que temps de toute façon, puisqu'il était onze heures. Elle avait ouvert le frigo, avait saisi machinalement les carottes et s'était mise à les éplucher rageusement.

Inconsciemment, elle passait ses nerfs dessus car elle était excédée. Ça durait depuis trop longtemps. Chaque fois, chaque fois, il fallait que Bastien aille à elle, chaque fois il fallait qu'il lui demande, toujours de ce même ton sous-entendu, qu'il lui pose toujours sa sempiternelle question, pourtant toute simple, pourtant toute courte, juste trois petits mots prononcés à mi-voix, "Ça va toi ?", trois petits mots qu'elle redoutait tellement, parce que tellement lourds de non-dits, lourds de sous-entendus, lourds et étouffants à cause de tous les mots qui' lui viendraient à elle pour lui répondre et que, depuis vingt ans, elle gardait sans cesse au fond de sa gorge, au point d'y avoir mal, à cette gorge, au point d'étouffer, au point d'avoir du mal à avaler, et parfois même du mal à respirer.

C'en était trop ! Combien de fois avait-elle détourné le regard ? Combien de fois avait-elle tenté d'éluder sa question ? Combien de fois avait-elle trouvé un prétexte pour éviter cet entretien ? Et même, combien de fois avait-elle franchement rembarré son frère pour qu'il la lâche ? Mais rien n'y avait fait ! Toujours, comme la marée qui revient pour lécher la roche jusqu'à la réduire en sable, Bastien était revenu à la charge, prouvant qu'il n'avait fait que s'éloigner, mais sans vraiment partir, pour mieux revenir ensuite. Même Delphine, et maintenant Michel, trouvaient ce comportement bizarre. Ça crevait les yeux !

Autrefois, Delphine lui avait demandé la raison de ces entretiens en aparté. Karine, mal à l'aise, avait éludé en tenant quelques propos évasifs, parlant de complicité entre frères et sœurs, ou un truc dans le genre. Delphine n'avait pas parue très satisfaite de cette réponse, mais s'en était quand même contentée. Et puis Michel, à son tour, avait gentiment taquiné Karine, disant que si Bastien n'avait pas été son beau-frère, il aurait été très jaloux. Karine en avait ri, l'avait embrassé tendrement et lui avait dit que, aussi génial qu'il pouvait être en tant que mari, un grand frère ça comptait aussi dans la vie. Elle espérait avoir ainsi rendu banal une situation qu'elle était loin de trouver banale elle-même, mais face à laquelle elle se sentait totalement dépassée.

Combien de fois s'était-elle efforcée de parler franchement à son frère, lui signifiant qu'il était ridicule avec cette éternelle question, lui assurant qu'elle allait bien, que tout allait bien, et qu'il n'avait pas besoin de la coincer à l'écart à chaque fois, comme si elle éprouvait le besoin immense de se confier entre quatre yeux, besoin que lui, grand sauveur, lui offrait. A chaque fois, il avait froncé les sourcils, surpris de son irritation, et lui avait demandé en quoi elle était fâchée du fait qu'il se souciât d'elle. Elle lui avait alors répondu, à chaque fois, que c'était parce qu'il n'avait justement aucun souci à se faire, et qu'elle en avait assez de le lui répéter, rencontres après rencontres. Alors, pendant quelques temps,

Bastien avait pris de la distance, il s'était montré moins intrusif. Mais chaque fois, au bout de quelques semaines, il avait recommencé son manège. Et chaque fois, un immense découragement avait saisi Karine.

Pourtant, elle adorait son frère, et c'était probablement la raison pour laquelle elle endurait tout ça depuis tant d'années. Il avait toujours été là pour elle. Comme elle, il avait appris la mauvaise nouvelle de la maladie de leur père, avant de le voir dépérir. Comme elle, il avait connu le chagrin du deuil et avait appris les conséquences financières de cette perte. Comme elle, il avait vu leur mère en proie au chagrin, perdue face aux conséquences du décès, écrasée par les difficultés qui succédaient aux épreuves. Il avait alors quinze ans et avait pris ce qu'il pouvait de responsabilités sur ses jeunes épaules, en secondant leur mère autant qu'il l'avait pu. Karine avait aussi tenté de faire sa part, mais comme elle n'avait que douze ans, elle n'avait pas pu s'impliquer autant que lui. D'autant que, comme beaucoup de jeunes hommes dans le même cas, Bastien avait inconsciemment tenté de prendre la place du père, avec toutes les conséquences que ça impliquait. Il avait donc été là pour Karine, l'avait écoutée, l'avait soutenue. Mais trop. Trop présent, trop protecteur, trop paternel, probablement plus qu'un père ne l'aurait fait. Mais comment le lui reprocher ? Est-ce qu'on peut reprocher à un frère de se soucier de sa mère et de sa sœur ?

Mais à présent, comment qualifier ce comportement ? Ça n'était plus de la protection, c'était du harcèlement ! Combien de fois lui avait-elle répété que le temps avait passé, qu'elle était grande, qu'elle avait un mari adorable, et que tout allait bien dans sa vie ? Mais non ! Son frère savait mieux qu'elle que non, sa vie n'allait pas, et il attendait qu'elle lui confesse le tourment qui était censé la ronger… Sans se douter que seul son comportement tourmentait Karine. Tout ce qu'elle voulait, c'était qu'il la laisse oublier, qu'il laisse la poussière du temps recouvrir le passé jusqu'à le dissimuler à sa mémoire, qu'elle puisse faire comme si rien ne s'était passé. Mais cela, il ne le lui avait jamais permis… Ne comprenait-il pas que tout ce qu'elle voulait, elle, c'était garder le passé dans le passé ?

Elle se rendit compte à ce moment-là qu'elle venait d'éplucher les deux kilos de carottes, alors qu'elle n'en avait même pas besoin du quart... Tant pis, ils allaient manger des carottes à toutes les sauces. Râpées, en bâtonnets, en purée, à la crème... Elle s'attaqua alors aux pommes de terre. Prudente, pour éviter d'en manger aussi tous les jours, elle ne sortit que ce dont elle avait besoin et remis le sachet dans la réserve. Elle reprit son épluche légumes et se remit à éplucher les pommes de terre tout aussi rageusement que les carottes. Ses pensées reprirent alors leur cours.

La seule façon qu'elle entrevoyait pour que tout ça s'arrête était de rencontrer Bastien en tête à tête, de crever l'abcès, de faire resurgir une bonne fois pour toute le passé, d'y mettre des mots, ces mêmes mots qu'elle retenait dans sa gorge et qui l'étouffait, chaque fois que Bastien lui demandait si elle allait bien, chaque fois qu'il lui remuait le couteau dans la plaie, en prétextant vouloir s'assurer de son bien-être. Mais comment y revenir ? Comment en trouver la force ? Comment y mettre des mots ? Car elle savait très bien que les mots qu'il faudrait alors prononcer seraient des mots durs, des mots sans équivoque, des mots qui tranchent, des mots qui condamnent. Et elle savait aussi que, si les mots peuvent parfois libérer, ils peuvent aussi parfois tuer. Et dans ce cas présent, elle n'était pas sûre de savoir lequel serait la victime de ces mots : elle ou son frère. Ou plutôt si, elle savait très bien que la vérité des mots allait la tuer. Voilà pourquoi elle ne trouvait jamais le courage de confronter Bastien jusqu'au bout, voilà pourquoi elle préférait oublier. Même si elle savait que, dans ce cas, l'oubli était un terme pratique pour dissimuler le mensonge.

Si seulement Bastien voulait bien arrêter d'y revenir. S'il voulait bien, à son tour, tourner la page. Simplement tourner la page. Ne plus en parler. Ne plus l'évoquer. Faire comme si de rien n'était. Oublier. Mais non, il fallait sans cesse qu'il remette ça. Pourquoi ? Pourquoi remettre de l'huile sur le feu ? Pourquoi ranimer les braises ? C'est ce qu'elle ne comprenait pas. C'est ce qui lui faisait mal. Comme si son frère éprouvait un plaisir sadique à toujours lui rappeler les faits, sans en avoir l'air. Ou bien avait-il perdu la mémoire ? Au début, tant qu'ils vivaient sous le même toit, ils n'en avaient jamais parlé. Et elle préférait que ça soit ainsi. Ne rien dire, tout laisser tel quel. Continuer à vivre.

Puis les années avaient passé et ils étaient devenus des adultes. Delphine avait alors fait son entrée dans la vie de Bastien. Elle avait vingt ans, Bastien en avait vingt-quatre et Karine en avait vingt-et-un. Au début, Karine avait été méfiante vis-à-vis de cette nouvelle venue, il lui avait fallu du temps pour l'apprivoiser. A moins que ça ne soit elle qui ait eu besoin d'être apprivoisée ? Puis le temps avait fait son œuvre, Karine s'était habituée et avait fini par adopter Delphine. Elle était devenue plus ouverte, s'était livrée un peu plus, et elles avaient fini par devenir amie avant de devenir belle-sœur. Et Karine avait dû reconnaitre que ce souffle venu de l'extérieur avait fait du bien à la famille.

Puis Delphine et Bastien s'étaient mariés et Bastien avait quitté la maison. Cela avait fait, pour Isabelle et Karine, un grand vide. Elles s'étaient efforcées de le dissimuler à Bastien : il avait le droit de faire sa vie. Mais il en avait quand même eu conscience. Alors, dans les premiers temps, il les avait appelées tous les jours. Autant pour elles que pour lui. Et il était venu les voir avec Delphine chaque week-end. Sa jeune épouse n'en avait pas semblé ennuyée : elle avait non seulement semblé comprendre la situation, mais également apprécier la compagnie de sa belle-sœur et de sa belle-mère.

C'est à cette période-là que Bastien avait commencé à prendre Karine à part pour lui demander comment elle allait. A cette époque, ça n'avait rien eu de surprenant : ils avaient toujours vécu ensemble, et voilà qu'ils étaient maintenant séparés. Bastien avait juste voulu prendre de ses nouvelles, et elle avait apprécié cette sollicitude. Ils avaient donc passé un bon moment ensemble, seuls tous les deux, à se raconter leur semaine, lui son travail, elle ses études, tous ces petits riens qui semblent anodins mais qui remplissent une vie, et qu'ils avaient tenu à partager. Les semaines avaient passé. Isabelle et Karine avaient fini par trouver un nouvel équilibre à deux, et s'en étaient bien trouvées. L'absence de Bastien les avait rapprochées : il avait semblé à Karine qu'elle avait retrouvé sa mère d'autrefois, avant le décès de son père, et à Isabelle qu'elle était enfin parvenue à être la mère qu'elle avait toujours souhaité être. Et cela leur avait fait beaucoup de bien à elles deux.

Aussi, la fois suivante où Bastien avait rejoint Karine dans le coin du salon et lui avait demandé comment elle allait, elle avait pu le rassurer en lui racontant ce rapprochement, cette complicité, cette paix tranquille qui les animaient, elle et sa mère. Elle avait terminé son récit en lui posant doucement la main sur le bras et en affirmant : "Comme tu vois, nous allons vraiment bien maman et moi. Ça a été un peu difficile au début, bien sûr, mais maintenant nous avons trouvé notre rythme. Nous sommes très bien ensemble, tu n'as pas de souci à te faire" et elle lui avait adressé un grand sourire rassurant. Il lui avait alors répondu par un aussi grand sourire. "Alors je suis content". Ils s'étaient serrés dans les bras l'un de l'autre et s'étaient embrassés. Bastien lui avait alors semblé rassuré, heureux d'avoir la confirmation que son départ n'avait pas traumatisé sa famille, et qu'il pouvait ainsi poursuivre sa vie de couple en toute quiétude. Et elle avait bien espéré que Bastien allait maintenant se concentrer sur sa nouvelle vie.

Quelques jours après, comme Karine et Isabelle l'avaient espéré depuis un moment, Bastien les avait appelées au téléphone pour savoir si elles pouvaient se passer de lui pour le week-end prochain, car le jeune couple souhaitait partir en week-end en amoureux. Isabelle n'en avait été que trop heureuse de le libérer de ses craintes. Elle en avait parlé avec Karine : elle aussi trouvait que Bastien s'aliénait trop à elles, et que ça n'était pas bon pour ce jeune couple. C'était avec sa femme qu'il devait passer du temps, pas avec sa mère et sa sœur. Ça n'était pas dans l'ordre des choses. Bastien avait donc semblé tout content d'apprendre que tout était pour le mieux et n'était pas venu ce week-end-là.

Tandis que ses souvenirs lui revenaient, Karine avait râpé les carottes. Dans l'élan, et sans s'en rendre compte, elle avait râpé les deux kilos. Puis elle les avait placés dans un saladier, les avait inondées de vinaigrette sans même le réaliser, avait rincé le bol du robot sous le robinet, puis y avait coupé les pommes de terre en rondelles. Elle les avait étalés dans un plat à gratin, avait versé dessus du lait, du sel, du poivre, puis noyé le tout sous du fromage râpé, avant de mettre le plat au four. Puis elle avait ouvert le congélateur pour trouver un morceau de viande. Elle avait fait tout cela par automatisme, sans bien avoir conscience de ce qu'elle faisait. Ses pensées étaient toutes absorbées par ses souvenirs.

Karine avait profité du fait que Bastien et Delphine n'étaient pas venus ce week-end là pour présenter Michel à sa mère. Cela faisait déjà quelques semaines qu'ils étaient ensemble, et il lui avait tardé de pouvoir présenter ce bonheur tout neuf à sa maman. Michel et Isabelle n'avaient pas été moins impatients qu'elle : elle avait tant parlé de l'un à l'autre ! Ils avaient donc été heureux et émus de faire connaissance, et avaient passé un agréable après-midi à discuter, à se présenter et à se découvrir. Le contact était bien passé. Une fois Michel parti, Isabelle avait fait part à Karine de son plaisir d'avoir découvert ce grand garçon si charmant, et de la savoir avec lui. Karine était aux anges, la vie lui avait enfin semblé s'orienter du bon côté, et elle avait espéré que la famille allait enfin pouvoir se tourner vers l'avenir, au lieu de se dépêtrer du passé.

Dans la semaine, elle appela Bastien pour lui annoncer que, la prochaine fois qu'il viendrait, elle aurait quelqu'un à lui présenter. Bastien ne dit rien au téléphone. Elle en avait éprouvé une certaine crainte. Le jour J Delphine s'était montrée charmante, mais Bastien avait été sur la défensive. Et Karine un peu à cran. Heureusement, Michel était d'un naturel confiant et positif, et n'avait pas douté qu'il allait séduire le grand frère de sa petite amie autant qu'il avait séduit sa maman. Il y avait réussi en effet, et avait reçu en signe d'acceptation une grande tape amicale dans le dos. Karine s'était détendue. Elle aurait été trop malheureuse si les deux hommes qu'elle aimait le plus au monde ne s'étaient pas entendus. A cet instant, son bonheur avait été parfait.

Pourtant, et alors que rien ne le laissait présager, Bastien l'isola dans l'angle de la maison au moment du départ pour lui demander avec un air entendu "Ça va toi ?". Elle en resta sidérée. Elle faillit se mettre en colère, puis elle prit le parti d'en rire. Elle le prit dans ses bras, et lui murmura à l'oreille en riant "Comment veux-tu que j'aille quand j'ai trouvé l'homme de ma vie, et qu'il plaît à mon grand frère ?". Et elle avait ajouté en le regardant dans les yeux et en appuyant sur chaque mot "Bastien, je vais bien ! Arrête de me poser cette question ! Ça devient lassant !" Il avait souri, l'avait embrassée, et lui avait déclaré à l'oreille que si tout allait bien pour elle, alors il en était très content. Puis il s'en était allé avec Delphine.

Au cours des mois qui avaient suivi, les deux jeunes couples s'étaient organisés pour pouvoir passer du temps en amoureux sans qu'Isabelle se retrouve seule, et cette nouvelle organisation avait fait que Karine et Bastien s'étaient moins souvent vus. Puis Delphine s'était retrouvée enceinte. Tout le monde s'en était réjoui et les avait félicités. Isabelle, bien évidemment, en avait été rose d'émotion. Dès l'annonce de cette nouvelle, elle s'était perdue dans ses pensées, le regard au loin, un petit sourire sur les lèvres : un petit enfant, c'était l'assurance d'aller vers l'avenir, une raison de plus de se détourner du passé.

Mais même ce jour-là, alors que l'ambiance était à la joie et à la détente, et tandis qu'elle allait chercher de l'eau à la cuisine, Karine avait vu Bastien la rejoindre discrètement pour lui demander "Ca va toi ?". Elle l'avait regardé, une fois de plus sidérée. Est-ce qu'elle n'avait pas été assez éloquente la dernière fois ? Qu'est-ce qui, en elle, pouvait faire croire à Bastien qu'elle n'allait pas bien ? Cette insistance, ce refus d'entendre que oui, elle allait bien, commençait à la mettre sérieusement mal à l'aise. Ne sachant que dire, elle s'était contentée de répondre en détournant les yeux "Ça va, ça va..." avant de rejoindre le reste de la famille.

Elle s'était efforcée de n'en rien montrer, et vraisemblablement y avait réussi, mais la question réitérée de son frère l'avait fortement ébranlée. Elle avait toujours cru que, en lui posant cette question, Bastien souhaitait simplement s'assurer de son bien-être, suite à son départ de la maison familiale. Mais là, alors que tout allait bien, pourquoi cette insistance ? C'était ce jour-là, pour la première fois, qu'elle avait réalisé que la question de Bastien ne s'intéressait pas vraiment au présent. Mais alors à quoi faisait-elle référence ? Elle n'avait pas fini de se poser la question que la réponse lui avait sauté à la gorge et que le passé avait ressurgi d'un coup comme un relent d'égout. Elle s'était souvenue de la première fois où Bastien lui avait posé cette question, ces trois petits mots tout simples et anodins en apparence, censés être plein d'intérêt et apaisant, mais dont le souvenir eut pour effet de lui tordre le ventre. "Ça va toi ?". Oui, elle s'en était très bien souvenue. Et aurait préféré ne pas s'en souvenir. Mais pourquoi Bastien y était-il revenu ? Le passé était en train de ressurgir.

C'est à ce moment-là qu'elle réalisa que les enfants étaient invités à manger chez les petits voisins ce midi, et qu'elle en avait fait trois fois trop. Vaincue par ses propres incohérences, elle fondit en larmes et abandonna la cuisine pour se réfugier dans sa chambre.

Chapitre 5

Lundi 16 août 2010 - 12h00

Michel avait passé la matinée au lycée. A quinze jours de la rentrée des classes, il voulait poursuivre la préparation de ses cours dans une atmosphère à la fois calme, studieuse et stimulante. A la maison, entouré des enfants, et avec la proximité du jardin ensoleillé, il se sentait plutôt appelé au farniente. Par ailleurs, l'humeur sombre que Karine dégageait n'était pas pour l'aider à se concentrer, d'autant plus qu'il était, lui aussi, d'humeur susceptible. Aussi, il avait considéré que le lycée serait un parfait refuge pour se concentrer sur son travail. Ainsi que pour avoir une bouffée de solitude, histoire de se recentrer sur lui-même.

Il venait de voir qu'il était midi, mais il souhaitait quand même finaliser la leçon qu'il avait commencé à réviser. Une fois qu'il avait commencé quelque chose, il aimait la terminer, histoire de ne pas avoir à y revenir. Il en était à relire ses notes sur le principe de causalité quand la définition qu'il venait de lire à mi-voix l'interpella. Il s'arrêta un instant, puis recommença sa lecture :

- Le principe de causalité affirme que si un phénomène, nommé *cause*, produit un autre phénomène, nommé *effet*, alors *l'effet ne peut précéder la cause*.

Il est curieux de constater parfois comment les évènements s'enchaînent. Ce qu'il était en train de vivre en était une parfaite illustration. S'il n'avait pas lu cette définition, aurait-il réalisé ce qui était sous son nez et qu'il ne voyait pas ? Il venait de prendre conscience que, s'il était d'humeur chatouilleuse, sur la défensive, et un rien agacé, s'il était saturé des rencontres fortuites qui se produisaient immanquablement à chaque réunion de famille, c'est tout simplement parce que Karine ne les supportaient plus elle-même. Et s'il savait que Karine ne les supportaient plus c'est parce qu'hier soir, à ce moment même où la luminosité avait changée, à ce moment même où il avait porté les yeux sur elle, il avait vu que son visage était crispé.

Ça ne l'avait pas frappé au premier regard, non. Ce qui l'avait tout d'abord frappé, c'était la scène elle-même, sa répétitivité, sa similarité, son immuabilité. Mais à force de voir cette scène, il s'y était tellement habitué, qu'il n'en voyait plus les contours. C'est pourquoi il n'avait pas tout de suite réalisé que Karine était crispée.

C'était seulement maintenant, en réfléchissant au fait que dans le principe de causalité, l'effet ne peut précéder la cause, qu'il avait pris conscience que sa propre exaspération ne provenait que de celle de Karine. Ce qui signifiait donc que Karine était excédée. Et en même temps, il prenait conscience que cette exaspération durait depuis un moment. Il trouvait même que ça avait empiré. Cela faisait déjà plusieurs mois qu'il avait constaté que, chaque fois qu'ils rentraient d'une entrevue avec la famille de Karine, elle affichait une mine sombre. Il avait cru pendant longtemps que cette morosité provenait des souvenirs rattachés à la maison et à l'absence de son père. Mais récemment, il avait réalisé que cette humeur sombre apparaissait uniquement à la suite d'une entrevue avec Bastien, le grand-frère bien aimé. Si elle ne voyait que sa mère, chez Isabelle ou dans leur propre maison, elle restait sereine. Mais lorsqu'elle voyait Bastien, peu importait le lieu, elle finissait avec cet air complètement abattu, à mi-chemin entre colère, ressentiment et dépression. Qu'est-ce qui avait pu provoquer un tel revirement dans la relation du frère et de la sœur ?

Il renonça finalement à terminer son cours, dont il était maintenant à cent lieux, et rangea ses affaires. Il quitta la salle des profs, se dirigea vers le parking, monta dans sa voiture et prit la direction de leur domicile tout en continuant à réfléchir à la situation. Lorsqu'ils avaient commença à sortir ensemble, Karine lui avait rapidement parlé de son grand-frère dont elle était très proche et pour lequel elle avait une grande admiration. Elle lui avait raconté comment il avait toujours été là pour elle, pour leur mère, comment il s'était montré fort, et comment il continuait à jouer ce rôle. Michel les avait toujours vu très complices, à tout se raconter, à tout se confier. Il en avait même été un peu jaloux. Et aujourd'hui, même s'il ne savait pas quand leur relation avait pris un tournant, force lui était de constater que quelque chose avait changé, et pas en bien. Il se dit que le moment était peut-être venu de discuter enfin de *la* raison qui poussait le frère et la sœur à se rencontrer en cachette à chaque fin de réunion de famille.

Lorsqu'il arriva devant leur maison, il fut étonné de voir que ses enfants, Thomas huit ans et Chloé six ans, étaient encore à jouer dans le jardin, bien qu'il soit midi passé. Il descendit de voiture et les interpella joyeusement :
- Coucou, les enfants !
- Papa !
La petite Chloé couru vers son père et s'accrocha à ses jambes. Il l'attrapa aussitôt, la souleva et la serra dans ses bras en lui faisant de gros bisous dans le cou. Elle gigota en pouffant tout en s'accrochant à lui. Thomas était resté occupé à caler un bout de bois en pente pour y faire dévaler ses voitures. Michel se rapprocha de lui.
- Qu'est-ce que vous faites encore là ? Vous ne deviez pas aller manger chez les copains ?
La mémoire revint aux enfants.
- Ah oui c'est vrai !
- Allez, poursuivi Michel, on y va, je vous y emmène.
Thomas laissa là toboggan et voiture, et la petite troupe prit le chemin d'une maison proche, où ils furent reçus avec le sourire de la maman et les cris de joie des enfants. Michel s'excusa de l'heure tardive à laquelle il amenait les enfants. La maman répondit qu'il n'y avait aucun problème, que c'était les vacances... Il s'informa de l'heure à laquelle il devrait revenir les chercher, remercia encore la maman pour son invitation et lui souhaita bon courage avec tous ces monstres, avant de reprendre le chemin de sa maison.

Une fois de retour chez lui, il posa sa veste et se dirigea vers la cuisine en espérant trouver sa femme. Dans quel état allait-elle être ? Aurait-elle retrouvé sa bonne humeur, comme souvent, ou serait-elle encore fermée, triste ou abattue, voire tendue, comme c'était de plus en plus souvent le cas ces derniers temps. Elle n'était pas dans la cuisine, mais il vit qu'elle avait préparé le repas : il y avait suffisamment de carottes pour toute la semaine et la pièce de viande aurait suffi à une équipe de rugby. Par chance, comme elle n'était pas encore décongelée, il la remit au congélateur. Par contre, il sortit rapidement le gratin du four car il commençait à avoir sérieusement chaud. Une fois le repas sauvé, il se lança à la recherche de Karine. Elle n'était pas non plus dans la salle à manger, il partit donc en direction de la chambre. Il la trouva effectivement là, en train de pleurer. Il aimait autant ça que cette humeur sombre, tendue et orageuse, dont il ne savait si elle allait se retourner contre Karine, lui-même, ou les enfants. Là au moins, elle évacuait son stress sans violence.

Il s'assit à côté d'elle sans dire un mot. En sentant sa présence, Karine s'efforça de reprendre un peu contenance. Elle sécha ses larmes, se moucha et lui adressa un petit sourire.

- Est-ce que tu es passé dans la cuisine ?

Il eut un petit sourire narquois à son tour.

- Oui, j'y suis allé.

Son sourire à elle devint plus franc.

- Tu as donc constaté que nous avons à manger pour au moins trois jours.

Il dit sur le ton le plus sérieux :

- J'ai compris que tu voulais profiter de l'absence des enfants pour inviter nos collègues à une grande bouffe avant de démarrer l'année. La pièce de viande à elle-seule nourrirait une équipe de rugby après un match de finale !

Elle sourit encore, reconnaissante envers son conjoint de toujours savoir prendre les choses du bon côté. Il redevint cependant sérieux.

- Je suppose que ce n'est pas pour ça que tu es ici à pleurer ?

Elle hésita avant de répondre, en regardant la moquette à ses pieds.

- Non.

Mais elle ne poursuivit pas. Ce fut Michel qui reprit :

- Tu n'es pas en forme, depuis hier soir, n'est-ce pas ?

Elle fit signe que non avec la tête.

- Et je dirais même que ça ne date pas d'hier. Est-ce que je me trompe ?

Elle fit à nouveau signe que non, sans ajouter une parole. Alors Michel demanda ouvertement :
- Qu'est-ce qu'il se passe avec Bastien ?
Elle eut un pauvre sourire, toujours à fixer la moquette.
- Comment sais-tu qu'il s'agit de Bastien ?
- J'ai vu l'expression de ton visage, hier soir. J'ai vu que tu étais excédée. Tu t'es efforcée de ne rien en montrer, comme d'habitude, mais je te connais assez pour savoir que tu étais excédée.
Il fit une pause avant d'ajouter.
- Je me demande même comment Bastien ne s'en est pas rendu compte.
Il y eu à nouveau une pause, et Michel se demandait comment poursuivre, quand Karine commenta d'un ton amer :
- Alors nous en arrivons à la même conclusion.
Il resta un instant surpris de cette réponse, ne sachant trop comment il devait l'interpréter.
- Que veux-tu dire ? Que toi aussi tu trouves bizarre que Bastien ne se soit pas rendu compte de ton énervement ?
- Oui, c'est exactement ce que je veux dire.
Le ton de Karine était irrité, amer. Michel en fut très étonné. Il n'avait jamais entendu Karine exprimer autre chose que des louanges à propos de son frère, et voilà que du jour au lendemain elle parlait de lui sur un ton persifleur.
- Est-ce que tu lui as dit que tu étais... énervée ?
- Pas hier soir. De toute façon, ça n'aurait servi à rien.
Michel hésita un instant avant de lui demander :
- Et... pourquoi étais-tu énervée ?
Elle releva la tête et le regarda dans les yeux. Ses yeux à elle exprimaient la même exaspération que la veille au soir.
- Parce que pour la énième fois du mois, de l'année, de ma vie, mon frère m'a demandé comment j'allais.
Michel haussa les sourcils, stupéfait :
- Ton frère t'a demandé comment tu allais, et ça t'a énervée ?!
- Oui. Ça m'énerve que mon frère vienne en catimini me demander comment je vais, alors que nous avons passé la journée à discuter, et à dire que tout allait bien.

- Peut-être avait-il un doute ? Peut-être avait-il mal compris quelque chose ?

Karine continuait à regarder Michel fixement dans les yeux, son regard exprimant toujours de la colère.

- Alors ça veut dire que mon frère a constamment des doutes et a vraiment du mal à comprendre les choses. Parce qu'il me fait ça à chaque fois que nous nous voyons.

Michel en fut sidéré.

- Ah parce-que... il te demande comment tu vas à chaque fois que nous nous voyons ? Toutes les fois où vous vous isolez dans un coin, il te demande comment tu vas ?

Karine faisais "oui" avec la tête à chacune de ses questions.

- Même si tu as raconté toute notre vie tout au long de la journée, il va encore te demander comment tu vas ?

Elle confirma une fois de plus. Michel siffla entre ses dents.

- Eh bien ! Mon beau-frère a de la constance !

- C'est le moins que l'on puisse dire.

- Est-ce que tu lui as déjà dit que ça te saoulait ?

- Tu ne peux pas savoir combien de fois.

- Et comment réagit-il ?

- Il ne voit pas où est le problème.

- Ah bon ? Même si tu lui dis que ça te saoule ?

Karine poursuivait sur le même ton d'exaspération :

- Même si je lui dis que tout va bien, qu'il n'a pas de raison de s'inquiéter, qu'il est saoulant avec ses questions, qu'il est même lourdingue, qu'il m'énerve, qu'il m'exaspère, que je ne veux plus qu'il me pose cette question... Il me fiche la paix pendant un moment, puis il recommence.

- C'est dingue ça...

Michel réfléchit un moment à ce qu'il venait d'apprendre. Karine s'était remise à fixer la moquette. Au moins, en exprimant sa colère, elle semblait moins triste, moins abattue. Michel reprit :

- Et pourquoi ne m'en as-tu jamais parlé ?

Karine haussa les épaules.

- Je trouvais ça tellement bête. Il arrivait presque à me donner l'impression que c'était mon comportement à moi qui était tordu.

Quoi de plus gentil qu'un grand frère qui se souci de sa sœur ? C'est son argument d'ailleurs.
- C'est gentil quand c'est justifié ! Mais s'il vient te demander de tes nouvelles alors que tu viens de lui en donner, c'est plutôt surprenant.
Le ton de Karine se fit plus lourd.
- C'est même inopportun.
Michel tourna la tête vers elle.
- En même temps, il n'y a pas de quoi en faire tout un plat, non ?
Mais comme Karine ne répondait rien, il ajouta :
- Ça fait longtemps qu'il agit comme ça ?
Elle hésita avant de répondre :
- Ça fait dix ans.
Il sursauta.
- Quoi ? Dix ans ?
- Tu as bien entendu, dix ans.
Michel se leva.
- Mais c'est dingue, ça ! Dix ans qu'il te harcèle à te poser la même question ?
Karine hocha la tête. Michel resta pantois un moment, les mains sur les hanches.
- Eh bien, je comprends que tu sois exaspérée !
Il changea soudain de ton.
- Mais je réalise que je meurs de faim, ça te dérangerais qu'on continue cette conversation à table ?
Elle se leva.
- Non, ça me va.
Michel posa les mains sur les épaules de sa compagne.
- Va donc à la salle de bain te passer un peu d'eau sur le visage, je m'occupe de la fin du repas.
- Ok.
Il se rendit à la cuisine tandis qu'elle allait à la salle de bain. Il sorti deux steaks hachés du congélateur et les jeta dans une poêle chaude. Pendant que les steaks cuisaient, il songeait à ce qu'il venait d'apprendre tout en mettant la table. Voilà qu'il découvrait un comportement bien singulier à son beau-frère. Quelle drôle de

manie que de s'inquiéter en permanence pour sa sœur, quand bien même cette dernière déclarait elle-même que tout allait bien. Et si Bastien avait des inquiétudes, pourquoi n'était-il pas venu lui en parler à lui, son beau-frère ? Lui qui croyait qu'il avait une relation de confiance avec Bastien, voilà qu'il découvrait que la relation en question n'était pas autant au beau fixe qu'il croyait. Quelle déception ! L'odeur des steaks qui brûlaient dans la poêle le rappela à l'ordre et il se dit que, décidemment, côté cuisine ça n'était pas leur jour. Il s'efforça malgré tout de présenter la table de manière accueillante. Karine arriva et ils s'installèrent. Les yeux de Karine tombèrent sur les steaks hachés. Elle eut un sourire amusé, prit sa fourchette et souleva l'un des steaks avec un air hypocrite, avant de regarder Michel en coin avec un air amusé.

- Décidemment, ce n'est pas notre jour.
- Non, c'est aussi ce que je me suis dit. La voisine avait dû le lire dans notre horoscope. C'est pour ça qu'elle a invité les enfants, pour les sauver d'une intoxication. Il faudra penser à la remercier.

Elle sourit volontiers à sa boutade. Tout en faisant le service, elle se dit qu'elle avait vraiment un copain épatant. Il savait toujours prendre du recul pour considérer chaque chose, ne pas faire un drame de petits riens, et surtout mettre la priorité sur le bien-être de sa femme et de ses enfants. Elle le lui dit :

- J'ai de la chance de t'avoir.

Il eut un sourire faussement orgueilleux.

- C'est vrai que je suis un mec épatant !

Il attrapa sa fourchette à son tour pour faire un sort à ses carottes.

- Bon, si on en revenait à nos moutons. Si j'ai bien compris, ton frère te demande comment tu vas à chaque fois que tu le vois. Ça pourrait passer pour de la sollicitude, sauf qu'il fait ça en fin de journée, après que tout le monde ait raconté sa vie, et que donc il est déjà censé savoir comment tu vas. Et selon toi, il fait ça depuis dix ans, c'est ça ?
- Tu as bien suivi.
- Donc en fait, il a commencé avant même que nous soyons ensemble ?

- Il a commencé à l'époque où il a quitté la maison pour s'installer avec Delphine.
- Ah... donc ça n'a rien à voir avec moi.

Karine parut surprise.
- Pourquoi son attitude aurait quelque chose à voir avec toi ?

Michel répondit d'un ton assuré.
- Parce que s'il te demande comment tu vas, alors que nous avons déjà dit que tout va bien, ça veut dire qu'il ne te croit pas. Et s'il te le demande en catimini, ça veut dire qu'il ne me fait pas confiance.

Karine hocha la tête avec un air d'évidence.
- Je craignais bien que tu finisses par croire ce genre de chose. Mais non, comme tu viens de le dire, ça n'a rien à voir avec toi. Il a commencé bien avant que nous nous fréquentions.
- Donc en fait, tant qu'il était à la maison pour veiller sur toi, ça allait, mais du jour où il s'est éloigné, il s'est mis à craindre pour toi.

Karine hésita avant de répondre. Elle savait que l'équation n'était pas tout à fait celle-là, mais c'était justement l'aspect de la situation qu'elle ne voulait pas aborder.
- Oui, on peut voir ça comme ça.
- Eh bien, dit-il en se resservant des carottes, ça n'est quand même pas très flatteur pour moi. Ça veut dire qu'il considère que je ne suis pas capable de veiller sur toi.

Michel avait dit cela sur un ton dépité. Karine le reprit.
- Ça veut déjà dire qu'il ne me croit pas capable de veiller sur moi-même ! Ça n'est pas plus flatteur.

Michel resta silencieux un instant avant de reprendre son repas.
- Qu'est-ce qui l'inquiète à ce point ?

Cette question-là abordait aussi l'aspect du problème que Karine voulait garder secret. Elle continua donc à ne parler que du côté visible de l'iceberg.
- Je pense que cette inquiétude est née lorsque mon père est décédé. En toute logique, Bastien s'est senti responsable de moi. Et je pense que c'est un peu lourd, comme responsabilité, pour un adolescent de quinze ans. Ça a dû créer une angoisse chez lui, et depuis, cette angoisse le taraude à chaque fois que nous sommes

éloignés l'un de l'autre. Alors, quand il me voit, il a besoin de se rassurer.

Michel avait réfléchi tout en écoutant sa femme.

- Oui, ça tient la route ton raisonnement. Etant plus vorace que sa compagne, il se servit du gratin et un steak avant de servir Karine, qui avait tout juste eu le temps de manger sa première assiette de carottes. Tout en faisant le service, il continuait à méditer sur les derniers propos de Karine.

- Il y a quand même un truc qui ne tient pas la route. Pour autant que j'aie pu en juger, il n'y a que toi que Bastien va titiller en coin, comme ça. Il ne le fait pas à ta mère, n'est-ce pas ?

Karine fut obligée d'en convenir.

- Pourtant, tu m'as toujours dit qu'il s'était senti responsable non seulement de toi, mais aussi de ta mère ?

Elle fut également obligée d'en convenir.

- Alors pourquoi ne s'inquiète-t-il que pour toi aujourd'hui ?

Karine garda les yeux sur son gratin et fut bien contente d'avoir la bouche pleine pour ne pas avoir à répondre tout de suite. Michel n'était pas stupide, il avait bien noté la différence. Elle aussi aurait été rassurée que Bastien s'inquiète pareillement pour leur mère que pour elle. Mais elle aussi avait bien noté qu'il n'y avait qu'à son égard qu'il montrait une sollicitude extrême. Là aussi, elle se garda d'aborder cet aspect du problème qu'elle tenait à garder secret. En attendant, elle avait trouvé sa réponse.

- Eh bien je ne suis pas psychologue. On peut supposer qu'il s'inquiète davantage parce qu'à ses yeux je suis sa petite sœur, donc plus fragile que ma mère.

Ils mangèrent en silence pendant un moment. Michel finit par dire :

- Je trouve quand même tout cela bien étrange. A la fois que Bastien vienne lourdement te demander comment tu vas, et que ça prenne une telle ampleur. Il suffirait que tu aies une bonne discussion avec lui, ou que tu l'envoies paître...

- Je l'ai déjà fait.

- Et ?

- Et alors rien, il continue.

- Est-ce que tu n'as pas insisté ?
- Si. Je lui ai dit plusieurs fois. J'en ai ri, je me suis moquée de lui, je me suis fâchée, je l'ai assuré maintes fois que tout allait bien, mais rien n'y a fait. Au mieux, il me laisse tranquille pendant quelques temps. Mais il finit toujours par recommencer.

Michel n'avait plus faim. Perdu dans ses pensées il se leva, débarrassa la table et alla chercher un yaourt pour lui et une compote pour sa femme. Il dit en se rasseyant :
- Et si nous en parlions tous ensemble ?

Karine sursauta.
- Pourquoi veux-tu que nous en parlions tous ensemble ?
- Eh bien tu dis que malgré toutes tes remarques, il ne t'écoute pas. Son comportement continue et visiblement tu ne supportes plus ça. Je ne sais pas si tu t'en rends compte, mais tu es de plus en plus tendue, semaine après semaine. Et... l'atmosphère à la maison s'en ressent.

Karine en fut contrariée. Elle avait bien conscience que cette situation lui pesait, mais non, elle n'avait pas eu conscience que ça se reportait sur sa famille.
- J'en suis désolée.

Il lui prit la main.
- Karine, ça n'est pas bien grave en soi, personne n'en a pâti. Mais maintenant il faut que cette situation prenne fin. Delphine aussi a remarqué que le comportement de Bastien n'était pas très normal.
- Elle t'a dit quelque chose ?
- Oh, une remarque en l'air, elle a pensé à voix haute, mais ça m'a prouvé qu'elle aussi trouvait ça bizarre.
- Tu trouves bizarre que Bastien vienne me parler en catimini comme ça ?

Il la regarda dans les yeux.
- Oui. C'est tellement systématique, tellement répétitif, tellement... secret ! C'est pour ça que je suggérais que nous en parlions tous ensemble. Peut-être que si nous lui disons tous que son comportement est particulier, et non plus seulement toi, alors peut-être que ça le fera réagir.

Karine ne répondit rien. Elle avait terminé sa compote et restait assise, les bras sur la table, à réfléchir à leurs propos. Il lui fallut un certain temps avant de se décider.

- Pourquoi pas ? Après tout, je ne serais pas contre...
- Contre quoi ?
- Contre le fait que l'on en parle ensemble, tous les quatre.
- Ah ! Oui, je pense que ça pourrait faire avancer les choses, puisqu'à toi seule tu n'arrives pas à le raisonner. Peut-être qu'en nous y mettant à plusieurs, nous arriverions à lui faire prendre conscience qu'il n'est pas normal qu'il s'inquiète toujours pour toi, que le temps a passé, que tout va bien maintenant. Ou lui faire prendre conscience alors que, si ce que tu lui as dit ne l'a toujours pas rassuré, c'est que peut-être que le problème est ailleurs.

Heureusement pour Karine que Michel s'était levé pour finir de débarrasser la table en disant sa dernière phrase. Ainsi, il ne la vit pas se mordre la lèvre inférieure et détourner les yeux avec effarement lorsqu'il émit l'idée que le problème était peut-être ailleurs. Michel avait mis moins de temps qu'elle pour comprendre ça. Elle, il lui avait fallu des années. Des années à accepter de regarder les choses en face. Mais même si elle en avait enfin prit conscience, cela ne lui disait pas plus comment gérer cette nouvelle donne. Bien au contraire. Alors, elle fit comme elle en avait l'habitude : elle continua à faire semblant.

- Oui, je pense comme toi.

Tout en remplissant le lave-vaisselle, Michel continua sur sa lancée :

- Alors je pense que le mieux est de régler ça au plus simple. Par exemple, la prochaine fois qu'il te prend à part pour un de ces conciliabules, tu peux lui proposer de nous rejoindre pour en parler, ou bien tu nous interpelles sur le mode taquin du genre, "Hé ! Vous savez quoi ? Bastien s'inquiète encore pour moi !", pour nous faire entrer dans la conversation. Ou encore, c'est moi qui vous interpelle. Qu'est-ce que tu en dis ?
- Oui... pourquoi pas... ça aurait au moins le mérite d'être simple. Comme ça, je n'ai pas besoin de l'appeler, de lui dire que je veux le

voir, d'organiser une rencontre officielle à plusieurs. Ça ferait plus naturel, moins truc organisé.
- Oui, je le pense aussi.

Michel referma le lave-vaisselle et releva la tête vers elle avec un sourire.
- Est-ce que ça va mieux ?
- Oui, lui répondit-elle avec un sourire.
- Est-ce que je peux retourner au lycée poursuivre la préparation de mes cours ?
- Oui Monsieur.

Il se pencha par-dessus la table pour lui donner un baiser.
- Merci Madame, à tout à l'heure.
- Merci à toi.

Michel quitta la maison, monta dans sa voiture et reprit le chemin du lycée. Il n'était pas mécontent de la tournure qu'avait pris cette discussion. Il avait espéré faire avancer les choses, et il lui semblait que c'était le cas. Globalement. Car même s'il était content d'avoir pu faire parler Karine, qu'elle ait pu s'exprimer, il trouvait quand même bizarre qu'un fait aussi anodin dure depuis tellement longtemps, qu'il ait pris une telle ampleur, et que Karine ait supporté ça. D'habitude elle avait du caractère, et quand elle avait quelque chose à dire elle ne se laissait pas démonter. Alors pourquoi une telle passivité dans ce cas ? D'autant plus que, quand Karine et Bastien se retrouvaient discrètement, leur discussion durait quand même un bon petit moment, pas juste le temps d'un "Au fait comment vas-tu ?". Là aussi, comment expliquer ça ? Karine n'en avait pas dit le moindre mot.

En arrivant au lycée, Michel s'aperçut qu'il était en fait contrarié. Il avait quitté la maison plutôt satisfait, mais à bien y réfléchir, seul dans sa voiture, il se rendait compte qu'il y avait encore des zones d'ombre. A croire que Karine ne lui avait pas tout dit. Un peu comme Isabelle, qui avait avancé la complicité entre frère et sœur, le même argument que Bastien. Il lui semblait confusément que chaque membre de la famille était conscient, à des degrés divers, que quelque chose n'allait pas, mais sans prendre le parti de crever l'abcès. Le visage rembruni, il ferma sa voiture et entra dans le bâtiment. Tandis qu'il longeait les couloirs vides, il se surprit à se demander si la famille Dunant ne dissimulait pas un secret.

Chapitre 6

Lundi 16 août 2010 - 17h00

Isabelle avait fini de remettre sa maison en état. Le lundi était son jour de ménage. Ça lui permettait de bien démarrer sa semaine en se livrant à une tâche énergique, tout en se débarrassant des corvées pour le reste de la semaine. Elle était soigneuse et aimait prendre le temps de remettre chaque objet à sa place, de ranger les jouets que les enfants avaient oubliés dans un coin, de nettoyer la poussière de la semaine passée et du week-end. Elle aimait aussi, au fur et à mesure de la journée, retrouver des traces du passage de ses enfants. Ce verre-là portait encore les traces des lèvres pleines de chocolat de Chloé. Cette assiette semblait propre tant Bastien l'avait saucée jusqu'à la dernière goutte. Là, c'était Delphine qui avait placé ce coussin sous sa tête et avait oublié de le remettre à sa place... Et quelle satisfaction, ensuite, de pouvoir contempler sa maison bien nette, bien rangée. Elle s'y sentait tellement bien !

Elle se souvenait qu'elle avait choisi cette maison avec Marc, alors qu'ils étaient jeunes mariés. Ils avaient tout de suite flashé sur cette maison un peu vieillotte, qui évoquait la maison de maître mais en plus modeste, au charme ancien, située un peu en dehors de la ville sans être isolée. Avec un grand terrain de quatre mille mètres tout autour, et un ruisseau qui passait au fond du jardin, ils avaient rêvé ensemble d'y voir un jour courir leurs enfants. Son propriétaire hésitait entre la vendre ou la louer, mais Marc et Isabelle préféraient la louer, car ils n'étaient pas sûrs d'obtenir un prêt : Marc venait juste d'être embauché au sein d'une agence immobilière, et ils n'avaient que très peu d'économies, comme beaucoup de jeunes. Le propriétaire, un homme très aimable aux manières distinguées, s'était alors proposé d'étudier lui-même leur dossier. Il était directeur de banque et avait toutes les compétences pour évaluer leur solvabilité. A sa demande, ils lui avaient fourni tous les documents nécessaires à l'étude de leur dossier, et avaient pris rendez-vous pour la semaine suivante.

Ils s'étaient rendus au rendez-vous le jour convenu. Le propriétaire habitait un peu plus loin que la maison de leur rêve. Ils s'étaient garés devant une jolie barrière blanche sur laquelle était posée une boîte aux lettres qui indiquait le nom de leur futur bailleur : M. Lechapelier. Là, ils avaient sonné et s'étaient annoncés avant de voir le portail s'ouvrir comme par magie. Ils avaient ensuite remonté une allée sur environ cent cinquante mètres, dans un terrain ceint d'une haie haute, et entièrement arboré, avant de voir enfin la maison. Ils en eurent le souffle coupé. La demeure était splendide. Non pas qu'elle leur aurait plu, elle avait à leurs yeux un aspect beaucoup trop froid et pompeux pour qu'ils puissent s'y plaire, mais cela ne les empêchait pas d'en apprécier toute la noblesse et le prestige : construite sur trois niveaux, blanche avec plusieurs toits pointus en ardoise et même une petite tour, on devinait que le propriétaire était un homme aisé, bien plus que ne pouvait l'être un simple banquier. Ils avaient donc compris que M. Lechapelier ne pouvait qu'être issu d'une famille fortunée. Celui-ci avait d'ailleurs ouvert la porte et les avait invités à entrer.

Ils avaient alors pénétré dans un hall avec un sol en marbre et un escalier en pierre, dont les lignes étaient rehaussées par la pureté du blanc des murs. La main courante en fer forgé faisait écho à une console en bois précieux posée sur un piétement lui aussi en fer forgé, et quelques meubles et tableaux judicieusement placés parachevaient cette pièce qui respirait le luxe. Marc et Isabelle s'étaient senti tout petits dans cette pièce immense et froide. Mais M. Lechapelier les avait promptement entraînés vers la salle à manger. Cette pièce était à la hauteur de la précédente : blanche, mais avec un parquet plus chaleureux que le marbre, agrémentée de grandes portes fenêtres vitrées à carreaux, blanches elles aussi, et donnant directement sur le jardin via une terrasse. Des meubles d'époque, parfaitement assortis à la maison, meublaient cette pièce.

Ils s'étaient installés à la table, où était posé leur dossier, et M. Lechapelier leur avait expliqué qu'en effet, comme ils s'y étaient attendus, celui-ci était un peu mince. Il y avait fort à parier qu'une banque traditionnelle leur aurait refusé le prêt. Il leur avait alors fait une offre : établir un contrat pour leur louer la maison, mais assorti d'un droit prioritaire d'achat au bout de cinq ans, en tenant compte des loyers déjà versés pour leur accorder une diminution sur le prix. Il avait déjà établi tous les papiers nécessaires, d'une qualité professionnelle bien que restant dans un cadre privé, et avait même prévu un contrat sous seing privé. Pour qu'ils puissent se décider, il leur laissait tous ces papiers pour qu'ils y réfléchissent. Cette proposition convenait à ravir à Marc et Isabelle. En effet, Marc avait perdu son père tout jeune, sans même avoir le temps de le connaître, et sa mère était partie à son tour alors qu'il avait tout juste vingt ans. Isabelle avait pareillement perdu son père très tôt, c'est d'ailleurs un des traits qui les avaient rapprochés, et sa maman, bien qu'en vie, était de condition modeste et d'un tempérament mélancolique depuis la perte de son époux. Ils n'avaient donc aucune famille sur laquelle compter pour leur donner un coup de pouce dans l'acquisition d'une maison. Ils avaient donc pris les documents que leur avait proposés M. Lechapelier pour les étudier plus à leur aise, comme celui-ci le leur avait suggéré. Quelques jours après, convaincus, ils avaient signé le bail de location. Le déménagement avait eu lieu dans les semaines suivantes.

Une fois dans leurs murs, ils avaient alors aménagé cette maison à leur goût. Isabelle avait pris un grand plaisir à chiner quelques meubles bon marché en brocante, à les nettoyer et à les cirer avant de les mettre en place pour compléter le mobilier qu'ils avaient déjà. L'ensemble de la maison était de couleur crème, avec un beau plancher de teinte miel en parfait état. Elle avait été bien entretenue, et avait juste quelques pièces défraichies. Ils avaient choisi d'en refaire trois : leur chambre, celle d'un futur bébé, et la salle à manger. Ils avaient décidé de rester dans les tons crème et ivoire déjà présents, et n'avaient plus eu qu'à choisir la décoration pièce par pièce pour réchauffer et personnaliser l'ensemble. Ils avaient choisi ensemble les rideaux, les lustres, et les peintures, et ces quelques rafraichissements avaient suffi pour qu'ils se sentent tout de suite chez eux.

Bastien était arrivé un an après leur emménagement. Comme ils l'avaient rêvé, ils avaient vu leur premier enfant grandir dans cette maison. Un beau bébé brun, qui avait su se faire entendre quand il avait faim et avait beaucoup aimé les câlins de sa maman et de son papa. Ainsi s'était écoulée leur vie, à la fois paisible et heureuse. Puis deux ans après, un deuxième bébé s'était annoncé. Ils en avaient profité, avant son arrivée, pour refaire à neuf une autre chambre et repeindre la cuisine dans une couleur un peu plus chaude. Ils avaient fait tous ces travaux avec beaucoup de plaisir, puisqu'ils savaient qu'à terme cette maison leur appartiendrait. Karine était arrivée à son tour, brune elle aussi, mais avec une peau plus claire, et une voix nettement moins puissante. Et elle avait tout autant aimé les câlins de son papa et de sa maman.

Quand Karine avait eu à peu près un an, et selon ce qui avait été établi dans le contrat de location, M. Lechapelier leur avait demandé s'ils désiraient se porter acquéreurs de la maison. Marc avait alors trente ans, il avait pu évoluer sur son poste de travail, et leur situation financière s'en était améliorée. Ils avaient donc signé un compromis de vente, avec une particularité : M. Lechapelier leur avait proposé de ne pas passer par une banque, et de ne signer un accord qu'avec lui. Ils s'en étaient étonnés : ne souhaitait-il pas obtenir immédiatement l'intégralité du prix de son bien ? Il leur avait répondu que pour lui, percevoir un loyer ou une mensualité ne faisait pas une grande différence, qu'il n'avait nullement un besoin pressant d'argent, et qu'il suffisait d'établir le tableau d'amortissement indiquant toutes les mensualités pour que tout soit au clair entre eux. Après étude des papiers, ils avaient été convaincus et avaient donc signé.

Ç'avait été des années douces et tranquilles, au cours desquelles les enfants avaient grandi, joué, étaient tombés malades, s'étaient disputés, s'étaient fait punir. Ils avaient découvert l'école, les camarades, les tartines de beurre et de confiture, les bleus aux coudes et les écorchures aux genoux. En repensant à ces années-là, Isabelle déambulait dans sa maison en redécouvrant chaque pièce comme pour la première fois.

La cuisine, ils l'avaient peinte en jaune pâle. Marc disait toujours qu'elle ressemblait à une grosse motte de beurre. Ils avaient bien ri en la peignant, se demandant quel allait être le résultat : ambiance douce et chaleureuse, ou criarde et donnant l'impression que le four était allumé grand ouvert ? Mais ils avaient eu raison de se fier à leur instinct : le résultat était attrayant et faisait de la cuisine une pièce à la fois chaude et lumineuse, où l'on se sentait bien. Isabelle avait adouci l'ambiance générale en mettant des stores bateau couleur turquoise. Lorsqu'ils étaient baissés, ils donnaient l'impression que la cuisine était verte. C'était très agréable en été, lorsque le soleil illuminait la façade de la maison et donnait dans la pièce, car elle semblait à la fois en plein soleil, et sous la fraicheur des frondaisons. Que de bons petits plats elle y avait concocté pour sa famille ! Salades en été, gratins et soupes en hiver... Oh bien sûr, pas toujours pour le bonheur des enfants qui détestent tous les légumes, mais avec le temps ils s'étaient habitués, avaient fini par apprécier à leur tour, pour ensuite apprendre eux aussi à leurs enfants à manger des légumes...

Elle passa dans la salle à manger. Ils lui avaient conservé sa couleur crème d'origine, mais avaient dynamisé l'ensemble avec une décoration chaude, dans les tons jaune soleil, orange sanguine et brique, le tout savamment dosé pour que le résultat ne fasse pas agressif, mais chaleureux. Ils y avaient réussi car la pièce donnait derrière, soit nord-est, et si la lumière était bien présente, le soleil, lui, n'y venait jamais qu'à travers le salon, et à condition que la porte qui les séparait soit ouverte. Ces notes de couleurs vives remplaçaient donc avantageusement l'absence de soleil. Une fois quelques bougies disposées çà et là sur les meubles, un ou deux vases de fleurs arrangées, le tout était parfait. Plus tard, une fois devenus propriétaires, ils avaient fait sauter la cloison qui séparait les deux pièces, et la salle à manger y avait gagné en luminosité. Dans cette optique, Isabelle avait eu l'excellente l'idée de décorer le salon à l'identique de la salle à manger dès le départ. Ainsi, les deux pièces réunies étaient restées harmonieuses.

Isabelle quitta la pièce de vie principale pour s'engager dans l'entrée, où elle redécouvrit la frise vert-amande qu'elle avait collée elle-même à quelques centimètres du plafond, et qui en rehaussait tellement le style. Elle monta l'escalier en bois, couleur miel comme le plancher, pour atteindre le palier qui était du même ton que l'entrée, crème et vert-amande, avant d'entrer dans la chambre de Karine. Elle y appréciait toujours autant cette teinte si délicate de vieux rose qu'elle avait trouvée dans cette petite boutique de peinture, et qui s'accommodait si bien avec la teinte crème du papier peint et avec le plancher couleur miel. Elle en avait rechampi toutes les boiseries, fenêtres, portes et moulures, qui étaient de la même couleur que le mur, ton sur ton. Elle avait masqué la fenêtre d'épais rideaux unis, cernés par un gros ruban vieux rose lui aussi, et agrémenté la pièce d'une lampe de chevet vieux rose, et de quelques rubans noués çà et là. Bien sûr, depuis le temps l'ensemble avait fané, comme toutes les autres pièces de la maison, mais Isabelle trouvait que ce fait rajoutait encore au charme ambiant. Il évoquait la patine du temps.

Elle quitta la chambre de Karine pour se rendre dans celle de Bastien. Là, c'était le bleu Provence qui dominait. Il n'avait pas fané, mais au contraire avait légèrement foncé. Il n'en conservait pas moins tout son charme à la pièce dont le ton principal était là aussi une teinte crème. Elle avait mis des rideaux en tissu vichy aux fenêtres, un dessus de lit en vichy lui aussi, la lampe et le lustre assortis, mais l'ensemble dans un style plus classique que la chambre de Karine puisque c'était là une chambre de garçon.

Sa propre chambre, où elle n'avait que de délicieux souvenirs. C'était le lieu de son intimité avec Marc, là où ils avaient partagé tous leurs rêves, tous leurs projets, là où ils avaient piqué tous leurs fous rires. C'est là aussi, le plus souvent, qu'elle avait allaité ses enfants, qu'elle les avait gardés près d'elle la nuit quand ils étaient malades. C'était là, aujourd'hui, qu'elle gardait toutes les photos, affichées aux murs, posées sur les étagères, ou rangées dans des albums. Là qu'elle gardait les petits chaussons de ses bébés, leurs bracelets de naissance, ou l'alliance de Marc. Tous ses trésors étaient rangés dans une boîte décorée de tissus. Ici, elle n'était jamais seule. Tous ceux qu'elle aimait étaient avec elle. Là aussi, les murs étaient couleur crème, en parfait accord avec le plancher couleur miel, les boiseries ivoires étant délicatement rechampies d'un rose très pâle. Les fenêtres étaient masquées de voilages ivoire, qui donnaient à la pièce un aspect aérien. L'ensemble inspirait la sérénité, le repos, la quiétude. Son havre de paix. Elle en referma la porte et poursuivit sa visite.

La salle de bain était toute carrelée, dans des teintes sable et ivoire, et rehaussée de motifs vert menthe. Elle offrait des serviettes beiges épaisses, assorties aux tapis de bain et au rideau. Isabelle veillait à ce qu'il y fasse toujours bien chaud, pour que la toilette reste un plaisir. Chaque fois qu'elle ouvrait cette porte, elle croyait entendre encore les rires des enfants qui jouaient dans leur bain. Par contre, elle ne regrettait pas le bazar qu'il fallait ranger après ! Là aussi, les souvenirs lui revenaient. La salle de bain, c'était la pièce où il fallait toujours se dépêcher si on ne voulait pas être en retard à l'école, où l'on donnait les dernières recommandations du matin, où l'on distribuait selon les jours bisous ou claques sur les fesses. C'était parfois aussi le lieu des confidences, à la va-vite, seul lieu où papa et maman arrivent à se croiser le matin avant d'aller chacun à ses occupations.

En fermant la porte de la salle de bain pour reprendre l'escalier, elle n'eut pas un regard vers la dernière porte de l'étage. A ses yeux, cette porte n'existait pas. Et la pièce qu'elle dissimulait encore moins. Etait-ce un choix volontaire, ou un effet de sa mémoire ? Autrefois, au tout début, ils avaient utilisé cette chambre comme chambre d'amis, chambre de secours quand un enfant était malade, salle de jeux, voir même comme débarras, mais ils ne l'avaient jamais réaménagée. Au début par manque d'argent, puis par manque de temps, puis par manque d'intérêt, les autres pièces étant suffisamment spacieuses. Puis Marc était mort, et cette pièce vieillotte était devenue le cadet des soucis d'Isabelle, avant d'être carrément dédaignée, méprisée, honnie puis abandonnée. Elle était la décharge où Isabelle avait remisé sa colère, son dégoût, sa rancœur, sa haine. Comme la mer rejette aux hommes les détritus dont ils l'ont submergée, Isabelle avait rejeté dans cette pièce tout ce que la vie lui avait fait subir. Elle était devenue l'inconscient de la maison, zone secrète, inconnue, qu'on ne veut pas considérer, mais pourtant bien présente, où la raison vient déverser vague après vague les souvenirs refoulés par l'amertume, la colère, le chagrin ou la haine, sans que l'on s'en aperçoive. Et cette pièce était maintenant tellement pleine qu'il valait mieux en tenir la porte fermée. Pour toujours.

Chapitre 7

Mercredi 18 août 2010 - 13h30

Delphine était d'humeur sombre. Pendant toute la journée de lundi, elle avait ressassé cette étrange et impénétrable manie qu'avaient Karine et Bastien de se retrouver à la fin de chaque rencontre familiale. Elle n'avait trouvé aucun apaisement dans cette réflexion, puisqu'elle n'y avait trouvé aucune explication. Par contre, elle savait maintenant pourquoi ces rencontres lui pesaient tant : elle les trouvait malsaines. Oui, elle trouvait malsain que le frère et la sœur aient systématiquement, compulsivement besoin de se parler en tête-à-tête à la fin de chaque rencontre familiale. Elle y trouvait un parfum de complot. Ç'aurait été différent si elle avait connu, ne serait-ce que de loin, la teneur de leurs discussions, mais c'était là où le bât blessait : le ou les sujets de ces discussions restaient secrets. De plus, maintenant qu'elle avait mis un mot sur le sentiment que provoquaient en elle ces échanges, elle était mortifiée du fait que le mot qui lui soit venu ait été "malsain". Pourtant, comment qualifier cela autrement ? Elle avait bien essayé de positiver, de se sermonner, rien n'y avait fait : elle était restée pénétrée du fait que leur attitude avait quelque chose de morbide.

Le lundi soir, après avoir quitté son travail, elle avait fait comme d'habitude : celle pour qui tout allait bien. Elle avait récupéré les enfants à la sortie du centre aéré, ils étaient montés dans la voiture, avaient fait le trajet qui les séparait de la maison, étaient rentrés, avaient pris le goûter en discutant de la journée, puis les enfants étaient allés jouer pendant qu'elle préparait le repas. Comme à son habitude Bastien était rentré un peu tard, ils avaient discuté de tout et de rien, de leur journée, des enfants, et avaient plaisanté. Puis Karen et Christophe les avaient rejoints pour passer à table, où ils avaient continué leurs conversations à quatre. Enfin, Delphine avait accompagné les enfants au lit pendant que Bastien avait débarrassé la table et rangé la cuisine. Elle avait la chance d'avoir un mari moderne qui, comme beaucoup d'hommes de sa génération, ne rechignait pas à prendre sa part de travaux ménagers. C'est ce qu'elle lui avait dit, en tout cas, quand elle l'eut rejoint après avoir fait leur bisou aux enfants. Bastien s'était éclipsé à son tour pour le bisou, avant de revenir à la cuisine.

Après qu'il soit revenu, elle n'avait même pas eu à trouver le moyen d'entamer la conversation. C'était lui qui lui avait demandé, avec un sourire taquin "Alors, qu'est-ce qui te tracasse ?". Elle en avait été étonnée. Et reconnaissante aussi. Elle n'avait vraiment pas su comment aborder ce sujet qui, à chaque fois, avait occasionné une dispute entre eux. Elle avait même hésité, présumant que cette nouvelle discussion ne ferait probablement que tourner en dispute, elle aussi. Mais le cas lui avait semblé trop lourd pour qu'elle continue à fermer les yeux dessus. En effet, même Michel avait commencé à émettre des doutes. Aussi avait-elle décidé qu'il fallait qu'ils crèvent l'abcès une bonne fois pour toute, et qu'elle fasse prendre conscience à Bastien que quelque chose n'allait pas dans sa relation avec sa sœur.

Elle s'était donc serrée donc contre lui avec un sourire reconnaissant.

- Non seulement j'ai un mari qui aime les tâches ménagères, mais en plus il sait lire dans les pensées des femmes.
- Uniquement dans les tiennes, lui répondit-il, mais j'avoue que je n'ai aucun mérite : avec la tête que tu fais !

Ah bon ? Elle faisait tant que ça une drôle de tête ?

- Pour qui te connaît un peu, oui, tu fais une drôle de tête. Tu te donnes beaucoup de mal pour avoir l'air normal, mais je vois qu'il y a quelque chose qui ne va pas.

Elle avait pris une inspiration et son courage à deux mains et s'était lancée.

- Ce qui me pèse, Bastien, je t'en ai déjà parlé. Mais tu ne m'as jamais comprise.

Il avait haussé les sourcils, l'air surpris.

- Ce qui me pèse, ce sont ces éternels conciliabules que vous avez ta sœur et toi.

Elle n'avait pas eu le temps de poursuivre que Bastien, s'écartant d'elle, avait levé les yeux au plafond en poussant un fort soupir d'exaspération.

- Tu ne vas pas recommencer !

- Si Bastien, je recommence, reprit-elle d'une voix douce mais appuyée, parce que tu ne m'as jamais vraiment écoutée, et encore moins comprise.

- Qu'est-ce que je suis censé comprendre, continua-t-il sur le ton de la colère, que ma sœur et moi sommes tarés parce que nous avons une relation complice ?

Delphine était allée fermer la porte de la cuisine.

- Je n'ai jamais dit ça, et je ne parle pas de votre complicité. Ce n'est pas le fait que tu t'entendes bien avec ta sœur qui pose problème, ni le fait que vous discutiez seuls ensemble. Ce qui pose problème c'est que lors de *chaque* rencontre familiale, vous discutez à *chaque* fois à part, en *secret*, sans que personne d'autre ne *sache* de quoi vous parlez.

- Parce que tu estimes que nous devons te rendre des comptes ?!! demanda-t-il encore plus en colère.

C'était bien ce qu'elle craignait. Comme chaque fois, Bastien prenait la mouche. Elle avait soupiré à son tour.

- Je ne te parle pas de rendre des comptes à qui que ce soit. Ce que je veux dire c'est que pour *quiconque* vous regarde, votre comportement est *déroutant*. Pourquoi devez-vous *systématiquement* vous parler *seul à seul* ? Pourquoi *systématiquement* le soir ? Pas en fin de matinée, en fin de repas, ou au gouter, non, toujours au moment de partir ? Et pourquoi toujours *en secret* ? Qu'avez-vous à cacher ? Est-ce que vous vous livrez à un trafic illégal ? Avez-vous quelque chose de honteux à partager ? Et est-ce que vous êtes donc obligés d'en parler si régulièrement ? Pourquoi n'en parlez-vous jamais à Michel ou à moi ? Ou même encore à votre mère ? Est-ce à ce point répréhensible ou méprisable pour que vous ayez toujours à vous isoler de la sorte ?

Au fur et à mesure qu'elle avait parlé, Bastien avait levé les bras au ciel.

- Non mais je crois rêver ! C'est du délire !
- Bastien ! J'essaie de te faire comprendre ce que vos conciliabules ont de déroutant et de dérangeants pour ceux qui vous entourent. Ça tient presque du rituel ! C'est ça qui n'est pas normal !

Mais Bastien avait été trop remonté pour comprendre. Comme à chaque fois qu'ils en avaient discuté.

- Alors à partir de maintenant je ne dois plus parler seul à seul avec ma sœur ! Tu ne veux pas que je lui tire la tronche, pendant que tu y es !

Delphine avait senti l'exaspération qui commençait à monter en elle.

- Est-ce que tu pourrais au moins ne pas te mettre à crier ?! C'est quand même dingue qu'on ne puisse jamais discuter de ça sans que tu deviennes hystérique !
- A parce que c'est moi qui suis hystérique, maintenant ! Ma femme me suspecte de trafic de drogue avec ma sœur, et c'est moi l'hystérique !
- Bon sang, Bastien, fait un effort ! Je ne te soupçonne pas de trafic de drogue, pas plus que Karine ! J'essaie de te faire comprendre ce que vos perpétuels apartés ont de déconcertant, de surprenant, de dérangeant ! Et que votre attitude pousse franchement à s'interroger !
- C'est vrai qu'il y a de quoi être vraiment choqué de voir un frère et une sœur discuter !

Delphine avait commencé à s'énerver.

- Ce n'est pas le fait que vous discutiez, qui es choquant, Bastien ! C'est tout le décorum qui va avec ! Votre isolement, le ton de vos voix qui baisse, même l'heure de votre rendez-vous qui est rituel ! Et tout ça comme en secret, comme si personne ne devait savoir !
- Mais savoir quoi, bon sang ?!!
- Mais justement, Bastien, je ne sais pas ! Nous ne savons pas ! Ni Michel, ni moi ne savons, après tant d'années, de quoi vous pouvez bien parler !
- Ah parce que tu en as parlé avec Michel, en plus ?!

Delphine avait poussé un gros soupir de lassitude. Elle s'était un peu calmée.

- Je ne lui en ai pas parlé volontairement ! En vous voyant à nouveau discutailler en cachette je me suis interrogée à mi-voix, et il m'a entendu.

Bastien était resté tout autant remonté. Il s'était appuyé contre le plan de travail, les mains posées de part et d'autre.

- Et je peux savoir ce que mon beau-frère pense de mes discussions avec sa femme ?

- Tout comme moi : il se demande de quoi vous pouvez bien trouver à vous parler.

- Non mais vraiment c'est incroyable ! Vous êtes en pleine paranoïa !

Delphine avait haussé le ton à son tour.

- Et peut-être qu'il y a de quoi ! Comment expliques-tu que deux personnes issues de deux milieux différents réagissent de manière aussi similaire face à un fait dont elles sont témoins depuis des années sans n'en connaître rien ? Pourquoi nous tenir à l'écart ? Pourquoi ne rien nous dire ?

- Mais parce qu'il n'y a rien à dire !

- Alors s'il n'y a rien à dire, pourquoi en parlez-vous ?! Pourquoi vous isolez-vous ? Pourquoi ne parlez-vous pas de votre "rien" avec nous ?

Bastien n'avait rien répondu et était resté avec l'air sombre.

- Et comment se fait-il qu'après toutes ces années, ni Michel ni moi ne sachions quoi que ce soit de vos apartés ? Comment se fait-il que vous ayez toujours à vous dire des secrets ? Et surtout, comment se fait-il que je ne puisse jamais t'en parler sans que tu te mettes dans une colère noire ?!

Il avait continué à garder le silence, toujours appuyé contre le plan de travail, les bras croisés, le regard noir, les yeux fixés vers le sol.

- Et c'est quand même dingue que je puisse parler de tout avec toi, de la dernière bêtise des enfants, d'une éraflure à la voiture, d'une facture inattendue, sans que ça ne t'énerve outre mesure, mais tes sacro-saintes discussion avec ta sœur, alors là, chasse-gardée ! Secret defence ! Halte là!

Toujours aucune réaction de la part de Bastien, qui était resté les yeux rivés au sol.

- Mais enfin Bastien, vas-tu ouvrir les yeux ? Est-ce que tu vas enfin reconnaître qu'il y a quelque chose de singulier dans vos rencontres ?

Bastien était resté encore un moment sombre et silencieux, perdu dans ses pensées, ses yeux se dirigeant parfois à droite ou à gauche, comme cherchant quelque chose à répondre. Puis il s'était redressé brusquement et avait quitté la pièce d'un pas vif, sans un mot. Delphine s'était retrouvée seule dans la cuisine, à la fois excédée et désemparée.

Elle avait continué à nettoyer, plus pour se donner une contenance que par réelle nécessité. Quand elle était montée se coucher, elle avait constaté que Bastien avait été dormir dans la chambre d'amis, signe qu'il était vraiment fâché contre elle. C'était la deuxième fois qu'il agissait ainsi depuis qu'ils étaient mariés. Et pour la même raison. Delphine avait poussé un soupir à la fois de dépit et d'exaspération, et s'était dit qu'après tout, il valait peut-être mieux qu'il en soit ainsi pour ce soir.

Mais le mardi matin, en se réveillant, elle avait entendu que Bastien était déjà debout. Et quand elle s'était levée à son tour, elle avait constaté qu'il avait déjà quitté la maison. Ça, c'était la première fois qu'il le faisait. La fois précédente, il était quand même revenu vers elle au matin pour faire la paix, avant de partir au travail. Mais là, il avait maintenu sa rancœur. Elle en avait eu le cœur lourd, mais il lui avait bien fallu faire avec. Dans la journée, au travail entre deux entretiens, elle s'était demandé si elle ne devrait pas l'appeler sur son portable. Mais en même temps, elle s'était demandé ce qu'elle pourrait bien lui dire. Lui demander pardon ? Mais de quoi ? L'avait-elle insulté ? Avait-elle insulté Karine ? Non. C'était lui qui s'était emporté, refusant comme chaque fois toute conversation digne d'un adulte.

Elle avait passé la journée à se demander comment ils allaient reprendre contact, après cette dispute qui avait refroidi sans avoir été réglée. Le soir, elle s'était attendue à le voir arriver à l'heure habituelle, mais il ne s'était pas montré. Elle avait alors commencé à s'inquiéter, jusqu'à ce que son portable sonne. C'était Bastien. D'une voix neutre, il lui avait dit qu'il avait du travail et qu'il rentrerait tard, qu'elle ne devait pas l'attendre. Elle avait eu envie de lui demander s'il faisait la tête, mais n'en avait pas eu le courage. Elle avait fait semblant de le croire, lui avait souhaité bon courage, et avait raccroché. A vingt-deux heures trente, il n'était toujours pas rentré. Elle s'était donc couchée sans l'avoir revu.

Le même scénario s'était reproduit le mercredi matin. En se réveillant, elle avait entendu les bruits habituels de Bastien qui s'était préparé pour aller travailler. Il était donc rentré, mais avait à nouveau dormi dans la chambre d'amis. Puis, bien que rentré tard, il s'était levé très tôt, et était déjà en train de partir. Elle s'était demandé pendant un instant si elle ne devait pas se lever au plus vite pour aller à lui et essayer de faire la paix. Mais le temps qu'elle réfléchisse au fait que ce n'était pas elle qui était cause de la dispute, ni elle qui l'entretenait, elle avait entendu la porte d'entrée se fermer. Bastien était parti.

Delphine en avait eu de la peine. Elle avait cru son couple fort, et avait finalement découvert qu'il y avait une faille dont elle n'avait jamais eu conscience. Une fissure à peine perceptible, mais qui venait de s'agrandir. Une zone secrète dans la vie de Bastien, qu'il ne voulait pas partager, et dont il ne voulait même pas que Delphine ait connaissance. A tel point qu'il préférait mettre une distance entre elle et lui, plutôt que de se confier. Delphine s'était demandé comment l'entente de son couple avait pu basculer si facilement. De plus, Bastien ne rentrait jamais le mercredi soir car c'était le jour où il partait en déplacement pour voir certains clients éloignés. Elle ne le reverrai donc que jeudi soir. Un peu long comme délai de réconciliation. Alors, durant toute la journée de mercredi, elle avait fait comme à son habitude, en faisant comme si de rien n'était. Aux yeux des enfants, il n'y avait rien d'anormal puisque leur papa partait travailler chaque jour. Et quand Karen s'était étonnée de ce que son père avait dormi dans la chambre d'amis, Delphine avait répondu du ton le plus neutre possible que c'était parce qu'il avait eu à se lever tôt, et qu'il n'avait pas voulu la réveiller. Comme elle aurait aimé pouvoir y croire elle-même.

Puis dans l'après-midi, comme Karen lisait dans sa chambre et que Christophe s'entrainait au ballon dans le jardin, elle se retrouva seule avec son trouble. Après avoir tourné et retourné le problème dans sa tête, elle n'y voyait que deux issues : soit elle enterrait définitivement ce fardeau en faisant semblant de ne rien voir, soit elle trouvait quelqu'un avec qui en parler.

Elle décrocha le téléphone et appela Michel.

Chapitre 8

Mercredi 18 août 2010 - 16h30

Bastien était au volant de sa voiture, en route pour aller voir un client. Il se sentait désorienté. Il ne savait plus comment réagir. C'était la première fois qu'il se trouvait dans une telle impasse. Sa conversation de lundi avec Delphine avait viré au cauchemar : il s'était mis dans une colère noire, avait été dormir seul, et était parti tôt le matin avant qu'elle ne soit levée. Il n'avait pas décoléré de toute la journée du lundi. Delphine l'avait vraiment poussé à bout. Ça n'était pas la première fois qu'elle lui tenait des propos saugrenus au sujet de sa relation avec Karine, mais là elle avait vraiment poussé le bouchon loin. D'autant plus qu'il lui avait déjà dit qu'il ne comprenait pas où elle voyait un problème, qu'elle faisait des histoires pour rien, qu'il n'y avait rien à en dire, et qu'il ne voulait plus en parler. Mais rien n'y faisait, elle y revenait sans cesse. Il s'était même demandé s'il ne s'agissait pas d'un caprice de femme jalouse, mais avait bien dû se rendre à l'évidence que sa femme s'entendait très bien avec sa sœur. Donc non, ça n'était pas une histoire de jalousie.

Il lui avait quand même fallu s'avouer qu'il n'avait jamais eu conscience du côté répétitif de ces moments en privé avec sa sœur. C'était justement cette dernière conversation avec Delphine qui lui en avait fait prendre conscience, le fait que Delphine insiste tellement sur le côté rituel de leurs entrevues. Pour lui, il ne s'agissait que de s'enquérir du bien-être de sa sœur, et peu importait quand, ou à quel endroit. Mais à entendre Delphine, il faisait ça systématiquement, toujours à la même heure, toujours au même endroit. Et, toujours selon elle, son beau-frère Michel trouvait également cela troublant. A les entendre, une simple discussion avec Karine prenait des allures de complot.

Le mardi soir, sa colère n'était pas encore entièrement retombée et il commençait même à se sentir mal à l'aise face à ce conflit et à tout ce qu'il soulevait... Dans tous les cas, il ne souhaitait pas se retrouver face à Delphine. Alors, il l'avait appelée en prétextant avoir du travail à finir, et qu'elle ne devait pas l'attendre. Il projetait de rentrer le plus tard possible, de dormir à nouveau dans la chambre d'ami, et de se lever tôt avant qu'elle ne soit levée. Il avait ensuite acheté un sandwich qu'il avait mangé sans appétit, puis avait trainé dans les rues à regarder les vitrines illuminées des magasins fermés, et ne s'était décidé à rentrer que lorsque l'aiguille de sa montre s'était rapprochée de minuit. Mais lorsque le réveil avait sonné, mercredi matin, il s'était senti assez minable d'éviter ainsi sa propre épouse, dans sa propre maison. Sa colère était maintenant retombée, mais il se sentait terriblement décontenancé face à l'attitude de Delphine. Comment un fait aussi anodin, une simple discussion avec sa sœur, pouvait provoquer une telle réaction chez elle ? Et pourquoi l'interpellation de sa femme pouvait provoquer une telle réaction chez lui ?... Il trouvait tout cela tellement ridicule, il savait tellement peu comment réagir, comment rétablir le contact, qu'il avait finalement suivi le plan initialement prévu et avait quitté la maison au plus tôt.

Toute la journée, il s'était volontairement absorbé dans la gestion de ses clients, se montrant encore plus prévenant que d'habitude, plus à l'écoute, répondant précisément à chaque question. Toute cette activité avait eu le mérite de lui occuper l'esprit. Mais maintenant, tandis qu'il roulait vers son client suivant, il n'eut pas d'autre loisir que de réfléchir à froid à la dispute qu'il avait eu avec Delphine. Il se souvint qu'elle lui avait reproché de toujours se mettre en colère à chaque fois qu'ils abordaient ce sujet, et qu'ils n'avaient donc jamais pu vraiment en discuter. Il fut obligé de reconnaitre que c'était vrai. Cette prise de conscience le perturba d'autant plus qu'il se mettait assez rarement en colère. Ou tout du moins pas à un tel niveau. Alors pourquoi là ? Lui qui était le premier à alléguer que ces discussions avec sa sœur étaient anodines et que Delphine en faisait tout un plat, pourquoi lui-même en faisait-il une telle affaire ? Pourquoi ne faisait-il pas qu'en rire ? Il était incapable de répondre à cette question.

Tout cela passait et repassait dans sa tête tandis que les kilomètres défilaient, sans qu'il arrive à en démêler le commencement ou la fin. Etait-il réellement si répétitif dans ses contacts avec Karine ? Est-ce qu'ils avaient vraiment un comportement singulier ? Alors pourquoi n'en avait-il pas conscience ? Pourquoi Michel ne lui en avait-il jamais parlé ? Karine elle-même ne s'en était jamais plainte... Quoique... Il se souvint maintenant qu'il lui était arrivé de lui reprocher sa sollicitude qu'elle jugeait parfois comme intrusive. Mais il avait toujours estimé que c'était un gentil reproche de petite sœur qui veut préserver son indépendance, et n'y avait jamais vu autre chose qu'une saute d'humeur, voire même une taquinerie. Avait-il eu tort ? Mais si oui, en quoi ? S'il résumait bien, et à condition qu'il ait bien compris, cela signifiait que sa femme, sa sœur et son beau-frère trouvaient tous son comportement étrange. Bon sang mais en quoi ? Qu'avaient-ils tous à lui reprocher ?

Il en était là de ses réflexions lorsque, sans qu'il l'ait senti venir, son ennemi de toujours revint l'étreindre. Son angoisse. Sa peur dissimulée. Sa bête noire. Et profitant de cet effet de surprise, elle se montra d'autant plus cruelle qu'elle l'enserra avec une réelle férocité, lui nouant les tripes, lui coupant le souffle, lui pétrifiant toutes ses facultés mentales. Jamais elle n'avait été aussi implacable, aussi présente. Il essaya de la maîtriser pendant quelque temps, mais n'eut finalement plus d'autre choix que de s'arrêter sur le bord de la route pour essayer de retrouver son calme, avant que cela ne devienne dangereux pour lui. Une fois arrêté, il essaya de se décontracter, de respirer à fond, de sortir du véhicule pour marcher lentement, mais elle resta là. Lancinante, effrayante, implacablement présente.

Au bout d'une heure, rien n'avait changé. Il était à nouveau assis dans sa voiture, le souffle court, le cœur battant, à se demander ce qu'il devait faire. Et à se demander surtout ce qui lui arrivait. Il aurait aimé appeler Delphine. Pouvoir lui parler, se confier, lui dire sa peur de toujours, cette foutue peur qui lui tordait le ventre et dont il ne savait rien, ni pourquoi elle était là, ni quand elle allait ressurgir, et encore moins quand elle allait le quitter. Il aurait tant aimé lui dire... mais lui dire quoi ? Qu'il avait peur ? Qu'il était perdu ? Que les quelque paroles qu'elle essayait de lui dire et qu'il n'avait jamais voulu entendre étaient en train de faire basculer sa vie, sans qu'il en sache la raison, maintenant qu'il n'arrivait plus à les faire taire ? Lui qui prétendait que tout cela n'était que fabulation, pourquoi se retrouvait-il alors à deux doigts de vomir ses tripes ?

Le temps passait, mais il n'arrivait toujours pas à retrouver son calme. Il était presque l'heure de son prochain rendez-vous. Il fit un gros effort sur lui-même, et appela son client pour lui indiquer qu'il avait un problème de véhicule, et qu'il ne pourrait pas être présent aujourd'hui, qu'il ne viendrait que le lendemain. Une fois ce simple coup de fil passé, il lui fallut un quart d'heure pour s'en remettre. Puis, il trouva à nouveau la force d'appeler les deux clients suivants, les deux derniers de la journée, pour leur dire à eux aussi qu'il ne pourrait être auprès d'eux que le lendemain. Enfin, après un nouveau moment, il réussit à appeler son responsable pour lui faire part de ce contretemps, invoquant là aussi un problème mécanique. Une fois ses obligations professionnelles expédiées, comme il ne parvenait toujours pas à retrouver l'emprise de lui-même, mais qu'il ne pouvait pas non plus rester sur le bord de la route jusqu'au lendemain, il fit un nouvel effort pour prendre sur lui, redémarra et reprit sa route. Il n'était pas nécessaire de prévenir Delphine car il ne rentrait jamais les mercredis soirs, c'était toujours son jour de tournée.

Il roula pendant une vingtaine de minutes jusqu'à la prochaine ville, y chercha un commerce, se gara et y entra. Quand il ressortit dix minutes plus tard, il tenait une bouteille de rhum à la main. Il remonta nerveusement dans sa voiture et reparti en direction d'un de ces hôtel bon marcher où il savait pouvoir trouver une chambre libre. Une fois garé, il attrapa rapidement son sac, y cacha sa bouteille, pénétra hâtivement dans le bâtiment, loua une chambre et s'y enferma aussitôt. Elle était d'une banalité déconcertante, sans aucune décoration ni aucune recherche, avec des couleurs fanées, mais il n'y accorda aucune attention.

Là, une fois à l'abri des regards, mais ruisselant de sueur tant la peur lui tordait le ventre, il ouvrit fébrilement son sac, attrapa la bouteille, en retira prestement le bouchon et but une longue rasade directement au goulot. Il s'assit lourdement sur le lit mou et se sentit misérable. Il regarda la bouteille d'un air pitoyable et se demanda s'il était en train de commencer une carrière d'alcoolique. Puis il reprit une nouvelle rasade. Il dut attendre un certain temps avant que l'alcool ne commence à faire effet, et lorsque cet effet finit par arriver, il commença à se détendre enfin. Il posa alors la bouteille sur la table de nuit, s'allongea sur le dos et regarda le plafond. C'était étrange, il était conscient d'être légèrement saoul, mais il trouva au sein de cette ébriété une certaine lucidité. Il put alors s'interroger à froid sur sa situation : comment en arrivait-il à se retrouver tout seul dans un hôtel de seconde classe, contraint de se saouler comme un pochard pour parvenir à retrouver le contrôle de lui-même, après avoir menti à ses clients, à son patron, et avoir battu froid son épouse, alors qu'il avait tant envie de l'appeler. Le cheminement de ses pensées se poursuivit et le conduisit à prendre conscience qu'il lui fallait s'attaquer au problème et trouver la cause de son angoisse. Jusqu'à ce jour, il avait plutôt tenté de la chasser, de la vaincre, sans vraiment chercher à la comprendre, à trouver sa raison d'être, ni d'où elle venait. Comme à son habitude, il cherchait à maîtriser les choses plutôt que de les analyser. Mais aujourd'hui, pour la première fois, il réalisait que la clef de sa délivrance consistait à trouver l'origine de son anxiété. Même si ça le terrifiait. Et tout en se demandant pourquoi ça le terrifiait. Alors, pour se donner du courage, il reprit une rasade de rhum.

Il commença à remonter le temps en se fixant sur les derniers évènements marquants de sa vie de famille : les anniversaires, les fêtes. Et pour chaque évènement, il tentait de se souvenir s'il était déjà victime de son angoisse habituelle dans ces temps-là. Cela lui prit du temps, d'autant plus que les effets de l'alcool s'étaient accentués. Avait-il déjà ces crises d'angoisse dans la période où Thomas était né ? Il se souvint que oui. La perspective de devenir père l'avait bien sûr rempli de joie et de fierté, mais comme la plupart des hommes dans ce cas il avait aussi ressenti l'inquiétude qui était liée au challenge : serait-il un bon père ? Mais il se souvenait aussi que sa fameuse, sa terrible angoisse, bien différente de l'inquiétude normalement ressentie par tout un chacun face aux grands évènements de la vie, était revenue pointer le bout de ses tentacules. Il avait alors lutté comme à son habitude, en maîtrisant les choses, tout simplement en se formant sur le rôle qu'il estimait devoir tenir en tant que père. Il avait lu plusieurs livres, sur l'éducation, sur le rôle du père, sur la psychologie de l'enfant.

Et à l'époque de son mariage ? La traque avait-elle déjà débuté à l'époque de son mariage ? Il se souvint que là aussi, la réponse était oui. Face à la décision importante qu'était celle de lier son existence à celui d'une femme, il s'était bien sûr posé la question de savoir s'il faisait le bon choix. Il avait parfois mal dormi, il avait eu des doutes. Mais il avait su aussi, avec certitude, que la vie sans Delphine aurait été le plus mauvais choix, et que sa crainte de continuer à vivre sans elle dominait celle de devoir vivre avec elle pour le reste de sa vie. Alors il avait dit oui. Et pourtant, malgré sa détermination, il se souvenait que, parfois, il s'était réveillé avec la peur au ventre, avec cette crainte étrange que sa vie lui échappait, qu'il ne la contrôlait plus.

Et lorsqu'il vivait encore dans la maison de sa mère, avait-il déjà des angoisses ?... Il ne parvint pas à s'en souvenir. Et... lors du décès de son père ?... Il lui était toujours difficile d'évoquer cette période. Et il évitait autant que possible de le faire. Il dut se faire violence. L'alcool l'aida à aborder cet évènement avec moins de difficultés que d'habitude. Avait-il déjà ces angoisses lors du décès de son père ? Il se souvint de la tristesse, si lourde à porter, de l'absence, du vide laissé. Il se souvint même, oui, de l'angoisse qu'il avait ressentie face à l'avenir, face aux difficultés nées, face au désarroi de sa mère, de sa sœur, et aussi face à son propre désarroi. Mais il savait aussi que son angoisse d'alors, celle liée au décès de son père, n'avait rien à voir avec ce qu'il ressentait aujourd'hui. Comment le savait-il ? Eh bien parce que justement, il le sentait dans ses tripes : lors du décès de son père, son angoisse n'était pas intense au point d'avoir la sensation de perdre le contrôle de sa vie. Alors qu'aujourd'hui, oui. Mais peut-être qu'un psy lui dirait que son angoisse avait bien pour source la mort de son père, qu'elle se serait calmée une fois les choses revenues dans l'ordre, et que ce serait le fait de s'être marié puis d'avoir des enfants qui l'avait fait renaître ? Le fait d'avoir à nouveau des responsabilités, des défis devant lui ? Il restait perplexe.

Il décida alors de se concentrer sur la période comprise entre le décès de son père et son mariage, soit quand même une dizaine d'années. Là aussi cela lui coûta, et il dut à nouveau se faire violence. Et curieusement, c'est à ce moment-là que la peur, que l'alcool avait fait taire un moment, se remit à lui tordre le ventre. Mais il voulait aller jusqu'au bout. Il fallait qu'il aille jusqu'au bout. Il voulait retrouver l'évènement qui avait donné naissance à ce monstre, ce parasite qui le bouffait de l'intérieur petit à petit, qui revenait de plus en plus souvent, qui lui gâchait la vie de plus en plus, le poussait dans ses retranchements au point de le mettre en butte avec sa femme. Il réfléchit aux évènements qui s'étaient produits entre la mort de son père et son mariage et essaya d'isoler celui par lequel tout avait commencé. Ça ne fut pas très difficile. En fait, il l'avait toujours su. Mais il avait tellement voulu l'oublier, il l'avait tellement bien caché dans les tréfonds de sa mémoire, dissimulé derrière un paravent de politiquement correct repeint aux couleurs de la nécessité, qu'il avait réussi à se duper lui-même. Tout ça parce qu'il se sentait trop coupable. Parce que, à l'époque, il n'avait pas assumé ni su gérer les évènements. Du haut de ses dix-sept ans, à cause de son immaturité, à cause du fait qu'il ne savait ni que faire, ni vers qui se tourner, il avait laissé faire. Et jamais il n'avait pu se le pardonner. Il réalisa alors, avec certitude, que sa pire ennemie, son angoisse, sa bête noire, était justement née à cette période, ce jour où sa sœur Karine n'avait pas trouvé d'autre solution que de tuer cet homme.

Et ce souvenir revint le hanter avec tant de forcer qu'il se leva précipitamment pour aller vomir.

Chapitre 9

Jeudi 19 août 2010 - Midi

Ils devaient se retrouver à la Brasserie du Poulet Roti, pas très loin du lycée. Michel avait prétexté avoir pris du retard dans ses préparations de cours, et avait dit qu'il mangerait un sandwich sur place pour gagner du temps. Il n'aimait pas beaucoup mentir comme ça à sa femme, mais Delphine lui avait demandé d'être discret. Hier soir, au téléphone, il avait tout de suite perçu la tension dans sa voix. Elle lui avait dit avoir besoin de lui parler, mais ne pouvait pas le faire au téléphone, par discrétion envers leurs enfants respectifs, et elle ne voulait pas non plus que Karine soit au courant. Michel n'avait pas été plus surpris que ça, vu la tournure qu'avaient pris les évènements, et n'avait émis aucune objection quand à cette rencontre dissimulée. Il avait toujours eu confiance en Delphine et, depuis maintenant dix ans qu'ils se connaissaient, il ne l'avait jamais vu avoir une conduite inconséquente. Aussi, il s'était douté qu'elle avait de bonnes raisons pour souhaiter un tel entretien. A peu près d'aussi bonnes raisons que les siennes. Il était maintenant impatient de savoir ce qu'elle voulait lui dire, espérant que ça lui permettrait de comprendre un tant soit peu le conflit présent entre Bastien et Karine. Il n'avait pas oublié la réaction de Delphine, dimanche soir, quand ils avaient constaté que leurs conjoints respectifs s'étaient une fois de plus mis à part pour discuter en catimini.

Il arriva le premier, choisit une table et s'installa. Le garçon vint rapidement vers lui. Delphine et lui s'étaient mis d'accord pour qu'il commande dès son arrivée, afin d'être sûr qu'ils soient servis rapidement, et il commanda une eau pétillante, une eau plate, un curry de poulet au riz et petits légumes pour elle et un poulet pommes sautées pour lui. Tandis qu'il attendait, il repensa à la discussion qu'il avait eue avec Karine lundi dernier. Elle ne lui en avait plus reparlé, donc il n'avait pas non plus insisté. Elle avait tenté de continuer à vivre comme d'habitude, mais pour qui la connaissait, il était visible qu'elle n'était pas dans son état normal. A tel point que pendant le repas du soir, Chloé, du haut de ses six ans, avait demandé "Maman, pourquoi t'es triste ?". Karine avait alors sursauté. Sa petite fille venait de lui faire prendre conscience qu'elle avait échoué à faire celle pour qui tout allait bien. Alors, elle avait ressorti son excuse habituelle, comme quoi elle était triste parce qu'elle pensait à son papa qui était mort. Sauf que cette excuse-là, Michel n'y croyait plus. Il savait maintenant qu'il y avait quelque chose d'autre, et que ça concernait Bastien. Mais quoi ? En attendant, l'explication de Karine avait fait son effet sur Chloé et Thomas, qui s'étaient levés de table pour aller faire un gros câlin à leur maman. Depuis, il avait tourné et retourné ces données dans sa tête, sans parvenir à distinguer un début de réponse. Aussi, il n'était pas mécontent que Delphine l'ait contacté pour discuter de tout ça, cela signifiait que ça remuait également dans la famille de Bastien, et qu'il y avait donc quelque chose à élucider pour que tout le monde aille mieux. Sur ce coup-là, visiblement, Bastien et Karine n'arrivaient pas à s'en sortir tous seuls.

Il en était là de ses réflexions quand il vit Delphine apparaître dans l'encadrement de la porte et le chercher du regard. Il lui fit un signe discret lorsqu'elle regarda dans sa direction, et elle se dirigea vers lui en se faufilant entre les tables. Ils se firent la bise et il attendit qu'elle se soit assise pour lui demander comment elle allait depuis leur coup de fil de la veille au soir. Visiblement, elle était tendue, et semblait avoir attendu leur rencontre avec impatience. C'est d'ailleurs ce qu'elle lui dit, en réponse à sa question. Elle déboucha la bouteille d'eau pétillante posée devant elle et se servit. Il en vint directement à la raison de leur rencontre :

- Michel, tu te souviens de cette remarque que j'ai faite, dimanche soir, peu de temps avant que nous partions tous ?

Il avait bien deviné.

- Oui, je me souviens. Tu as dit que tu te demandais ce que Bastien et Karine pouvaient bien avoir encore à se raconter, à quoi j'ai répondu que je me posais la même question.

Il vit dans ses yeux qu'elle était à la fois soulagée qu'il se souvienne du fait, et malheureuse de voir que ses soupçons étaient confirmés. Elle reprit :
- Michel... Donc, toi aussi tu as remarqué qu'ils se mettent à part à chaque fois, pour discuter de Dieu sait quoi entre eux, chaque fois que nous nous rencontrons, que ce soit chez Isabelle ou chez nous ?
- Oui.
Elle hésita.
- Et... est-ce que tu trouves cela... bizarre... ou pas ?
Il prit un court moment de réflexion en prenant une profonde inspiration. Oui, il trouvait ça bizarre, et il savait aussi que cela pesait à Karine. Mais était-ce le moment pour s'en livrer à Delphine ? Ou valait-il mieux faire comme si cela ne l'affectait pas outre mesure ? Devait-il lui parler de l'état dans lequel ça mettait Karine, ou fallait-il qu'il attende d'en savoir plus ? Karine elle-même lui avait indiqué qu'elle ne voulait en parler à personne. Mais il risquait d'attendre longtemps avant que quelque chose n'évolue dans la situation. Or Karine n'allait pas bien, Delphine était tendue, et lui-même trouvait tout cela pesant. Il prit donc le parti d'être franc, sans pour autant tout dire.
- Disons que je trouve ça... déroutant. Quand on voit déjà tout ce qu'ils discutent pendant la journée, et quand on sait qu'ils se voient ou s'appellent régulièrement, je n'arrive pas à comprendre ce qu'ils peuvent bien trouver à se dire encore en fin de journée !
- Oui, c'est exactement ça, c'est exactement ce que je pense ! s'exclama Delphine. Et il n'y a pas que ça ! Non seulement ils ont toujours quelque chose de plus à se dire, mais ça se passe toujours en fin de journée, vers dix-sept heures, et toujours à l'écart de nous ou de leur mère... Même Isabelle ignore de quoi ils parlent.
Michel haussa les sourcils.
- Tu le lui as demandé ?
- Oh, il y a longtemps...
- Et qu'a-t-elle répondu ?
- La même chose que ce qu'elle t'a dit dimanche soir, quelque chose au sujet de la complicité des frères et sœurs... elle n'y voyait rien de bien conséquent.

- Pourtant, dimanche, j'ai cru voir passer une ombre sur son visage quand je lui ai dit que toi et moi nous interrogions.

Delphine se tut. Ils restèrent silencieux un moment. Ils étaient tous les deux accoudés à la table, lui appuyé sur ses avant-bras, elle sur ses coudes. Elle reprit la parole.

- Tu penses donc qu'elle aussi trouve ça bizarre, mais qu'elle fait comme si de rien n'était ?

Il hocha la tête.

- Probablement. Tu sais comment est Isabelle, elle aime à ne voir que le bon côté des choses. Ça a souvent des avantages, mais aussi des inconvénients.

Le serveur les interrompit en apportant leur commande.

- Poulet pommes sautées ?
- C'est pour moi, répondit Michel.
- Et donc le curry de légumes pour Madame, reprit le serveur en posant l'assiette devant Delphine. Bon appétit M'sieurs-Dames !

Michel avait vraiment faim, à croire que toutes ces interrogations aiguisaient son appétit, et il attaqua tout de suite son assiette. Delphine se montra moins empressée, mais commença néanmoins à grignoter son riz. Elle reprit la parole :

- As-tu déjà essayé d'en parler à Karine ?
- Mmhh...

Michel avait la bouche pleine et prit le temps d'avaler sa bouchée avant de répondre. Ça l'arrangea bien, car il ne savait pas s'il fallait raconter l'épisode de lundi tout de suite ou attendre un peu. Il prit le parti de ne rien dire dans l'immédiat :

- Disons que je l'ai taquinée quelques fois, en disant que j'étais jaloux de Bastien, ou en lui demandant plus directement de quoi ils avaient parlé, mais elle a toujours éludé.
- Comment ?
- Oh, comme Isabelle : la complicité entre frères et sœurs... ils ont parlé de banalités... rien de bien intéressant... tu vois le genre ?
- Et tu n'as jamais insisté davantage ?

Là, il prit le temps d'avaler quelques pommes de terre, croquantes à souhait, pour se donner une contenance le temps de réfléchir à ce qu'il allait répondre.

- Eh bien... je dois avouer que ça ne m'avait jamais vraiment dérangé jusqu'à dimanche...

Delphine releva vivement la tête de son assiette en posant ses couverts et le regarda.

- Jusqu'à dimanche ? Et que s'est-il passé dimanche pour que ça t'ai dérangé ?

Il hésita un instant, les yeux rivés sur son assiette, puis se décida :

- Ce dimanche, j'ai remarqué que Karine le vivait mal.

Delphine garda les yeux fixés sur lui un moment en réfléchissant à ce qu'il venait de dire.

- Est-ce qu'elle te l'a dit ?

Il hésita un court instant.

- Eh bien, pas sur le moment. Mais ce soir-là j'ai vu que son visage était crispé. En fait, je n'y ai pas réellement prêté attention sur le moment. Je sais juste que je me suis senti irrité par cette énième rencontre en cachette, mais sans bien savoir pourquoi. C'est seulement lundi matin que j'ai réalisé que ce qui m'avait irrité était en fait le propre agacement de Karine.

Delphine avait toujours les yeux sur lui. Elle semblait interpellée. Puis elle se concentra à nouveau sur son assiette, même si ses pensées turbinaient.

- Ça alors. J'avais toujours estimé que Karine était partie prenante de ces discussions, pas qu'elle les subissait... Elle releva la tête. Tu ne l'as pas interrogée là-dessus ?

A ce moment, Michel décida qu'il ne pouvait plus jouer le jeu de la prudence, et qu'il estimait trop Delphine pour lui cacher des choses. Il y avait trop longtemps que le frère et la sœur jouaient aux cachotteries, il n'allait pas s'y mettre lui aussi.

- Eh bien, comme je te l'ai dit, je l'avais taquinée plusieurs fois là-dessus, sans obtenir plus de réponse. Mais depuis dimanche... elle allait vraiment mal...

Delphine releva vivement la tête.

- Qu'est-ce qu'elle a ?

- Elle était tendue, triste, absente... Lundi midi je l'ai trouvée à pleurer dans sa chambre. Elle était déprimée, perdue. Je lui ai demandé ce qui n'allait pas. Ou plutôt, je lui ai directement demandé ce qui n'allait pas avec Bastien, et je lui ai expliqué que j'avais remarqué son air irrité ce dimanche soir.

Delphine s'était remise à manger de petites bouchées tout en écoutant avec attention, les traits tendus. Michel poursuivit :

- Elle a fini par me dire que ces entretiens avec Bastien lui pesaient. Ou plus particulièrement, ce qui lui pèse, c'est le fait qu'il vienne toujours lui demander comment elle va.

- Comment elle va ? Bastien s'isole avec elle à chaque rencontre pour lui demander comment elle va ? Alors qu'on vient de se raconter tous les faits et gestes de notre vie tout au long de la journée ? Il lui demande comment elle va en fin de journée, au moment de partir ?

- Apparemment.

Complètement sidérée, Delphine garda le silence un moment. Michel en profita pour se remettre à manger avant que son poulet ne refroidisse. Elle reprit la parole :

- Donc, toi et moi avions bien raison, leurs discussions sont loin d'être banales. Il n'y a que Bastien pour trouver que tout va bien...

- Tu lui en as parlé ?

Elle poussa un soupir.

- Oh, plusieurs fois. Et si au début ça n'a rien donné, assez rapidement ça a dégénéré en dispute à chaque fois.

Michel releva la tête, surpris.

- A chaque fois ? Tu lui en as donc parlé plusieurs fois ?

- Oui. Rappelle-toi que je suis entrée dans cette famille quelques années avant toi. Et je te dirais même qu'à l'époque, tu n'étais pas là pour me tenir compagnie. Aussi, à chaque fois qu'ils s'éloignaient ensemble et qu'Isabelle était occupée ailleurs, je me retrouvais toute seule. J'ai eu tout le temps de les observer et de me demander ce qu'ils pouvaient bien trouver à discutailler.

Michel fut interpellé. Ce que lui racontait Delphine collait en tout point avec ce que lui avait dit Karine : cela faisait des années que ces apartés existaient. Il resta silencieux un moment, son verre d'eau à la main, les yeux perdus dans le vague à réfléchir.

- Karine aussi m'a dit que ça durait depuis longtemps.

- Oui. Ça date plus ou moins de la période où nous nous sommes mariés. Delphine posa ses couverts et s'accouda à la table. Au début, ça ne m'a pas gênée outre mesure. Bastien m'avait raconté combien ils étaient proches tous les trois, suite au décès de son père. Donc, il était évident pour moi que ça devait être difficile pour lui de ne plus être là pour veiller sur sa mère et sur sa sœur, et pour elles de ne plus pouvoir compter sur lui autant qu'avant. Donc, chaque fois qu'il prenait un moment pour discuter à part avec Karine, je trouvais ça plutôt normal. Mais je me souviens que quelques mois après notre mariage, j'avais demandé à Karine comment elle et sa mère se portaient. Et Karine m'avait expliqué combien elles étaient contentes, toutes les deux, d'avoir finalement trouvé un équilibre entre elles. Je me souviens qu'elle m'avait dit qu'elle avait, en quelque sorte, retrouvé sa mère d'avant. Le fait de ne plus pouvoir compter sur Bastien à cent pour cent a fait qu'elles avaient toutes deux reporté ce manque l'une sur l'autre. Et au final elles s'en trouvaient très bien l'une et l'autre. Elles étaient comme… comme un vrai petit couple ! C'était comme si les circonstances leur donnaient une seconde chance pour arranger dans leur relation ce qui avait été abîmé par les difficultés de leur vie.

Delphine s'interrompit un moment et se perdit dans ses pensées. Michel était tout autant plongé dans les siennes. Il réfléchissait à ce que Delphine venait de lui apprendre. Il n'avait jamais vraiment eut conscience de toute cette période où il n'était pas encore dans la famille. Il se rendait compte que, curieusement, il connaissait plus ou moins la vie de Karine avant le décès de son père, la vie qu'elle menait avec lui depuis qu'ils vivaient ensemble, mais au sujet de la période située entre les deux il ne savait pratiquement rien, en dehors de l'idée générale habituelle de "C'était dur, nous nous sommes soutenus les uns les autres, nous étions très proches." Mais rien de plus. C'est comme s'ils avaient arrêté de vivre pendant… pendant environ huit ans ? Mais Delphine reprenait :

- Avec ce que m'avait dit Karine, j'avais pensé que Bastien allait se détendre, qu'il allait un peu mettre de la distance entre sa famille et nous. Et pendant un temps ça a été le cas. Mais finalement, au bout de quelques semaines, il s'est à nouveau rapproché d'elles. Et les conciliabules de fin de journée ont repris.

Elle se tut, à nouveau perdue dans ses souvenirs. Michel reprit la parole :

- Et lorsque tu lui en as parlé, qu'est-ce qu'il en a dit ?

Delphine réfléchit un instant avant de lui répondre.

- Eh bien, au début, il prenait ça à la blague, en disant que c'était normal qu'il parle avec sa petite sœur… tu connais le refrain. Et puis, après plusieurs mois, j'ai relancé le sujet en lui disant clairement que je commençais à être irritée de ces apartés systématiques. Il n'a pas compris. Ou n'a pas voulu comprendre. Pour lui, il ne s'agissait que de discussions anodines avec sa sœur, et il ne voyait pas où était le mal. J'ai eu beau lui faire remarquer la répétitivité de la chose, le côté secret, caché, et aussi le côté systématique de ces rencontres, tout ça semblait des plus banals à ses yeux. C'en était rageant.

Elle s'interrompit à nouveau, au souvenir de toutes ces discussions stériles qu'elle avait eues avec Bastien. Michel l'encouragea :

- Et maintenant ?

Elle poussa un soupir.

- Maintenant ?... C'en est à un point où ne pouvons même plus en discuter sans nous disputer. Ou plutôt, c'est lui qui se fâche à la moindre allusion. Il me voit comme… comme une folle qui exagère les faits. Pour lui, leur comportement est tout à fait normal, et c'est moi qui délire. Il ne voit absolument pas le côté… morbide de leurs rencontres.

Michel sursauta légèrement.

- Parce que tu trouves ça morbide ?

Delphine se crispa un peu.

- Eh bien… le mot est peut-être un peu fort, j'en conviens, disons alors que je trouve ça… malsain… Pas toi ?

- Hum… morbide… malsain… ce sont un peu des synonymes, non ?

Elle hésita avant de lui demander :

- Alors... tu ne trouves pas que leurs discussions mystérieuses ont quelque chose... quelque chose de malsain ?

Il prit le temps de réfléchir à son tour avant de lui répondre.

- Eh bien... il faut reconnaître que tout ce que tu viens de m'apprendre me donne un point de vue plus large. Comme tu l'as dit si justement tout à l'heure, tu es dans la famille depuis plus longtemps que moi, et ce que tu m'apprends n'est pas pour me rassurer. Mais je ne saurais dire si je trouve leurs conversations... malsaines... Et en même temps... Je dois bien convenir que je trouve tout cela plutôt... dérangeant.

Delphine resta silencieuse. Elle n'avait plus faim. Elle repoussa son assiette et y rangea ses couverts sales. Elle se sentait perdue. Michel sortit de ses pensées et reprit la parole.

- Ceci dit, si nous nous retrouvons là à en discuter en cachette de nos conjoints, si nous trouvons qu'il y a quelque chose d'anormal là-dessous... C'est bien qu'il y a probablement quelque chose... pour le moins quelque chose de bizarre. D'autant plus que toi et moi n'avons jamais réussi à savoir le moins du monde de quoi ils discutent ni pourquoi ils le font de manière si systématique et si secrète.

Curieusement, Delphine se sentit soulagée d'entendre que l'avis de Michel rejoignait le sien. Après les reproches de son mari, elle commençait à douter de la justesse de son opinion.

- Donc ton sentiment rejoint le mien.

Michel repoussa son assiette à son tour.

- Disons que... Comme je te l'ai dit, jusque-là ça ne m'avait pas plus gêné que ça. Mais vu l'état dans lequel ça met Karine... Et ça fait un moment que j'ai conscience que... qu'elle est tendue après chaque rencontre avec Bastien.

Delphine écarquilla les yeux.

- Vraiment ?

- Oui. J'en ai la certitude. Au début, j'avais pensé que ça venait des mauvais souvenirs liés à la maison. Mais je me suis finalement aperçu que lorsque nous allons voir Isabelle seule, tout va bien, tandis que si nous allons vous voir chez vous, Karine revient avec la mine sombre.

Delphine en resta sidérée quelques instants.

- Je n'avais vraiment pas conscience de ça... Est-ce que Karine t'a dit ce qui s'était passé avec Bastien ?

- Elle ne m'en a pas dit plus, à part qu'il lui demande à chaque fois comment elle va.

Delphine n'en revenait toujours pas. Bastien et Karine en froid ? Eux qui autrefois étaient si proches ? Le serveur s'approcha d'eux à ce moment-là pour débarrasser leur table.

- Tout s'est bien passé ?

Delphine était encore trop abasourdie pour dire quoi que ce soit. Ce fut Michel qui prit la parole.

- Oui merci.

- Souhaitez-vous un dessert ? Un café ?

Michel interrogea Delphine du regard.

- Pour moi une salade de fruits frais et un café court.

- Pour moi également, renchérit Delphine.

- Je vous apporte ça.

Ils restèrent silencieux le temps que le serveur s'éloigne. Puis Michel relança la conversation :

- Tu disais que vous vous êtes disputés avec Bastien ?

Delphine soupira. Heureusement qu'elle discutait de ça avec Michel, un type à l'esprit ouvert et positif en qui elle avait toute confiance et qui vivait dans la même famille qu'elle. Avec un autre, elle en aurait été gênée.

- C'est le moins que l'on puisse dire : il a été dormir dans la chambre d'amis, et est parti très tôt le lendemain matin, avant que je n'aie le temps de le voir. Mardi soir, il a appelé pour dire qu'il avait du boulot en retard et que je ne devais pas l'attendre, ni pour manger ni pour aller dormir. Effectivement, je ne l'ai pas entendu rentrer. Et le mercredi matin, j'ai constaté qu'il avait à nouveau dormi dans la chambre d'amis. Il s'est, là aussi, levé très tôt et est parti à nouveau avant que j'aie le temps de le voir. Comme il ne rentre jamais le mercredi soir puisqu'il est en tournée, ça fait que je n'ai pas vu Bastien depuis lundi soir.

Michel avait montré de la surprise, puis de la stupéfaction au fur et à mesure que Delphine parlait. Il avait toujours connu Bastien comme un homme plutôt de bon caractère, sympathique, dirigiste certes, mais pas despotique, et là Delphine lui dépeignait un homme irascible et rancunier. Deux traits de caractère qu'il n'avait jamais soupçonné chez son beau-frère.

- Tu dis qu'il a dormi dans la chambre d'ami deux nuits de suite ?

Delphine lui fit signe que oui de la tête.

- Et... c'est habituel, chez lui, ces crises de colère ?

Delphine prit un air dégagé.

- Oh... uniquement quand nous parlons de leur fameux conciliabule...

Michel en resta abasourdi.

- Quoi ? Il a réagi comme ça à chaque fois que tu lui en as parlé ?
- Oui.
- Et il réagit comme ça uniquement quand tu lui parles de ça ?
- Oui.

Il en siffla d'étonnement entre ses dents.

- Eh bien, maintenant je peux être affirmatif : oui, il y a quelque chose qui n'est pas clair dans leur relation...

Ils restèrent un moment silencieux, chacun à ses réflexions. Le serveur les trouva ainsi, chacun accoudé à la table.

- Voilà les desserts et cafés.

Ils lui firent de la place et il posa leurs commandes, ainsi que la note, posée sur une coupelle en inox, avant de s'éloigner.

Michel reprit à mi-voix :

- C'est curieux, je n'avais jamais imaginé que Bastien pouvait avoir ce genre de comportement.

Il brûlait de demander à Delphine si son mari avait d'autres comportements aussi surprenants, mais craignait en même temps de paraître indiscret, vicieux, ou bien de mettre sa belle-sœur mal à l'aise. Il prit le parti de poser quand même la question, en prenant un ton à la fois anodin et léger, histoire d'avoir l'air de tourner ça en boutade. Delphine s'était mise à grignoter sa salade de fruit. Il fit de même.

- Et dis-moi, Bastien en a d'autres, des comportements surprenant et déroutant comme ça ?

Delphine réfléchit un moment. Elle avait tellement besoin de se confier qu'elle ne perçut pas le ton ironique, pas plus qu'elle ne trouva la question déplacée. Elle finit par dire :
- Oui. Il se met également dans une colère noire lorsqu'il entend un truc grincer. Il déteste ça.

Michel resta avec sa cuillère en l'air. La remarque de Delphine avait fait resurgir un vieux souvenir. Ça datait d'avant la naissance de Chloé, et Thomas devait avoir un an. Sa nièce Karen avait alors quatre ans et son petit frère Christophe en avait deux. En visite chez Isabelle, Michel avait constaté qu'une barre métallique, fixée perpendiculairement au mur de la remise, présentait des anneaux ouverts où l'on pouvait placer des balançoires. Ni une ni deux, il avait été en acheter deux, et s'était empressé, à la visite suivante, de les mettre en place, pour le plus grand plaisir de ses neveu et nièce. Les deux petits s'en donnaient à cœur joie, et les anneaux métalliques fixés au bout des cordes n'avaient pas tardés à entrer en vibration avec les anneaux de la barre, produisant le désagréable grincement commun à presque toutes les balançoires. Ça avait rendu Bastien fou. Très rapidement, il avait commencé à râler après ces fichues balançoires qui faisaient un bruit insupportable, et avait dit aux enfants d'arrêter. Mais les adultes s'étaient récriés, disant qu'ils venaient à peine de commencer, et Bastien avait été obligé de se résigner, de mauvaise grâce. Mais il était visible qu'il rageait intérieurement. A peine quinze minutes après, n'y pouvant plus, il avait stoppé les enfants qui en avaient été tout dépités. Les adultes, témoin de son exaspération, n'avaient plus osé s'interposer. Lors de la visite suivante, Michel avait été stupéfait de constater que les anneaux métalliques des deux balançoires avaient été sectionnés, et qu'à la place les cordes avaient été nouées en boucle. Les balançoires étaient tout autant utilisables, mais les cordes allaient finir par s'user, ce qui n'aurait pas été le cas avec les anneaux métalliques. D'un autre côté, il fallait reconnaître que c'était beaucoup plus silencieux. Plus tard, Bastien était venu s'excuser auprès de Michel, à la fois souriant et contrit, disant qu'il était désolé d'avoir dû saccager les balançoires, mais expliquant que "Tu l'as bien vu toi-même, je ne supporte vraiment pas les trucs qui

grincent." Michel avait eu le temps de revenir de sa surprise, il n'avait pas montré d'animosité, et avait convenu en riant que, effectivement, le résultat était moins bruyant. Il sortit de ses réflexions :
- Oui ! Je me souviens de ça ! Te rappelles-tu le coup des balançoires ?
Delphine haussa les yeux au plafond.
- Ne m'en parle pas ! J'aurais voulu rentrer sous terre !
- A ce point-là ?!
- Oh oui ! Je n'ai jamais compris comment un simple grincement pouvait le mettre dans un état pareil ! Je suis bien d'accord que ce genre de bruit est à la fois inutile et irritant, mais pas au point de se mettre dans des rage pareilles, quand même ! C'est comme pour les discussions secrètes, je n'ai jamais pu savoir pourquoi un truc qui grince le faisait tant enrager. Il dit qu'il n'aime pas ça un point c'est tout...

Peut-être à cause de la tension qui sous-tendait la discussion, Michel eu une idée saugrenue qui lui vint à l'esprit. Réprimant un rire nerveux, il lança à Delphine :
- Je crois que tu viens de me donner une idée qui pourrait stopper les discussions secrètes...

Delphine commença à sourire, dans l'attente de la bonne blague de Michel.
- Laquelle ?
- Il suffirait de faire grincer la porte de la cuisine dès qu'ils se mettent à discuter !

Ils pouffèrent tous les deux, trop content de pouvoir lâcher un peu du lest.
- Ah si seulement !
- Il faudra penser à essayer, dit Michel avec un clin d'œil.

Delphine reprit son sérieux. Elle but les dernières gouttes de son café puis reprit la parole, l'air sombre et les yeux rivés sur sa tasse.
- J'en suis au point de vérifier chaque matin que notre lit soit bien aligné contre le mur.

Elle releva la tête et fixa Michel dans les yeux.
- Pour être sûre qu'il ne grince pas.

Ils restèrent silencieux.

- Et Bastien graisse chaque porte, chaque poignée, le moindre truc qui commence à montrer le moindre début de frottement, avant que ça ne devienne un couinement, et encore pire, un grincement.

Michel découvrait tout cela passablement sidéré. Il réalisa, comme on le dit souvent, qu'on ne connaissait jamais vraiment les gens.

- Et il ne t'a jamais dit pourquoi ?
- Non. Elle resta silencieuse un moment avant de reprendre : j'ai un mari adorable, présent, aimant, intéressant, travailleur, sérieux, honnête, bon père, mais avec deux obsessions dans la vie : les grincements et sa sœur. Et après douze ans de mariage, je ne sais toujours pas pourquoi.

Michel gardait le silence, embarrassé. Il réalisa soudain que le temps avait passé et consulta sa montre, il était treize heures cinq.

- Il va falloir que je me sauve.

Il attrapa la note et alla payer pour eux deux. Il revint vers la table et enfila sa veste. Delphine le remercia.

- Merci pour la note. Et merci de m'avoir écoutée, ça m'a fait du bien de parler.
- Il n'y a pas de quoi, moi aussi j'avais besoin de parler. Ça commence à me peser de voir Karine porter un fardeau dont je ne sais rien. Même les enfants commencent à se rendre compte de quelque chose. J'essaie d'en savoir un peu plus auprès d'elle, et je te tiens au courant, ok ?

Delphine s'était levée à son tour et enfilait sa veste.

- Ça me va.
- Et si je n'obtiens rien du côté de Karine, je tenterai d'en parler à Bastien. Venant de moi, il n'osera peut-être pas se mettre en pétard comme avec toi. Et toi, évite de lui en parler jusque-là. Puisque de toute façon tu n'obtiens aucune réponse, il est inutile de l'irriter davantage.
- Ça me va aussi.
- J'espère en tout cas que vous arriverez à avoir une discussion quand il rentrera.

Elle lui fit la bise en serrant son bras affectueusement.
- Merci Michel.

- De rien, toi et moi nous sommes dans le même bateau, répondit-il avec un clin d'œil. Allez je file.

Et il reprit rapidement le chemin du lycée.

Chapitre 10

Vendredi 20 août 2010 - 10h15

Karine avait besoin de réfléchir au calme, seule. A son tour, elle avait prétexté avoir besoin d'un endroit paisible et de temps pour remettre de l'ordre dans ses cours. Michel le lui avait volontiers concédé, puisqu'elle lui avait libéré quasiment toute la semaine. D'ailleurs, il disait vouloir profiter de leurs enfants. Elle avait donc pu se rendre au lycée.

Elle aurait pu aller en salle des profs, mais elle craignait de tomber sur quelque collègue qui aurait voulu discuter, ou tout au moins s'installer à côté d'elle. Et elle n'avait vraiment pas envie de discuter, ni même d'avoir à supporter une présence. Alors, elle avait fait le choix de se rendre tout simplement dans le laboratoire de langues. Là, normalement, elle ne risquait pas d'être dérangée. Par précaution, elle écouta d'abord derrière la porte avant d'entrer, pour être sûre qu'il n'y avait personne à l'intérieur. Comme elle n'entendit rien, elle frappa. Et comme aucune réponse ne lui parvint, elle tenta d'ouvrir. Comme elle s'y attendait, la porte était fermée à clef, preuve qu'il n'y avait personne à l'intérieur. Elle utilisa donc sa clef, celle qui lui permettait d'ouvrir toutes les portes de la section des langues, et entra. Puis elle referma à clef derrière elle.

Face aux tables équipées des magnétophones destinés aux élèves, il y avait le pupitre de l'enseignant qui permettait de contrôler la diction des élèves, à côté d'un bureau normal. C'est là qu'elle s'installa. Pour se donner une contenance au cas où quelqu'un entrerait, elle ouvrit son cahier de notes de cours, posa sa trousse devant, ouvrit à côté un manuel de français et un livre d'auteur au programme. Ainsi parée, elle put enfin se relâcher. Elle s'affaissa alors sur sa chaise, posa ses coudes sur la table et se prit la tête dans les mains.

Bastien l'avait appelée la veille au soir, juste avant de rentrer chez lui. Elle s'était crispée en voyant son nom apparaître sur l'écran de son téléphone, mais elle avait quand même décroché. Rien qu'au ton de sa voix, elle avait compris qu'il n'allait pas bien. L'amour qu'elle avait pour son frère avait alors repris le dessus, et elle lui avait demandé ce qui n'allait pas. Il était resté un temps sans répondre, avant d'arriver à lui souffler "Faut qu'on se voit, faut que je te parle." Elle lui avait alors demandé de quoi il voulait parler, mais il avait répondu qu'il ne pouvait pas en parler au téléphone, qu'il valait mieux qu'ils se voient. Le ton de sa voix était si grave qu'elle avait insisté, en précisant que sa voix trahissait qu'il n'allait pas bien, et même pas bien du tout. Il avait reconnu que ça n'allait pas fort, puis avait répété qu'il devait la voir, qu'il fallait qu'il lui parle, mais pas au téléphone. Il fallait qu'ils se voient seuls. Et que leurs conjoints respectifs ne soient pas au courant. Elle lui avait demandé alors si ça avait un rapport avec Delphine, mais il s'empressa de la détromper. Karine s'était alors demandé si le trouble de son frère avait la même origine que le sien, et s'il envisageait de lui parler du passé. De ce même passé qu'elle aurait tout donné pour oublier, et qu'il lui rappelait constamment, chaque fois qu'il lui demandait comment elle allait avec sa petite phrase assassine. Alors elle avait dit ok. Mais il fallait encore qu'ils réfléchissent à un moment où ils pourraient se retrouver sans attirer l'attention de Delphine ou Michel. Et à un endroit aussi. Ils devaient y réfléchir, et le premier qui trouverait une idée rappellerait l'autre. Avant de raccrocher, elle avait essayé de l'encourager avec la petit formule qu'ils avaient l'habitude de se dire, depuis que leur père était décédé : "Accroche-toi". Il avait répondu platement, d'un ton peu convaincant "Ouais, ouais, je m'accroche. Accroche-toi aussi" avant de couper la communication.

 Et maintenant elle était seule, là, dans son laboratoire de langue déserté, à crever d'angoisse à l'idée de le rencontrer, et à crever tout autant d'angoisse à l'idée de refuser, et de continuer à faire comme si. Elle était épuisée de cet effort constant qu'elle faisait pour oublier. Et aussi de l'effort constant qu'elle faisait à faire semblant que tout allait bien. Épuisée de se sentir enfermée par ce passé, mais aussi de ne pas arriver à regarder les choses en face. Epuisée de jouer au chat et à la souris avec son frère, et épuisée d'essayer de comprendre pourquoi lui ne tournait pas la page, pourquoi il faisait tout pour raviver les souvenirs, sans jamais aborder le sujet de front. Et elle était épuisée d'avoir peur de mettre des mots sur ces souvenirs.

Voilà pourquoi, au final, elle avait dit oui à Bastien quand il lui avait demandé de la voir. Quand bien même cette demande la plongeait dans une détresse extrême, quand bien même elle préférerait être à l'autre bout de la terre, ou quand bien même elle aurait préféré mourir. Tant pis pour la peur, tant pis pour la détresse, tant pis pour les mots qu'il faudrait prononcer, tant pis pour la mort qui leur faisait face, maintenant, il fallait aller jusqu'au bout, crever l'abcès, dire les mots qu'ils n'avaient jamais dit, dire les choses telles quelles, mettre des mots sur les souvenirs, sur les faits qu'ils n'avaient jamais voulu regarder en face lorsqu'ils s'étaient produits.

Oui mais ensuite ? Une fois ces mots prononcés, qu'est-ce que cela changerait ? C'était bien là ce qui l'avait toujours empêchée de les prononcer, ces mots, c'est qu'ensuite qu'est-ce que ça changerait ? Les mots changeraient-ils les faits ? Non, ils ne feraient que les confirmer. Et une fois les faits confirmés, quel serait leur choix ?... Elle se rendit compte à ce moment, et uniquement à ce moment, qu'en fait, ce qui lui faisait peur depuis si longtemps, ce n'était pas tant les mots qu'il fallait prononcer, mais les choix que ces mêmes mots les amèneraient à faire. Elle prit conscience qu'ils n'avaient justement jamais prononcé aucun mot pour éviter d'avoir à faire ces choix, parce que ces choix auraient eu des conséquences. Donc ils s'étaient tu. Par lâcheté. Par lâcheté ou par inconscience ? Non, par lâcheté. Par peur. Ils avaient eu peur. C'est là qu'ils avaient commencé à faire semblant. A faire semblant que tout était normal. A faire semblant qu'ils n'étaient pas concernés. C'est là aussi que Bastien lui avait demandé, pour la première fois, "Ça va toi ?". Elle prit conscience que si Bastien lui avait posé cette question, c'est qu'il savait très bien, alors, que non, ça n'allait pas. Et que s'il continuait à lui poser cette question depuis, c'est qu'il savait tout autant que non, ça n'irait jamais.

Elle releva la tête. Elle se dit que depuis ce jour, soit depuis vingt ans, ils avaient continué à se taire, à faire comme si. Ils avaient fait semblant, ils avaient sauvé la face, et visiblement les conséquences étaient loin d'être satisfaisantes. Ils étaient à bout tous les deux. Dans leur tête, ils avaient fait du sur place et ça les avait rendu malades. Ils n'avaient donc plus d'autre choix que d'avancer. Karine ignorait où ça les mènerait, mais cela valait quand même mieux que de continuer à s'enliser. Ils étaient à deux doigts de se noyer. Alors, elle n'allait pas refuser cette rencontre. Elle irait. Ils devaient se rencontrer, parler, mettre enfin des mots sur les faits... et assumer.

Karine se surprit à regretter de ne pas avoir de tranquillisant sous la main, ou même un alcool fort. Elle aurait souhaité n'importe quoi, plutôt que ce poids, ce tourment qui l'oppressait. Mais elle n'avait rien. Elle se dit qu'elle pourrait peut-être rentrer et boire un verre, si Michel était sorti avec les enfants. Oui mais après, s'il la trouvait saoule, que lui dirait-elle ? Comment expliquer qu'elle avait bu de l'alcool en milieu de matinée ? Peut-être trouverait-elle la force de patienter jusqu'à l'heure de l'apéro ?... Et même encore, s'il n'avait pas envie de prendre un apéritif ? Et s'il la voyait avaler un verre entier ?... Elle réalisa alors qu'elle était en train de faire de drôles de calculs... Et si elle prenait rendez-vous chez le médecin pour demander des tranquillisants ? Oui, mais il lui faudrait encore attendre le rendez-vous, discuter avec le médecin de famille, et que trouverait-elle à lui dire ?... S'il acceptait de lui prescrire des anxiolytiques, ça ne lui ferait du bien que dans l'immédiat, mais ensuite ? Est-ce que les tranquillisants peuvent effacer le passé, effacer la mémoire, effacer la conscience ? Si seulement... La cloche qui sonnait la fit sursauter en lui rappelant qu'il était onze heures. Elle décida de rester encore un peu, elle n'avait pas fini de remettre de l'ordre dans ses pensées.

Elle se dit alors qu'il serait bien plus sage d'aller voir le docteur, et de lui demander de lui prescrire des tranquillisants, au moins jusqu'à sa rencontre avec Bastien. Ensuite on verrait bien. Ça serait déjà moins grave que de se mettre à boire. Elle prit son téléphone et appela le cabinet médical pour demander un rendez-vous. Par chance, il y avait justement une place qui s'était libérée dans la journée. Après qu'elle eut raccroché, elle se sentit déjà plus calme : elle faisait des choix, prenait des décisions, et ces simples faits lui donnaient l'impression de reprendre déjà un tant soit peu les rênes de sa vie. Et elle trouva cela apaisant. Elle décida alors de se mettre réellement à préparer ses cours. Non seulement c'était nécessaire, mais de plus cela lui permettrait de s'occuper l'esprit.

Toutefois, avant de chercher les chapitres qui la concernaient, elle se dit qu'ils auraient mieux fait de regarder les choses en face au moment où les évènements s'étaient produits au lieu de détourner les yeux. Ils n'avaient fait que différer le temps de la confrontation, sauf que maintenant, les choses allaient être beaucoup plus compliquées, puisqu'ils étaient devenus des adultes, qu'ils étaient en couple, et qu'ils avaient des enfants. Mais que peut-on faire face à la mort quand on a seulement quatorze et dix-sept ans ?

Chapitre 11

Samedi 21 août 2010 - 03h00

Isabelle se réveilla brusquement en poussant un cri étouffé, et s'assit d'un coup dans son lit. Haletante, la main sur la poitrine, elle se sentit perdue avant de reconnaitre les murs de sa chambre, les placards, la fenêtre, puis les rideaux. Elle avait refait ce cauchemar. Une fois de plus, il s'était invité dans sa chambre.

Elle se leva, enfila ses pantoufles, son peignoir, et sortit. Quand elle faisait ce cauchemar, elle était incapable de rester dans sa chambre. Il lui fallait en sortir, changer de pièce, s'aérer. Sans allumer, en se déplaçant seulement à la luminosité qui provenait du dehors et grâce à sa connaissance des lieux, elle se rendit dans la cuisine, alluma le néon qui éclairait le plan de travail, et se servit un verre d'eau fraîche au robinet. Elle but à petites gorgées nerveuses, puis se passa un peu d'eau sur le visage.

Comme tout un chacun, elle détestait faire des cauchemars, et celui-ci tout particulièrement. C'était d'autant plus une torture pour elle que, chaque fois qu'il revenait, il amenait ses souvenirs néfastes dans *sa* chambre. Et elle ne pouvait le supporter. Mais qu'y faire ? Elle aurait pu reprendre la chambre de Karine, prétexter un besoin quelconque en évoquant l'orientation ou la taille de la pièce. Mais elle n'avait pu s'y résoudre. Ça l'aurait privée de tous ses doux souvenirs, ceux liés à *sa* chambre. Et quant à s'installer dans la chambre d'ami... ç'aurait été s'installer dans son cauchemar. Alors elle avait fait le choix de rester dans son havre de paix, avec ses bons souvenirs, en supportant les quelques fois où les mauvais s'invitaient sans prévenir. Elle ressassait ses pensées tout en buvant son verre d'eau, et pendant ce temps, elle passait et repassait inconsciemment sa main sur sa poitrine, sur ses bras, sur son ventre, sur ses cuisses, comme pour retirer des toiles d'araignées qui l'auraient enserrée.

Elle reposa son verre dans l'évier. Elle le nettoierait demain. Elle éteignit le néon, sortit de la cuisine puis traversa l'entrée à pas lents avant d'entrer dans le salon. Là, elle s'installa sur le canapé, étendit un plaid sur ses jambes et prit dans le tiroir de la table du salon le roman qu'elle avait commencé il y avait peu. Elle avait toujours deux livres en cours : un qu'elle laissait dans sa chambre, pour lire avant de s'endormir, et un dans le salon, pour les autres moments de la journée. Elle alluma la lumière située sur la petite table à côté du canapé, et commença à lire. Pourtant, elle eut beau essayer de se concentrer sur son livre, son esprit ne parvint jamais à s'imprégner de l'histoire. Les mots dansaient devant ses yeux, entortillés en phrases vides de sens. Au bout de dix minutes elle le reposa. Elle resta un moment sans rien faire. Puis, d'un geste sans conviction, elle attrapa la télécommande et alluma la télé. Elle fit défiler les chaînes mais, comme elle s'y attendait, ne trouva que des séries américaines, des documentaires sans intérêt ou même de la neige. Elle ne souhaitait que s'occuper l'esprit pour oublier son cauchemar, mais ne trouvait rien à lui donner pour que son cerveau embraye sur autre chose. Elle éteignit la télé et reposa la télécommande d'un geste las. Laissées libres à elles-mêmes, ses pensées reprirent le dessus. Ses mauvais souvenirs aussi. Ses yeux tombèrent sur le secrétaire où, depuis toujours, elle rangeait ses papiers.

Elle se souvint du jour où, faisant ses comptes, elle en était arrivée à la conclusion qu'elle n'avait plus de quoi payer le loyer. Après le décès de Marc, pendant les premiers mois, elle avait toujours réussi à honorer chaque mensualité. D'abord avec le reste du capital décès, puis avec les diverses primes qui lui avaient été versées par les allocations familiales ou la sécurité sociale. Elle avait espéré trouver du travail dans le secrétariat, ne serait-ce qu'à mi-temps, pour pouvoir faire face aux nouvelles dépenses, mais elle n'avait rien trouvé. Depuis quinze ans qu'elle était à la maison à s'occuper des enfants, elle avait été considérée comme "hors circuit". Et avec l'air abattu qui était le sien depuis la perte de son époux, aucun employeur n'avait voulu d'elle.

Elle avait alors cherché un emploi qui ne requérait que peu de qualification, et où il n'était pas nécessaire d'avoir un visage particulièrement avenant. Elle avait dû renoncer à faire caissière, puisqu'il fallait être souriante. Elle avait cherché à faire de la mise en rayon ou du ménage, mais s'était vite aperçue que les horaires étaient incompatibles avec sa situation : il lui aurait fallu commencer très tôt le matin, ou finir tard le soir, ce qui aurait signifié que les enfants auraient été seuls. Or, l'idée de les laisser seuls alors qu'ils venaient tout juste de perdre leur père lui était insupportable. Si sa propre mère n'avait pas été dépressive, elle aurait peut-être pu les lui confier. Bien qu'elle ait habité dans la ville d'à côté, ça n'était toutefois pas si loin qu'elle ne puisse faire les deux trajets en voiture pour les déposer pour quelques heures, ou quelques jours. Mais depuis la mort de son père, il y avait de cela des années, sa mère avait sombré dans la mélancolie et n'en était jamais ressortie. Elle arrivait toujours à s'occuper d'elle, mais menait une vie au ralenti, en faisant le minimum vital. Il aurait été au-dessus de ses capacités d'accueillir ses deux petits-enfants, bien que ceux-ci soient tout à fait capables de s'occuper d'eux-mêmes, et auraient même pu s'occuper des repas et du ménage, lui apportant ainsi un souffle de fraîcheur bienfaisant. Mais Gisèle ne l'avait jamais vu ainsi : pour elle, tout changement dans son quotidien était un fardeau. Les visites ne duraient donc jamais que quelques heures, et Isabelle n'avait jamais pu avoir un quelconque soutien de ce côté-là. Et elle n'avait aucune autre famille vers qui se tourner. En raison de ces horaires décalés, elle avait donc dû renoncer à faire du ménage en entreprise ou de la mise en rayon.

Elle avait alors pensé à travailler en usine, à un poste de base sans qualification particulière. Mais là aussi, elle avait découvert que non seulement la plupart des postes requéraient un minimum de compétence ou d'expérience, mais qu'en plus ce type de poste demandait souvent de faire les deux voire les trois huit, ce qui était tout autant impossible. Elle s'était dit alors que, à défaut de faire du ménage en entreprise, elle pouvait toujours faire du ménage chez des particuliers en journée. Mais malheureusement, ses recherches étaient demeurées infructueuses : soit on lui demandait de justifier d'une expérience dans le même poste, et le fait qu'elle entretienne sa propre maison ne suffisait pas, soit on lui faisait remarquer que, avec sa qualification de secrétaire, elle trouverait bientôt un poste plus qualifié, et quitterait promptement son emploi de simple femme de ménage, obligeant ainsi ses employeurs à se remettre en quête d'une autre employée. Or, lesdits employeurs n'avaient pas envie de voir défiler toute la ville à leur domicile. Elle eut beau promettre qu'elle tiendrait son engagement, chaque tentative se solda par un échec. Elle dut donc renoncer à ce type d'emploi.

C'est ainsi que, de déception en déception, elle avait finalement été contrainte de se présenter chez M. Lechapelier un matin de début août pour lui annoncer qu'elle n'était pas en mesure de régler la totalité de sa dette, qu'elle ne pouvait lui reverser que la portion allouée par l'aide au logement, mais qu'elle ne disposait pas du solde. C'est-à-dire quand même les deux tiers de la somme. Elle le lui avait dit avec beaucoup de réticence, la tête basse, évitant son regard, forçant les mots à sortir de sa bouche. M. Lechapelier l'avait regardée l'air surpris et lui avait demandé si elle et son mari n'avaient donc pas souscrit une assurance-vie au moment de l'achat de la maison. Elle avait dû lui avouer que non. Il avait haussé les sourcils, puis avait déclaré à mi-voix que c'était ennuyeux. Ils étaient restés tous deux silencieux un moment. Puis M. Lechapelier lui avait demandé si elle cherchait du travail. A sa réponse affirmative, il avait réfléchi un moment, puis avait déclaré qu'il pouvait patienter jusqu'au prochain mois pour toucher son dû. Mais alors, il faudrait bien lui régler les deux mensualités dues. Isabelle s'était empressée de remercier confusément, de promettre, et s'en était allée, la tête basse. Elle avait été à la fois reconnaissante à M. Lechapelier de lui accorder ce délai, et en même temps anxieuse de savoir comment elle allait pouvoir régler deux mensualités en même temps.

Dans les jours qui suivirent, elle s'était remise à chercher un emploi avec encore plus de détermination. Elle avait vu une annonce du centre commercial le plus proche qui cherchait quelqu'un en CDD[1] pour remplir les rayons. Comme elle s'y attendait, les horaires étaient décalés. Mais pouvait-elle se permettre d'être difficile ? Elle en avait parlé à ses enfants, leur expliquant qu'ils avaient besoin d'argent pour payer le loyer, sans

---

[1] CDD : Contrat de travail à Durée Déterminée.

leur dévoiler qu'ils avaient déjà une mensualité de retard. Ils avaient pâli un peu en apprenant que leur mère serait absente tous les matins avant qu'ils aillent à l'école, Karine en particulier, mais avaient compris qu'ils n'avaient pas le choix. Isabelle avait donc proposé sa candidature, et avait été acceptée. Elle commençait sa journée à cinq heures trente et la finissait à quatorze heures trente. Une fois à la maison, elle s'occupait du ménage, du linge, de préparer le repas du soir, mais également celui du lendemain midi pour économiser les frais de cantine des enfants, sans oublier son pique-nique pour son petit déjeuner. Elle était heureuse de retrouver ses enfants entre seize heure trente et dix-sept heures trente, quand ils rentraient du collège et du lycée et ils étaient pareillement heureux de la retrouver. Chacun racontait sa journée, puis ils faisaient leurs devoirs sur la table de la cuisine tandis qu'elle préparait le repas du soir, et pendant ces quelques heures ils avaient l'impression d'être une famille normale.

Puis, après le repas, ils aidaient leur mère à ranger la cuisine, car elle tombait de fatigue. Elle allait ensuite rapidement au lit, souvent même avant ses enfants, avec l'impression de les abandonner. Mais elle n'avait pas le choix si elle voulait tenir le coup. Car en plus de devoir se lever tôt les matins, sans avoir la possibilité de faire une sieste l'après-midi, elle devait assumer des week-ends parfois courts, car elle assumait les samedis une semaine sur deux. Cependant, ce qui lui était le plus pénible, c'était de devoir laisser ses enfants seuls à la maison. De voir Karine devenir de plus en plus triste chaque jour, et Bastien de plus en plus fermé.

Cependant, au début du mois suivant, sa consolation avait été qu'elle avait pu retourner voir M. Lechapelier avec des pensées un peu moins sombres : elle avait au moins de quoi lui régler une mensualité. Et même un peu plus. Mais ça ne correspondait quand même pas au montant des deux loyers convenus. M. Lechapelier s'en était montré contrarié et avait rappelé qu'ils s'étaient mis d'accord pour régler deux loyers d'un coup. Isabelle avait perdu en assurance, et avait bredouillé qu'elle en était consciente, mais qu'elle pouvait quand même payer le loyer de retard, ainsi qu'une partie du mois présent ce qui, à ses yeux, réduisait quand même sa dette. M. Lechapelier avait gardé le silence, les sourcils toujours froncés. Puis il avait demandé quel emploi elle avait trouvé. Elle avait répondu d'une voix faible qu'elle faisait de la mise en rayon. Il avait alors demandé s'il s'agissait d'un CDI[2]. Elle avait dû répondre qu'il ne s'agissait que d'un CDD. Il avait alors fait sèchement remarquer qu'elle n'allait donc pas tarder à se retrouver dans une situation similaire, et qu'il serait bien qu'elle trouve une solution. Cette dernière remarque avait fini par la mettre en colère. Elle avait repris un peu de vigueur, et avait répondu sur un ton un peu plus affirmé qu'elle en était tout à fait consciente, mais qu'elle n'était pas responsable du marché de l'emploi. Qu'elle faisait de son mieux, qu'elle tentait sa chance partout où elle le pouvait, mais qu'elle ne pouvait contraindre personne à lui donner du travail. Enfin, elle avait rappelé qu'elle ne demandait nullement une remise de dette, mais juste un délai. M.Lechapelier lui avait demandé toujours aussi sèchement jusqu'à quand elle comptait lui demander un délai, compte tenu du fait qu'elle n'aurait à nouveau plus d'emploi dans deux mois. Elle avait blêmi à cette remarque, mais avait répliqué qu'elle ne pouvait pas prédire l'avenir, qu'elle ne pourrait que voir lorsque ce temps serait venu, et qu'en attendant elle aurait épongé sa dette. Il avait rétorqué qu'il était bien obligé de faire avec, et qu'il l'attendait pour le mois prochain. Isabelle était rentrée chez elle à la fois ulcérée et accablée.

N'ayant pas d'autre choix, elle avait continué son travail de mise en rayon, économisant partout où elle le pouvait, n'achetant que les produits de base et les moins chers, cuisinant elle-même, incitant les enfants à se tenir dans la même pièce qu'elle pour économiser l'électricité, maîtrisant tous les coûts. Ses seules ressources étaient les allocations familiales, l'aide au logement, ainsi que la bourse d'étude des enfants qui leur avait été accordée. Elle s'était promis de démarrer sans tarder un potager, pour avoir moins de légumes à acheter. Tout en se demandant où elle pourrait bien trouver le temps de s'en occuper. Elle s'était décidée à faire le tour des assistantes sociales, prenant encore sur ses heures libres, pour

---

[2] CDI : Contrat de travail à Durée Indéterminée.

demander de l'aide. Mais la réponse avait été toujours la même : on ne pouvait lui verser aucune aide. Elle en était même venue à s'adresser à l'office des HLM, la mort dans l'âme, pour demander un logement en expliquant qu'elle ne parvenait plus à payer son actuel loyer. Mais la personne présente à l'accueil lui avait répondu avec hauteur que, sans salaire fixe, cela serait impossible. Sur l'insistance d'Isabelle, cette femme lui avait toutefois accordé du bout des lèvres de constituer un dossier, pour qu'elle soit au moins enregistrée sur la liste des demandeurs, mais lui avait précisé avec une pointe de satisfaction qu'il y en avait bien pour trois ans d'attente, vu le nombre de demandes, et que lorsque l'office la recontacterait, il lui faudrait alors être en mesure de produire au moins trois bulletins de salaire. A croire que son interlocutrice éprouvait du plaisir à ruiner ses espoirs.

Toutes ces démarches ne firent qu'accentuer sa fatigue physique et morale. Elle avait alors su qu'elle n'aurait aucune aide. La maison, d'ordinaire si propre et si rangée, avait souffert de négligence. Mais ce qui avait le plus affecté Isabelle, c'avait été de voir sa fille se renfermer chaque jour davantage, et avoir de brusques crises de larmes, qu'elle ne savait plus comment calmer. Karine avait fini par lui avouer qu'elle lui manquait. Elle avait toujours été proche de ses parents, et là, perdre son père puis quasiment sa mère, c'était trop pour elle. Elle avait eu beau savoir qu'il n'était pas possible de faire autrement, elle en avait souffert. Et Isabelle en avait souffert avec elle. Elle avait essayé de positiver, en expliquant que ça n'était encore que pour deux mois, qu'elle continuait à postuler pour des postes de secrétariat et qu'elle espérait trouver un emploi fixe avec des horaires réguliers. Mais le cœur n'y avait pas été.

Au début du mois suivant, elle avait été satisfaite de pouvoir apporter à M. Lechapelier un chèque d'un montant équivalent à une mensualité et demie. Elle avait su, avant même de le lui remettre, qu'il n'allait pas être content, mais elle-même n'avait vu qu'une chose : sa dette diminuait. Il avait effectivement froncé les sourcils en voyant le montant indiqué sur le chèque. Il avait rappelé d'une voix sourde de colère qu'ils avaient convenu de régler deux mensualités en une fois. Et cela faisait la deuxième fois qu'elle se dérobait à sa promesse. Elle n'avait pas cillé, et l'avait regardé droit dans les yeux en reconnaissant que oui, dans un excès de confiance, et dans sa volonté d'honorer sa dette, elle avait promis deux mensualités, mais qu'elle avait dû renoncer, devant elle-même se contenter de ce qu'on avait bien voulu lui donner. Elle avait fait remarquer qu'elle ne lui devait plus qu'un quart de loyer de retard, et que ce montant lui serait porté dans un mois. Il l'avait toisée, et lui avait demandé si c'était bien à la fin de ce mois que son contrat s'achevait. Elle en avait été affectée, mais n'en avait rien montré, et lui avait dit avec assurance qu'il lui fallait apprendre à vivre avec ce qui venait, mais qu'elle mettrait toujours un point d'honneur à honorer sa dette. Elle avait clos elle-même la discussion par un "A dans un mois pour le solde, Monsieur" avant de tourner les talons et de repartir chez elle.

La petite horloge accrochée au mur sonna quatre heures du matin. Isabelle sursauta. Cela faisait déjà une heure qu'elle était debout. Elle avait froid, la fatigue était revenue. Elle repoussa le plaid, se leva lentement, et retourna dans sa chambre pour essayer de gagner encore quelques heures de sommeil, sans grande conviction. Elle avait ressassé trop de mauvais souvenirs. Pourtant, quelques minutes après qu'elle eut posé la tête sur l'oreiller, elle sombra dans un sommeil lourd, sans rêve ni autre cauchemar, d'où elle émergea trois heures plus tard, le moral au plus bas.

Chapitre 12

Samedi 21 août 2010 - 15h00

Karine entra dans la maison vide et appela "Maman ?" pour s'assurer que sa mère n'était effectivement pas là. Comme elle n'eut aucune réponse, elle entra tout à fait et posa ses affaires dans la cuisine aux murs jaunes et au store bleu-vert. Elle aimait cette pièce. C'était là qu'elle se sentait le plus en sécurité. C'était là qu'ils se retrouvaient tous ensemble, du vivant de son père, et là aussi qu'ils se retrouvaient après son décès, pour économiser le courant. Karine se fichait des vrais raisons pour lesquelles ils avaient dû se regrouper là. Pour elle, la cuisine avait représenté le nid où elle pouvait se poser le soir en rentrant du collège, se ressourcer auprès de sa mère et de son frère, s'imprégner des souvenirs d'avec son père. Et depuis lors, c'est là qu'elle aimait revenir quand elle avait besoin de souffler.

Ce matin, après avoir été au marché avec Thomas, elle était passée voir sa mère. Elle l'avait trouvée fatiguée, et la discussion n'avait fait que lui confirmer qu'elle n'avait pas le moral. Isabelle avait évoqué un mauvais rêve. Karine savait qu'elle faisait souvent des cauchemars liés à toutes ces années difficiles, mais sa mère ne lui en avait jamais raconté davantage. Elle n'avait jamais insisté. Elle avait également constaté qu'elle était peu souriante, et qu'elle ne s'intéressait pas beaucoup à son petit-fils venu lui rendre visite, contrairement à son habitude. Comme quelqu'un qui est triste et n'arrive pas à sortir de sa torpeur, elle n'avait pas vraiment conscience de la vie qui bougeait autour d'elle. Karine n'aimait pas voir sa mère dans cet état, mais ne savait jamais comment lui redonner le sourire. Elle savait par ailleurs que cela lui passerait. Elle lui avait proposé de venir manger à la maison ce midi, mais Isabelle avait décliné, disant que quand elle était morose comme cela, elle préférait s'isoler. De plus, ayant mal dormi, elle aurait probablement besoin d'une petite sieste. Elle projetait de toute façon d'aller voir son amie Louise, veuve comme elle, et qu'elle n'avait pas vue depuis quelques semaines. Karine lui avait alors proposé de les rejoindre demain, mais Isabelle n'avait su que lui répondre. Elle était trop déboussolée pour arriver à se projeter plus loin que ce soir. Karine l'avait rassurée en lui disant que ça n'était pas grave, qu'il n'était pas nécessaire de se décider dans l'immédiat, et qu'elle l'appellerait demain matin. Elle n'aurait qu'à se décider au dernier moment. Puis elle était repartie chez elle avec son garçon qui, voyant sa mamie chagrine, n'avait pas manqué pas de lui faire un gros câlin avant de partir.

    Ce fût une fois rentrée chez elle, occupée à vider son panier tout en réfléchissant à ce qu'elle allait concocter pour le déjeuner, que Karine avait réalisé que la maison de sa mère serait vide dans l'après-midi. C'était l'occasion de rencontrer Bastien en toute discrétion. Elle prétexterait d'avoir du shopping à faire, excuse fort crédible de la part d'une femme, et hautement répulsive pour un mari ou un enfant, au cas où l'envie leur aurait pris de vouloir l'accompagner. Elle avait donc envoyé un sms à Bastien, pour lui proposer de la retrouver à la maison à quinze heures. Il avait répondu quelques minutes plus tard que c'était ok. Elle en avait été rassurée, ils allaient pouvoir faire le point plus rapidement que prévu. Ce n'est pas que cette rencontre l'enchantait. Comme lorsqu'on doit se faire opérer, elle aurait préféré s'en abstenir. Mais comme pour une opération, elle se disait qu'il fallait que ce soit fait, et qu'elle serait débarrassée ensuite. Cela lui permettrait d'aller de l'avant. Par ailleurs, elle avait retrouvé son calme grâce aux tranquillisants que le médecin lui avait prescrit.

    Avant que Bastien n'arrive, et pour être sûre que sa mère était bien partie, elle fit le tour de la maison. Elle ne vit personne dans le salon ou la salle à manger. De là, elle s'assura qu'il n'y avait personne dans le jardin. Puis, elle monta à l'étage, inspecta sa chambre, celle de Bastien ainsi que la salle de bain. Elle préféra vérifier aussi la chambre de sa mère : la porte en était ouverte, le lit fait, la pièce rangée. Isabelle était donc bien sortie. Elle pouvait redescendre l'esprit tranquille.

    Elle s'apprêtait à emprunter l'escalier quand ses yeux tombèrent sur la porte fermée de la chambre d'amis. Elle suspendit son mouvement. Une fois de plus, elle se demanda pourquoi sa mère n'avait jamais réaménagé cette pièce. Elle le lui avait demandé, un jour, et Isabelle avait vaguement évoqué le fait que c'était inutile, qu'elle n'en avait pas besoin, que cette pièce était mal exposée, que ça lui ferait du travail puis du ménage en plus. Karine n'avait pas insisté. Dans le fond, sa mère avait raison, qu'avait-elle besoin d'une pièce en plus ? Mais ce qui intriguait le plus Karine, c'était qu'elle avait le sentiment qu'en fait sa mère détestait cette pièce. Elle ne saurait dire pourquoi elle pensait ça, mais c'était l'impression qu'elle avait. Et elle n'avait jamais osé lui demander pourquoi.

Bastien franchit la porte tandis qu'elle descendait l'escalier. Son ventre se noua en le voyant, car cela signifiait que le temps de la confrontation était venu. Il avait mauvaise mine. Le teint gris, les traits tirés, des cernes sous les yeux, les épaules voûtées. Karine en fut attristée. Elle avait eu conscience, au cours de leurs dernières conversations téléphoniques, qu'il n'allait pas bien, mais elle ne pensait pas que ce fut à ce point. Elle le prit dans ses bras pour lui faire la bise. Il l'enlaça aussi, mais il lui sembla plutôt qu'il cherchait à s'agripper à une bouée. Ils restèrent un court moment enlacés avant de se séparer et d'entrer dans la cuisine. Bastien sembla s'apaiser un peu en y entrant. Il regarda les murs et eu une ombre de sourire. Karine se demanda si cette pièce lui évoquait les mêmes souvenirs qu'à elle. Elle lui posa la question, et il reconnut que, quand il avait reçu son sms, il avait été motivé par le fait qu'ils allaient se retrouver en terrain connu, neutre et paisible.

Il s'assit lourdement à la table. Karine prit deux verres, la bouteille d'eau pétillante rangée dans le frigo, et les remplit à moitié. Elle s'assit en face de lui et le regarda. Lui gardait la tête baissée, les yeux rivés sur la table. C'était pourtant lui qui avait souhaité la rencontrer… Ce serait donc à lui de prendre la parole. Pourtant il restait muet, comme en proie à un plus grand malaise que celui qu'elle ressentait elle-même. Elle se demanda si elle ne devrait pas commencer, en exposant ses griefs à elle. Mais elle eut peur de l'accabler davantage. Elle décida alors de rompre le silence qui commençait à devenir pesant en rappelant simplement leur dernière conversation.

- Tu voulais me voir ?

Il sursauta, comme s'il avait oublié la présence de sa sœur, et même sa propre présence dans cette pièce. Il eut un air très ennuyé, mais à la fois résigné. Il prit enfin la parole d'une voix hésitante.

- Mmmh... oui... il fallait que je te voie.

Il soupira, passa la main dans ses cheveux, gardant toujours les yeux baissés sur la table. Il poursuivit :

- Ça ne va pas fort ces temps-ci, tu sais.
- Oui. Je m'en aperçois.

Elle ne savait pas si elle devait reprendre ou lui laisser à nouveau la parole. Dans le doute elle se tut. Mais il continua à garder le silence.

- Tu as des problèmes avec ton travail ?

Il sursauta à nouveau, comme s'il avait encore oublié sa présence. Il leva enfin les yeux, l'air à la fois surpris et perdu.

- Euh... à mon travail ? Euh... non non, tout va bien...

Elle attendit quelques secondes que la suite vienne, mais elle sentit qu'il allait retomber dans le silence. Alors elle relança aussitôt :

- Alors de quoi voulais-tu me parler ?

Il poussa à nouveau un soupir, comme si la perspective de parler lui était insupportable. Puis, les yeux à nouveau fixés sur la table, il déclara :

- Depuis quelques temps... j'ai des angoisses... des angoisses qui me prennent comme ça... elles viennent... elles repartent...

Puis il se tut à nouveau. Les paroles qu'il venait de prononcer avait eu un écho dans le cœur de Karine. Elle aussi, depuis quelques temps, avait des angoisses... Avant que le silence ne se réinstalle, Karine reprit :

- Des angoisses ? Quel genre d'angoisse ? Des angoisse à propos de quoi ?

Bastien soupira encore. Il semblait à la torture. Il cherchait ses mots. Karine ne l'avait jamais vu comme ça. Elle se sentait effrayée.

- Eh bien... c'est ce que je ne sais pas... en tout cas je ne savais pas... elles viennent... elles repartent... Jusque-là, j'arrivais à gérer, mais depuis quelques temps... je n'y arrive plus...

Il se tut à nouveau. Alors Karine poursuivit :
- Jusque-là tu arrivais à gérer ? Alors ça fait déjà un moment que tu as ces angoisses ?

Il hocha la tête, hésita.
- Oui, ça fait déjà quelques temps.
- Quelques temps ?... Qu'appelles-tu "quelques temps" ? Depuis quelques semaines ? Quelques mois ?...

Il hésita avant de répondre :
- Depuis quelques années.

Ce coup-ci, ce fut elle qui sursauta :
- Quelques années ? Et tu ne m'en n'a jamais parlé ?
- Eh bien comme je te l'ai dit, jusque-là, j'arrivais à gérer. Mais depuis quelques temps... je me sens dépassé...

Il fallut quelques secondes à Karine pour réaliser ce que son frère lui disait. Mais en fait, elle n'y comprenait pas grand-chose, vu qu'il avait plutôt l'air d'être perdu lui-même. Elle poursuivit :
- Et... depuis quand te sens-tu dépassé ?
- Depuis lundi
- Depuis lundi ?... Est-ce qu'il s'est passé quelque chose de particulier lundi ?

Il hésita encore avant de répondre. Chaque phrase semblait lui être une torture.
- Je me suis disputé avec Delphine.

Il semblait si malheureux en disant ça que Karine lui prit la main. Elle crut pendant un instant qu'il était en train de lui dire que son couple n'allait pas bien. Elle reprit :
- Vous vous êtes disputés ?... A propos de quoi ?

Il soupira.
- Delphine trouve que toi et moi nous nous retrouvons trop souvent pour discuter tous seuls dans notre coin.

Le cœur de Karine s'accéléra en entendant ces paroles. Ainsi, elle avait raison. Sa belle-sœur, à l'égal de Michel, trouvait elle aussi que ces conciliabules étaient déconcertants. Elle en avait parlé à

Bastien et apparemment, ça ne s'était pas bien passé... Mais elle préféra rester prudente, et essaya d'en savoir plus avant de faire part à son frère de sa propre opinion.

- Et... qu'est-ce qui la gêne dans le fait que nous discutons à part ?

- Elle trouve ça bizarre... Bizarre que nous ayons encore quelque chose à nous dire alors que, selon elle, nous avons déjà discuté toute la journée. Elle dit que nous faisons ça à chaque rencontre, que nous nous mettons à chaque fois à l'écart du reste de la famille, et que c'est toujours en fin de journée, au moment du départ.

Le cœur de Karine battait de plus en plus, tandis que son moral remontait un peu. Elle ne se sentait plus seule. Elle savait maintenant, elle avait la confirmation que le comportement de Bastien n'était pas normal. Mais elle le voyait tellement abattu, maintenant qu'il semblait en prendre conscience, que cela lui faisait mal au cœur. Et ça ne la rassurait pas pour la suite de la conversation. Car si le comportement de son frère avait bien pour origine les faits auxquels elle pensait, alors ils n'étaient pas au bout de leurs peines. Elle ouvrit la bouche pour lui demander ce qu'il en pensait mais il la devança. Relevant la tête, il la regarda dans les yeux avec son air de chien battu et lui demanda :

- Et toi, qu'est-ce que tu en penses ?

Elle hésita un instant avant de répondre. Elle ne voulait surtout pas alourdir son fardeau, qui visiblement l'accablait. Mais elle voulait encore moins poursuivre ce jeu de faux-semblant, conserver ce masque qui laissait croire aux autres que tout allait bien, quand une tempête faisait rage en elle. Elle prit donc le parti de la sincérité, en cherchant à l'exprimer avec douceur.

- Bastien... j'ai essayé plusieurs fois de te faire comprendre que tu n'avais pas besoin de venir me demander comment j'allais à chaque fois que nous nous voyons...

A ces mots il baissa à nouveau la tête. Mais elle poursuivit.

- En fait... je ne comprends pas moi-même pourquoi tu t'obstines à toujours venir me trouver en catimini pour me demander comment je vais, alors que ni Michel ni moi n'avons évoqué le moindre problème... D'un côté... je suis touchée de ta sollicitude...

mais de l'autre... je trouve que cette sollicitude est exagérée... sans fondement... à moins que...

Les mots avaient franchi ses lèvres plus vite qu'elle ne l'avait voulu. Mais c'était plus fort qu'elle. Cela la brûlait tellement à l'intérieur, depuis tout ce temps, elle avait tellement besoin de dire ce qui lui pesait, de dévoiler ce qu'elle pensait être la motivation profonde de son frère, que les mots sortaient plus vite qu'elle ne l'aurait voulu. Et par forcément dans le bon ordre. Bastien releva la tête :

- A moins que ? lui demanda-t-il d'une voix sans expression, les yeux toujours fixés sur elle.

- A moins que... à moins que lorsque tu viennes me demander si je vais bien, tu ne fasses pas référence au présent... mais au passé.

Il resta muet, tout en la fixant. Il sembla à Karine que sa pâleur s'était accentuée. Elle commença à envisager le fait qu'il savait peut-être très bien de quoi elle parlait. Mais que ça le terrifiait encore plus qu'elle. Alors finalement, il n'avait pas oublié, lui non plus ? Elle reprit :

- Bastien... tu disais que ça faisait plusieurs années que tu avais ces angoisses. Saurais-tu me dire depuis quand ?

Il hésita un instant avant de répondre.

- Depuis que j'ai quitté la maison.

Elle réfléchit un moment avant de poursuivre.

- Pas depuis plus longtemps ? Tu es sûr ?

- Oui, j'en suis sûr. J'ai passé un bon moment, il y a quelques jours, à réfléchir à tout ça. J'ai repensé aux étapes importantes de ma vie : la naissance de mes enfants, mon mariage, mon job... en cherchant pour toutes ces périodes si je me souvenais d'avoir déjà eu ces... ces crises.

- Et ?

- Et la réponse est oui. Mais j'ai toujours réussi à gérer, s'empressa-t-il d'ajouter.

- Jusqu'à lundi.

- Jusqu'à lundi...

- Et selon toi, qu'est-ce qu'il s'est passé lundi pour que tu n'arrives plus à gérer ?

Bastien baissa à nouveau les yeux.

- Delphine m'a reparlé pour la énième fois de ce qu'elle appelle nos rencontres secrètes.

Karine sursauta.

- Parce que ce n'était pas la première fois qu'elle t'en parlait ?
- Oh non ! Elle a commencé à m'en parler avant même que tu ne sois avec Michel. Depuis que nous sommes mariés, en fait.

Karine était de plus en plus sidérée.

- Depuis si longtemps ?
- Comme je te le dis.

Ils restèrent un moment silencieux.

- Donc, si tu me dis que ces angoisses ont démarré quand tu as quitté la maison, et que Delphine t'en a parlé à la même période, ça veut dire que ton comportement était déjà... assez évident.
- Il semble.

Il y eu à nouveau un temps de silence.

- Et toi ? Qu'en penses-tu ? Que penses-tu des reproches de Delphine ?

Il réfléchit un moment.

- Eh bien... cela fait tellement longtemps qu'elle m'en parle... lundi, elle a tellement insisté sur le fait que c'était répétitif... presque rituel... elle a dit aussi que même ton mari trouvait ça bizarre... et puis surtout, elle m'a fait remarquer que... à chaque fois qu'on en parle elle et moi, je me mets en rogne... alors que d'habitude, je suis un mec plutôt cool. Et ça, ça m'a frappé... Alors, forcément, j'ai fini par m'interroger... Et... et ça m'a rendu malade... vraiment malade...

Karine déglutit.

- Pourquoi ?

Il reprit après un temps.

- Eh bien, je me suis demandé pourquoi ça me mettait tellement en rogne quand elle me disait que mon comportement à ton égard était bizarre. Je n'y voyais rien de répréhensible, je trouvais plutôt normal de m'inquiéter pour toi.
- Alors même que je te disais moi-même que ça me pesait ?
- Ben ouais...

A nouveau, il se plongea dans ses réflexions. Mais en même temps, maintenant qu'il avait commencé à parler, les mots venaient de plus en plus librement, de plus en plus rapidement. Karine n'était plus obligée de le relancer à chaque phrase. Il reprit :
- Donc, pour la première fois depuis quinze ans, je me suis forcé à chercher quelle était la cause de ces fameuses angoisses.

Il se tut un instant, avant de reprendre et de dire :
- Et ça n'a pas été joli.
- Que veux-tu dire ?
- J'en ai été tellement mal que je me suis torché.

Karine écarquilla les yeux. Elle n'avait jamais vu son frère se "torcher". Oh bien sûr, il avait peut-être été un peu "gai" une ou deux fois, lors d'une soirée de Noël ou pour la naissance de ses enfants, mais rien que de très normal.
- Tu t'es torché ? A quoi ?
- Au rhum.

Karine n'en retombait pas de sa stupeur. Si encore il lui avait dit avoir avalé quelques bières. Mais du rhum ! Il n'y avait pas été avec le dos de la cuillère...
- A ce point-là ?!
- Ben oui...

Ils restèrent un moment silencieux, à réfléchir à ce qu'ils venaient de partager.
- Et ensuite, t'as fait quoi ?
- Curieusement, le fait d'être torché m'a aidé à être lucide. C'est là que j'ai réfléchi aux principales étapes de ma vie pour trouver l'origine de cette angoisse.

Elle se décida à lui poser la question. D'une voix tremblante.
- Et... qu'est-ce que tu as trouvé ?

Il la regarda droit dans les yeux pour ensuite détourner à nouveau le regard.
- Est-ce que tu te souviens... de cette fin d'après-midi... il faisait beau, c'était en été, pendant les grandes vacances... nous étions partis faire une longue promenade avec un pique-nique, tous les trois... nous sommes rentrés en fin d'après-midi, vers seize heure trente... dix-sept heures...

La tête baissée elle murmura :
- C'était en août. Le 22 août 1992.
Il redressa la tête.
- Tu t'en souviens ?
Elle murmura encore plus bas.
- Comment oublier Bastien ?
Ils restèrent muets un moment, interdits. Au bout de plusieurs longues minutes, Karine reprit en gardant la tête basse :
- Est-il nécessaire de ressasser tout ça, Bastien ?
Il avait à nouveau baissé la tête.
- Je ne sais pas.
Puis il reprit au bout d'un moment :
- Ça me pèse.
Elle détourna la tête et dit avec un ton un peu plus dur.
- A moi aussi ça me pèse, mais que veux-tu y faire ? Ni toi ni moi n'y pouvons plus rien.
- Non, nous n'y pouvons rien.
Il y eut encore un silence. Cette fois-ci, ce fut lui qui reprit :
- C'est de là que proviennent mes angoisses.
Elle le regarda à nouveau.
- Tu en es sûr ?
- Oui.
- Pourquoi ne m'en as-tu jamais parlé jusqu'à aujourd'hui, alors ?
Les yeux de Bastien se remplirent de larmes.
- Parce que je me sens coupable. Tout est de ma faute, je n'ai pas su gérer. Mon rôle était de vous protéger, maman et toi. Et je n'ai pas su le faire.
- Bon sang, Bastien, tu avais dix-sept ans !
- N'empêche que j'ai perdu le contrôle et que les conséquences en ont été irrémédiables. Je me sens coupable. Je suis coupable. Et ça me bouffe.
Le silence s'installa à nouveau entre eux. Mais cette fois, aucun des deux ne parvint à le rompre. Bastien avait très bien résumé les faits : le passé était irrémédiable. Mais il n'arrivait plus à en supporter le souvenir. Le temps s'écoula sans qu'ils arrivent à sortir de leur torpeur, empêtrés devant l'inéluctabilité des faits.

Ce fut le bruit de ce temps qui s'écoulait, ou plus précisément de l'horloge de la cuisine, qui rappela Karine à la réalité. Elle regarda cette horloge qui la toisait et vit qu'il était déjà seize heures. Il n'y avait pas urgence, mais il fallait quand même qu'ils songent à partir. Leur mère ne rentrait jamais bien tard, et que trouveraient-ils à lui dire si elle les trouvait là ? Elle se leva et attrapa les verres pour les laver. Elle les sécha, les remis à leur place dans le placard, puis rangea la bouteille dans le frigo. Elle fit tout cela sans dire un mot. Bastien garda le même mutisme, les yeux fixés sur la table. Karine revint s'asseoir face à lui.

- Et où en es-tu avec Delphine ?

Bastien sembla s'animer un peu.

- J'ai eu un comportement vraiment minable, cette semaine. Je lui en ai voulu de mettre le doute sur notre relation, à toi et moi. Alors je l'ai ignorée. Puis j'ai fait cette grosse crise d'angoisse mercredi, et j'ai réalisé que c'était elle qui avait raison : y'a quelque chose qui ne tourne pas rond chez moi. Alors je lui ai demandé pardon. Je lui ai parlé de mes angoisses, en disant que je ne savais pas d'où ça venait. Ça l'a vachement apaisée, elle pense que tout ça vient du décès de papa. Elle voudrait que j'aille voir un psy. Mais je ne peux pas.

Elle se garda de lui demander pourquoi il ne pouvait pas. Elle ne le savait que trop bien. Mais le temps avançait. Il fallait clore cette conversation. Elle reprit.

- Bastien, je suis contente qu'on en ait parlé. Il y aurait encore beaucoup de choses à dire, c'est sûr, mais je crois que le plus dur est passé. Au moins, on a crevé l'abcès.

Il inclina faiblement la tête en acquiescement.

- Bastien, le temps passe, maman risque de rentrer d'un instant à l'autre. Il ne faudrait pas qu'elle nous trouve là, que lui dirions-nous ? Surtout avec la tête que tu as... Mieux vaut la laisser à l'écart de tout ça. Il faut que nous partions.

Cette dernière remarque le secoua. S'il n'avait pas su protéger sa sœur, au moins devait-il continuer à protéger sa mère. Il se leva, fit le tour de la pièce d'un rapide regard circulaire, et suivi Karine dans l'entrée. Ils sortirent. Une fois dans le jardin il la serra fortement entre ses bras. Elle sentit que cette étreinte n'était plus aussi désespérée que celle qu'il lui avait donnée quand il était arrivé. Cela la rassura. Bastien avait repris un peu de sa combativité habituelle, même s'il était encore loin d'avoir retrouvé son humeur ordinaire.

- Moi aussi je suis content qu'on ait parlé. Mais on n'a pas fini.
- Non, nous n'avons pas fini. Accroche-toi.
- Toi aussi.

Ils remontèrent chacun dans leur voiture pour reprendre le chemin de leur domicile respectif.

Chapitre 13

Samedi 21 août 2010 - 21h00

Isabelle poussa la porte de sa maison en fin de soirée. Il n'était pas dans son habitude de rentrer aussi tard, mais son amie Louise avait bien vu qu'elle n'était pas dans son assiette. Alors, après qu'elles aient pris le café à seize heures, elle avait réussi à la décider à sortir avec elle pour aller en ville se promener et faire un peu les magasins.

Louise était une amie précieuse. Discrète et intelligente, elle avait en même temps un caractère vif et volontiers plaisantin. Elle s'était donc mise en frais pour dérider son amie, faisant des commentaires plaisants sur les vitrines des magasins, s'extasiant devant les boutiques de décoration, ou s'interrogeant sur les nouveautés de la mode devant les commerces de vêtements. Elle était même arrivé à faire rire Isabelle deux ou trois fois. Pour la voir retomber dans sa morosité l'instant d'après. Louise avait remarqué, au fil des années, que cet accablement se manifestait toujours à la fin de l'été, au mois d'août, et ne s'était jamais expliqué la raison de cette mélancolie. Au mois de février elle comprenait : c'était le mois où son mari était décédé. Mais en août ? Elle l'avait déjà interrogée à ce sujet, mais Isabelle ne lui avait jamais donné d'explication. Elle disait être triste sans raison. Et quand Louise avait insisté un jour, en lui demandant si elle avait vécu quelque chose de pénible un jour au cours de cette période, elle avait bien vu qu'Isabelle s'était crispée. Cette dernière lui avait répondu d'un ton un peu brusque qu'elle s'imaginait des choses. Louise n'était pas née de la dernière pluie, et avait bien compris qu'Isabelle savait de quoi il s'agissait mais qu'elle ne souhaitait pas en parler. Elle n'avait donc pas insisté, et se contentait depuis d'essayer de dérider son amie à chaque fois que cet abattement la saisissait.

Au bout de deux heures de shopping-promenade, Isabelle avait parlé de rentrer mais Louise avait proposé qu'elles aillent au restaurant. Elles n'avaient qu'à poursuivre leur promenade dans les vieilles rues en attendant qu'il soit l'heure, et par la même occasion elles auraient la possibilité de regarder les cartes et menus affichés. Isabelle s'était dit que ça faisait bien longtemps qu'elle n'avait pas dîné en ville, et que ça lui changerait les idées. Elles avaient donc refait le tour des rues du centre-ville et Louise avait commenté avec force exclamations les menus proposés : "Oh ! Que cela me fait envie ! Isabelle, vous n'auriez pas envie d'un poisson au vin blanc ?", et plus loin "Moelleux au chocolat sur lit de crème anglaise ! Ça a l'air sublime !" ou encore "Cargolade ? Mais qu'est-ce que c'est que ce truc, ça ne me dit rien qui vaille !". Une fois la perle rare dénichée, elles étaient entrées et avaient demandé à être installées près d'une fenêtre. Elles avaient toutes deux pris une salade verte aux éclats de noix et sauce au roquefort, suivie pour Isabelle d'une daurade accompagnée d'un risotto aux chanterelles, et pour Louise d'un effeuillé de canard confit avec sa poêlée de pommes à la sarladaise. Louise avait décrété qu'elles devaient faire honneur au repas, et avait commandé du vin. Isabelle s'était récriée qu'elle allait avoir la tête qui tourne, mais Louise n'en avait pas démordu. On leur avait alors apporté deux verres de vin en accord avec leurs mets. Isabelle avait goûté au sien du bout des lèvres, avait concédé qu'il n'était pas mauvais, y était retournée, s'était rendu compte combien il sublimait son poisson, et avait dès lors poursuivi son repas en silence, prenant une gorgée de vin à chaque bouchée, savourant la délicatesse du poisson et la chaleur corsée du vin. Louise s'en était rendu compte, en avait été ravie, et avait fait de même avec son confit de canard. Elles avaient mangé dans un silence quasiment religieux, se contentant de ne placer que quelques commentaires élogieux sur le plat qu'elles dégustaient, et chacune avait fini son assiette. Louise avait même poussé un soupir d'aise. Elle avait regardé Isabelle d'un air taquin, et avait proposé qu'elles ne s'arrêtent pas en si bon chemin. Isabelle, que le vin avait finalement un peu égayée, l'avait traitée de gourmande, tout en prenant la carte des desserts. Elle avait choisi une tarte aux framboises et à la chantilly tandis que Louise avait opté sans hésitation pour le moelleux au chocolat sur lit de crème anglaise. Là aussi, elles avaient dégusté leur douceur quasiment en silence. Elles avaient même été jusqu'à goûter chacune le dessert de l'autre ! Enfin, elles avaient passé une charmante soirée. Louise avait tenu à régler le verre de vin d'Isabelle, et celle-ci lui avait répondu que, c'était le cas de le dire, elle le lui paierait ! Elles étaient parties bras dessus bras dessous, avaient marché jusqu'à l'arrêt de bus, avaient attendu leur correspondance, puis avait rejoint le quartier où habitait Louise. Une fois descendues du bus, elles avaient marché jusqu'à la rue de Louise, où Isabelle avait refusé d'entrer. Elle voulait maintenant rentrer chez elle. Elle avait chaleureusement remercié Louise pour sa gentillesse : elle avait réussi à lui faire oublier ses soucis. Elles s'étaient embrassées amicalement, s'étaient souhaité une bonne nuit, et Isabelle avait continué seule et à pied la route jusqu'à sa maison.

Elle arriva chez elle à vingt et une heure, comme le lui attesta la pendule de la cuisine. Elle referma la porte à clefs, posa son sac à main et retira sa veste. Elle avait conservé sa bonne humeur pendant tout le trajet mais là, était-ce l'effet secondaire du vin, la solitude retrouvée, la nuit naissante, ou les trois à la fois, d'un seul coup, elle se sentit à nouveau abattue. Sa maison, où elle se sentait bien d'habitude, où elle trouvait un réconfort, lui sembla ce soir inhospitalière. Comme elle en avait l'habitude pour se redonner un peu de vigueur, elle passa à la cuisine se prendre un verre d'eau fraiche pétillante. Elle fut surprise de constater que le niveau de la bouteille était aussi bas. Elle était tellement morose, ces temps-ci, qu'elle ne réalisait même plus ce qu'elle faisait.

Elle voulut s'occuper l'esprit et se rendit dans le salon où elle alluma la télé. Elle regarda les émissions dites de divertissement pendant un moment, sans y prendre véritablement plaisir. Elle chercha un film qui pourrait lui apporter un peu d'animation, un policier, mais ne trouva rien de convaincant. Elle éteignit au bout de vingt minutes. Elle jeta un regard au livre posé sur le meuble à côté d'elle, mais il ne l'attirait pas plus. Ses yeux tombèrent alors pour la deuxième fois de la journée sur le secrétaire où elle faisait ses comptes. Ses pensées reprirent le fil de ses souvenirs là où elles les avaient laissés la nuit dernière, à cette période où elle avait dû avouer à son propriétaire qu'elle n'avait pas de quoi lui régler ses mensualités, et où elle avait trouvé un emploi pour quelques mois.

Elle avait achevé le troisième et dernier mois de son contrat de travail. Elle avait demandé s'il ne serait pas possible de le prolonger, mais il lui avait été répondu que non : la personne qu'elle remplaçait avait terminé son arrêt maladie. On lui avait versé son salaire, et elle avait pu aller régler à M. Lechapelier ce qu'elle lui devait : la mensualité du mois en cours et le solde d'une mensualité en retard. Cette fois-ci, il ne semblait plus courroucé, mais ne s'était pas départi pour autant de son air sévère. Il lui avait signé deux attestations correspondant aux deux mensualités qu'elle venait de régler, et les lui avaient remises en disant "J'espère, Madame, qu'à l'avenir ce délai ne se reproduira plus." Elle n'avait rien répondu sur l'instant puis s'était ravisée, et lui avait dit d'une voix douce : "Monsieur, je pense que vous avez bien eu conscience de l'embarras dans lequel je me suis trouvée. Vous avez bien vu que ça n'a pas été de gaîté de cœur que je suis venue vous dire le manque dans lequel j'étais. Vous vous doutez bien que j'ai fait tout ce qui m'a été possible pour trouver un emploi, quel qu'il soit, et même... j'ai demandé un logement social, en pensant vendre la maison... Par ailleurs, je vous assure que mes enfants et moi-même vivons le plus simplement possible... aussi, bien que cela me fut extrêmement pénible, Eh bien qu'il me serait tout autant pénible de devoir revivre ça... que voulez-vous que j'y fasse ?". M. Lechapelier l'avait écoutée sans dire un mot ni exprimer une quelconque émotion. Quand elle avait eu fini de parler, il était resté un instant silencieux avant de répondre : "Madame, vos difficultés sont le cadet de mes soucis. Tout ce que je veux, c'est mon argent. Et en temps voulu. Au revoir Madame." Il avait refermé la porte sur ces mots, laissant Isabelle dans un sentiment d'horreur et de solitude inexprimables. On était début décembre.

Elle avait alors redoublé d'efforts pour trouver un nouvel emploi : ménage, repassage, mise en rayon, garde d'enfants, secrétariat. Elle consulta toutes les annonces, postula à tout ce qu'elle put, CDI, CDD, intérim, emploi saisonnier... Ce fut comme si le sort s'acharnait contre elle : pour la mise en rayon elle était trop qualifiée, pour le ménage sous-qualifiée, et les quelques mamans qui l'avaient contactée pour faire garder leurs enfants avaient renoncé, soit parce qu'elles auraient souhaité que les enfants d'Isabelle soient plus jeunes, soit parce qu'elles trouvaient que sa maison était trop éloignée. Quant au secrétariat, on lui faisait comprendre que depuis le temps qu'elle n'avait pas travaillé... Et quand elle relançait les établissements où elle avait postulé, que ce soit des entreprises ou des agences d'intérim, on lui disait qu'en fin d'année tout fonctionnait au ralenti, que ce n'était pas le bon moment, qu'il fallait être patiente...

Sauf que la patience, bien qu'elle soit une vertu, n'est pas très rémunératrice et qu'à la fin du mois elle n'eut à nouveau plus d'argent. Elle n'avait même pas pu faire de cadeau à ses enfants, ni même leur offrir un repas qui pourrait ressembler de loin à un repas de Noël. Elle avait bien tenté de leur cacher ses larmes, mais s'était rendu compte en même temps qu'ils auraient pris ça pour de l'indifférence. Alors elle leur parla ouvertement et ils pleurèrent ensemble. La date anniversaire prochaine du décès de leur père n'était pas pour leur rendre leur joie de vivre.

Dès le premier du mois de janvier, elle s'était levée chaque jour avec une boule au ventre, et avait passé chaque journée dans la crainte d'entendre la sonnette retentir et de voir à sa porte le visage courroucé de M. Lechapelier. Elle savait qu'elle aurait dû aller le trouver elle-même, mais elle n'en avait pas eu le courage. Les minutes puis les heures étaient passées, lentes et inexorables, véritable torture pour ses nerfs, bourreaux de l'esprit qui lui annonçait, à chaque clic de la trotteuse, que la sonnette allait tinter à la seconde suivante. Et, la crainte n'éloignant pas les fâcheux, ce monsieur avait fini par se présenter à la porte d'Isabelle au matin du 5 janvier à neuf heures. Il s'était montré plus hautain que jamais, et lui avait demandé tout de go "Je pense que le fait que vous ne m'ayez pas encore réglé est le signe que vous êtes à nouveau sans ressource ?" Terrorisée, Isabelle n'avait pu lui faire qu'un faible signe de tête. Alors il s'était emporté "C'est un comble ! Ça commence à bien faire ! Madame, nous avons un accord ! Je ne saurais tolérer que vous me voliez !" Sous le coup de l'accusation, l'indignation avait redonné à Isabelle un peu de vigueur. Elle s'était défendue de vouloir le voler, lui avait rappelé combien elle s'était battue pour régler sa dette, comment elle y était parvenue, et lui avait dit qu'elle allait faire à nouveau son possible pour être à la hauteur de son engagement. Cela n'avait en rien apaisé Lechapelier qui lui avait lancé "Allons Madame, regardez les choses en face ! Votre mari n'est pas mort depuis un an que voilà déjà deux fois que vous vous trouvez endettée envers moi ! Il serait bien que vous sortiez de votre torpeur et que vous réalisiez qu'il vous faut faire quelque chose !" Alors Isabelle s'était emportée elle aussi. "Mais que voulez-vous que je fasse ?! Que je tue une secrétaire pour lui prendre sa place ?! Que j'aille faire la manche au bout d'un pont ?! Je ne trouve pas de travail ! On ne veut pas me donner de travail !! Il n'y a pas de travail !! Est-ce que je suis responsable du marché de l'emploi ?!" "Je vous l'ai déjà dit, Madame, ces considérations ne m'intéressent pas ! Trouvez une solution, peu importe laquelle !" Il avait tourné les talons et allait partir, quand il s'était ravisé "Et la prochaine fois, je vous saurai gré de bien vouloir faire le déplacement vous-même jusque chez moi ! Ce n'est pas à moi à me déplacer pour recouvrer ma créance !" Et cette fois-ci, il avait tourné les talons sans plus se retourner, franchissant la distance qui le séparait du portail en quelques enjambées furieuses.

    Cette altercation avait laissé Isabelle anéantie. Elle s'était sentie acculée, désespérée, éperdue. Elle n'avait pu cacher sa détresse à ses enfants quand ils étaient rentrés de l'école : ils avaient immédiatement vu que le visage de leur mère était altéré. Quand il avait su pourquoi, Bastien s'était mis en colère. Il avait voulu casser la gueule à Lechapelier. Isabelle lui avait objecté que non seulement cela ne servirait à rien, mais qu'en plus ils auraient droit à un dépôt de plainte. Elle avait rappelé que M. Lechapelier était dans son droit. Cela n'avait pas apaisé Bastien qui, fou de colère, malade d'impuissance, avait hurlé que ce type était bourré de fric, alors qu'est-ce que ça pouvait bien lui faire d'avoir quelques francs de plus, qui ne seraient probablement qu'une goutte d'eau pour lui ? Isabelle avait gardé le silence un moment, par crainte d'exprimer elle aussi des sentiments similaires. Elle n'avait pas voulu encourager son fils à la haine et à la rébellion. Elle avait à nouveau rappelé que c'était son dû, qu'il y avait un contrat, et que c'était à elle de l'honorer. Bastien n'avait plus rien dit, puis avait monté l'escalier quatre à quatre avant de s'enfermer dans sa chambre. Karine, elle, n'avait pas dit un mot. Pâle et les larmes au bord des yeux, elle avait demandé d'une voix faible "Que vas-tu faire maman ?". A quoi Isabelle avait répondu d'une voix blanche qu'elle ne savait pas.

Elle avait inlassablement continué à relancer les agences d'intérim, les entreprises où elle avait écrit. Elle était passée tous les jours à l'agence de l'emploi. Elle faisait tout à pied pour économiser le téléphone. Dans la perspective d'établir un potager dès que ça serait la saison, elle avait réfléchi à acheter des graines, pour commencer un stock en prévision du printemps, mais pouvait-elle se le permettre ? Elle avait décidé que oui : ces quelques francs lui permettraient d'en économiser des dizaines dans quelques mois. En attendant, profitant de ses nombreux déplacements, elle s'informait des plantes qu'elle pouvait cultiver dans son jardin, du temps des semailles, de l'entretien, de l'arrosage, en lisant des magazines, des livres, directement dans le magasin pour ne pas avoir à les payer. Aujourd'hui une page qui traite des laitues, demain deux pages qui concernent les carottes, un autre jour un article sur les courgettes. Une fois rentrée, elle notait tout dans un carnet pour être sûre de ne pas oublier.

Mais toutes ces démarches, bien que très positives pour l'avenir, n'avaient pas arrangé le présent. Début février, elle n'avait pas eu d'autre choix que d'aller sonner au portail de M. Lechapelier pour lui avouer qu'elle n'avait toujours pas de quoi le régler. Elle avait songé à lui laisser un mot dans la boîte aux lettres. Après tout, qu'est-ce que cela pouvait bien changer qu'il l'apprenne de vive voix ou par écrit, le résultat serait le même. Mais elle avait estimé qu'à la honte d'être pauvre, elle ne voulait pas ajouter celle d'être lâche ou sans éducation. Elle avait alors pris courageusement le parti de l'affronter. Elle avait sonné au portail et s'était annoncée. Il lui avait ouvert sans un mot et elle avait emprunté l'allée qui menait à la maison. Il l'attendait déjà devant sa porte. Elle avait grimpé les quelques marches pour se retrouver face à lui. Il ne l'avait même pas saluée et s'était contenté de l'interroger d'un signe de tête. Elle n'avait pu que lui murmurer d'une voix éteinte qu'elle ne pouvait toujours pas le régler. Il avait alors levé les bras au ciel en un geste d'exaspération avant de se répandre en invectives en la menaçant du doigt. Il était hors de question que cela continue ainsi ! Elle n'allait pas se payer sa tête encore longtemps ! Pour qui le prenait-elle ? Pour son bienfaiteur ? Il n'avait rien d'une œuvre de bienfaisance et elle n'allait pas tarder à le découvrir ! Il lui donnait encore un mois, et si elle ne lui apportait pas début mars la totalité des trois mensualités, il lancerait une procédure d'expulsion ! Isabelle avait fondu en larmes en le suppliant de ne pas faire ça, qu'elle n'avait aucune autre solution, personne chez qui se réfugier. Loin de se laisser attendrir, il lui avait demandé quelle raison pourrait bien l'en empêcher. En bredouillant à travers ses larmes, elle lui avait demandé s'il ne serait pas possible qu'ils trouvent un arrangement, qu'elle fasse le ménage, les courses, la cuisine, le jardin ou toute autre chose qu'il voudrait bien lui confier. Mais il l'avait regardée avec mépris et lui avait indiqué qu'il avait déjà du personnel très qualifié, et qu'il ne pensait même pas qu'il trouverait avantage à faire un échange. Il y avait eu un silence pendant lequel Isabelle avait tenté de se contenir. Pendant ce temps, l'homme avait semblé se raviser et lui avait jeté un regard moins sévère. Il l'avait jaugée du regard avant de dire du bout des lèvres "Il y aurait peut-être une solution…". Elle avait relevé la tête, surprise puisqu'il venait de dire qu'il n'avait rien à lui donner comme travail. Elle avait demandé d'une voix faible "Auriez-vous quelque chose à me confier ?". Il y avait encore eu un silence, pendant lequel il avait continué à la jauger du regard. Puis il avait à nouveau dit "Il y aurait peut être une solution…" avant d'ajouter "Si vous êtes raisonnable…" Elle avait continué à se demander de quoi il pouvait bien s'agir, et cet homme avait semblé décidé à la faire languir. "J'ai toujours été quelqu'un de raisonnable, vous pouvez en être sûr, je suis prête à accepter toute offre de travail que vous pourrez me faire". Il n'avait pas répondu mais avait fait un pas en sa direction, réduisant l'espace qui les séparait. Puis il avait tendu la main et s'était mis à lui caresser le sein tandis que ses yeux avait clairement exprimé la convoitise qui était la sienne depuis longtemps. Elle était restée saisie l'espace d'une seconde ou deux. Puis la gifle avait volé, le renvoyant à bonne distance. Rouge de colère, de honte et d'indignation, elle avait sifflé entre ses dents "Espèce de salaud !". Curieusement, alors qu'elle s'était attendue à une seconde crise, il était resté maître de lui-même. Mais ses yeux avaient parlé pour lui. D'une voix sourde, pointant le chemin de son bras tendu, il avait sifflé à son tour "Sortez de chez moi ! Tout de suite !" Elle avait fait volte-face et était partie sans demander son reste. Dans son dos, il lui avait crié d'une voix pleine de rage "Un mois ! Vous n'avez plus qu'un mois pour me régler ! Sinon, c'est l'expulsion !".

    Isabelle avait refait les cinq cents mètres qui la séparaient de sa maison en pleurant tout à la fois de désespoir et de rage. Quel salaud ! Quel immonde salaud ! Elle n'avait pas eu de mot pour qualifier ce qu'il avait osé lui proposer. Abuser ainsi de sa faiblesse, de son désespoir, de la crise économique... Lui qui avait déjà tellement d'argent ! Comme l'avait souligné Bastien lui-même, elle était sûre que le montant qu'elle lui versait ne devait pas représenter grand-chose face à tout ce qu'il possédait. Alors à quoi bon la presser ainsi ? Ce n'était pas comme si elle avait fait preuve de négligence, comme si elle avait mené la grande vie, ou si elle avait entretenu des passions onéreuses, comme fumer ou acheter des magazines. Non ! C'était une femme simple, volontaire, qui faisait de son mieux. Elle avait reconnu qu'elle avait à la fois un engagement et une dette. Mais dans de telles circonstances, est-ce que les êtres humains n'étaient pas censés se montrer solidaires les uns envers les autres ? En particulier les gens plus aisés envers les plus défavorisés ? Non pas qu'elle eut considéré que ce soit aux riches de subvenir aux besoins des pauvres, dans un esprit d'assistanat et de dépendance. Elle estimait que c'était à chacun de s'assumer. Mais montrer au moins de la compréhension face à un cas extrême comme celui-là ! Elle avait secoué la tête pour se raisonner : de toute façon, elle avait pertinemment compris qu'il ne lui servait à rien de ressasser tout ça, que ce n'étaient pas ses belles théories qui allaient convaincre Lechapelier.

Arrivée chez elle, elle s'était mise à arpenter sa maison en tous sens, sans savoir où elle allait ni ce qu'elle faisait. C'était comme si elle avait cherché une issue sans jamais la trouver. Elle avait pleuré, elle avait crié. De désespoir, de rage. Elle avait appelé Marc au secours, qu'il lui inspire une solution, qu'il lui indique une issue. Que devait-elle faire pour trouver un travail ? Elle avait tout tenté ! N'y avait-il donc personne pour lui venir en aide ? Une solution pour les plus démunis qui avaient la volonté de s'en sortir ? Elle avait fini par s'apercevoir qu'il était onze heures trente, et que les enfants allaient rentrer dans moins d'une heure. Il lui fallait se ressaisir et préparer le repas. Elle était montée dans la salle de bain s'asperger le visage avec de l'eau fraîche, et s'était persuadée qu'elle allait bientôt trouver du travail. En s'accrochant à cette idée, elle avait pu redescendre faire à manger, et accueillir ses enfants avec un visage suffisamment neutre pour qu'ils ne soupçonnent pas son désarroi intérieur. A table, elle les avaient informés qu'elle comptait se rendre en ville pour faire des démarches, que cela lui prendrait du temps, qu'elle ne serait probablement pas à la maison à leur retour, et qu'ils ne devaient pas s'inquiéter. Une fois les enfants repartis, elle s'était habillée et s'était rendue en ville à pied. Elle avait refait le tour des agences d'intérim, avait consulté les nouvelles offres de l'ANPE[3], en pure perte. Elle était retournée à l'office des HLM, avait insisté pour qu'on lui attribue un logement, avait perdu contenance et avait fondu en larmes, expliquant qu'elle était menacée d'expulsion. La dame en face d'elle, qui n'était pas la même que la première fois, avait semblé contrariée, mais Isabelle n'aurait su dire si c'était par compassion pour elle ou en raison du désagrément qu'elle lui causait. Elle s'était contentée de confirmer du bout des lèvres que tant qu'elle n'aurait pas d'emploi, l'office ne pourrait rien pour elle. Isabelle l'avait tout juste saluée et était repartie, les yeux encore gonflés. Elle avait regardé sa montre : il n'était que seize heures. Peut-être aurait-elle le temps de se rendre aux services sociaux pour voir l'assistante sociale ? Mais malheureusement, quand elle était arrivée, celle-ci était déjà en entretien. Isabelle

---

[3] ANPE : Agence Nationale Pour l'Emploi.

n'avait pu que prendre rendez-vous à l'accueil avant de s'en retourner chez elle. Bastien et Karine, qui étaient déjà rentrés, avaient alors vu que leur mère n'allait pas bien. Ils l'avaient pressée de questions tandis qu'elle enlevait son manteau et ses chaussures, mais lasse, à bout de forces, elle n'avait pu que leur dire qu'ils avaient deux mois de loyer en retard. Sur quoi, les laissant à leur stupeur, elle avait monté l'escalier, était entrée dans sa chambre et s'était laissé tomber sur son lit. Elle était restée là, prostrée, anéantie. Elle n'avait même pas pleuré. Ça ne servait plus à rien. Les larmes étaient taries, elle les avait toutes épuisées. La souffrance était trop grande, le désespoir trop profond pour être apaisé. Elle ne s'était relevée qu'au bout d'un long moment pour rejoindre les enfants à table. Déprimés, ils s'étaient contentés de pain et de fromage pour leur dîner, avant d'aller se coucher, tous accablés.

    Le lendemain, Isabelle était retournée voir l'assistante sociale avec laquelle elle avait pris rendez-vous, et dont elle espérait presque un miracle. Mais le miracle ne s'était pas produit. Madame Laffont, fort aimable et très compatissante, avait cherché avec Isabelle des solutions à son dilemme. Avait-elle de la famille qui pourrait l'accueillir ? Qui pourrait lui prêter de l'argent ? Avait-elle cherché un travail ? Est-ce qu'elle était sûre d'avoir bien analysé toutes ses compétences ? Par exemple, elle faisait à manger pour sa famille, avait-elle pensé à proposer ses services aux services municipaux pour les emplois de cantine ? Elle avait refait le point avec Isabelle, sur le ton chaleureux de la confiance et de l'encouragement. Mais elle ne put que constater qu'Isabelle avait effectué des recherches réfléchies et cohérentes. Aussi ne trouva-t-elle aucune autre solution. Isabelle avait espéré qu'on pourrait lui régler ne serait-ce qu'une partie des loyers en retard. Mais Mme Laffont lui avait répondu qu'il n'y avait malheureusement pas de budget pour ce genre de besoin. Elle s'en était excusée, d'un air presque gêné, et visiblement émue devant la situation. Elle était allée jusqu'à poser sa main sur celle d'Isabelle, dans un geste de compassion. Isabelle avait encore versé des larmes. Il avait fallu clore l'entretien. Elle avait bien remercié Mme Laffont pour sa chaleur et son humanité. Au moins, pendant cet entretien, elle avait pu se confier, partager un peu de son fardeau. Elle s'était sentie écoutée, comprise, respectée. Et ça lui avait fait beaucoup de bien. Un moment d'humanité comme elle n'en avait plus connu depuis bien longtemps. Mme Laffont avait insisté pour qu'elle revienne régulièrement. Elle était sortie de là un peu moins abattue.

Mais les semaines suivantes n'avaient apporté aucun changement. Isabelle ne s'était même plus donné la peine d'aller dans les agences d'intérim. Non seulement c'était déprimant, mais on lui avait bien fait comprendre qu'il n'était pas nécessaire qu'elle se manifeste aussi souvent. Alors, puisque personne ne voulait d'elle, elle était restée à la maison. Et avait compté les jours qui passaient. On était arrivé au 1er mars. Auquel avait succédé le 2 mars, puis le 3 mars, puis le 4 mars et enfin le 5 mars. Ce matin-là, Isabelle avait cru que son cœur allait s'arrêter de battre. Il lui avait semblé être morte. D'ailleurs, elle aurait préféré mourir plutôt que d'avoir à vivre cette journée. Le délai imparti était échu, et elle n'avait jamais été aussi pauvre. C'est tout juste s'ils avaient de quoi manger. Les enfants étaient partis à l'école, l'air triste, le visage pâle, la tête baissée. Elle avait refermé la porte, était allée s'asseoir dans le salon, et avait attendu. Elle avait été incapable de faire quoi que ce soit d'autre. Elle savait qu'elle aurait dû faire le déplacement elle-même, mais elle n'en avait pas eu le courage. C'était au-dessus de ses forces.

Et puis, comme elle l'avait redouté, la sonnette de la porte d'entrée avait retenti à neuf heures. L'espace d'un instant, elle s'était demandé si elle allait ouvrir ou pas. Peut-être que si elle faisait la morte ?... Mais elle s'était raisonnée, cette attitude aurait été stupide, et n'aurait apporté aucune solution. Elle s'était donc levée pour aller ouvrir, tandis qu'un second coup de sonnette impérieux avait retenti. Elle avait ouvert. Lechapelier était là, la colère et l'arrogance déjà affichées sur son visage. Il avait demandé d'un ton sec "Alors ?", à quoi elle avait fait signe "non" avec la tête en baissant les yeux. Ceux de l'homme avaient lancé des éclairs de colère. Il y avait eu un silence. Puis il s'était exclamé "Je pense que vous réalisez que vous n'avez plus qu'à être raisonnable ?". Elle avait relevé la tête, horrifiée, blême déjà de ce qu'il allait lui demander. Mais il n'avait pas dit un mot. Il s'était attendu à ce qu'elle obtempère. Mais comme elle n'avait pas bougé, tétanisée, il s'était impatienté, avait poussé lui-même la porte et était entré, refermant derrière lui. Comme elle était restée pétrifiée, il avait eu un geste impatient et irrité pour lui indiquer qu'elle devait monter l'escalier. Elle s'était exécutée comme un robot, devant se tenir à la main courante pour ne pas s'effondrer. Arrivés sur le palier, comme elle restait toujours figée, il avait ouvert la porte de la chambre la plus proche, qui se trouva être celle d'Isabelle. Ce geste avait sorti Isabelle de sa torpeur. Ulcérée de le voir envisager de mettre les pieds dans sa chambre à coucher, celle qu'elle avait partagée avec son mari, celle du bonheur et des temps heureux, elle l'avait bousculé, lui avait barré le passage, avait refermé la porte d'un geste sec, et avait décrété "Non, pas ici !" sur un ton qui n'admettait pas de réplique. Elle l'avait alors conduit vers la chambre d'amis. Ils y étaient entrés, et il avait refermé la porte.

Il avait constaté que la pièce était restées défraichie, et qu'elle était des plus sommairement meublée : un lit simple, une table de nuit, une vieille commode, une chaise dans un coin. Il aurait souhaité un lieu un peu plus confortable, mais comme ce n'était pas son principal intérêt, il ne s'était pas arrêté à ce genre de détail. Comme si ça allait de soi, il avait retiré sa veste et l'avait posée sur la chaise. Puis il avait dénoué sa cravate. Il s'était alors retourné vers elle et avait constaté qu'elle était restée clouée sur place, à le regarder faire d'un air horrifié. Fâché, il avait ordonné : "Eh bien, déshabillez-vous !". Elle s'était alors détournée, comme si le fait de lui tourner le dos allait la rendre invisible, et avait commencé à se déshabiller. Comme un automate. Une fois ses vêtements retirés et posés sur la commode, elle n'avait plus bougé et était restée en sous-vêtements, toujours face au mur. D'une voix en colère, il lui avait ordonné "Retournez-vous, maintenant !". Elle avait dû lui faire face. Alors, dans les yeux de l'homme, la colère avait cédé la place au désir. Il était resté un instant à la contempler avant de s'avancer et, comme la dernière fois, de tendre la main pour lui caresser le sein. De dégout, elle avait tourné la tête et avait fermé les yeux pour lutter contre la nausée qui l'envahissait. Il n'en était pas resté là et s'était bientôt servi de son autre main, restant quelques instants à se jouer ainsi de cette femme livrée à sa merci, profitant pleinement des trésors que les circonstances lui offraient.

Puis, il avait enlacé Isabelle par la taille pour la rapprocher de lui, tandis que sa bouche allait la mordiller dans le cou et que sa main libre s'était glissée dans le sous-vêtement. Isabelle n'avait pu retenir un cri d'effroi. Elle avait tenté de se libérer par réflexe mais lui, galvanisé par son désir, l'avait fermement maintenue contre lui. Le contact du sein doux, chaud et moelleux dans sa main avait encore excité son désir. Il avait alors dégrafé le sous-vêtement, libérant la poitrine généreuse d'Isabelle. Cette vision l'avait rendu fou. Cédant à son appétit charnel sans retenue, il s'était mis à lui pétrir les seins, à la mordre dans le cou, à faire courir ses mains partout sur son corps, sur ses hanches, sur ses fesses, sur ses cuisses, entre ses cuisses. Isabelle avait tenté de le repousser, essayant tout d'abord de calmer ses ardeurs, puis cédant totalement à la panique. Cela n'avait pas arrêté cet homme du monde. Dominé par le désir, il l'avait poussée sur le lit, s'était jeté sur elle et avait pris ce qu'il estimait être son dû. Il l'avait alors utilisée, comme il le faisait de tous les objets qu'il possédait, sans état d'âme. Il n'avait pas dû avoir de femme depuis longtemps, car cela n'avait duré qu'une minute ou deux. Mais pour Isabelle, ç'avait été cent vingt secondes de torture. Cent vingt secondes où il avait fouillé son corps, cent vingt secondes où elle aurait voulu mourir. Une fois arrivé à satisfaction, il avait savouré ce moment d'extase avant de se relever, se rajuster puis de se rhabiller. Isabelle était restée sur le lit dans la position où il l'avait laissée, comme morte. Puis soudainement, elle s'était repliée sur elle-même et s'était mise à pleurer, puis à sangloter. Il n'avait pas eu un geste, pas un regard vers elle. Il avait ouvert la porte, était sorti, et lui avait alors lâché, sur un ton de mépris "Reprenez-vous, Madame, un peu de tenue !" avant de fermer la porte. Elle était restée là à sangloter toute la matinée.

Et c'est ce qu'elle faisait encore, vingt ans après, seule sur son canapé.

Chapitre 14

Samedi 21 août 2010 - 22h30

Trois mois ! Ça avait duré trois mois ! Trois mois à subir les envies de luxure, les exigences de ce porc, pour prix de pouvoir continuer à habiter sa maison.

Après sa première visite, Isabelle était restée dans une sorte de léthargie trois jours durant. Elle se levait, s'occupait de sa maison et de ses enfants comme d'habitude, mais sans un mot, le regard absent. Bastien et Karine, qui étaient témoins de son accablement, avaient mis ça sur le compte du chagrin, puisque leur père était mort au mois de février de l'année précédente, soit il y avait à peine un peu plus d'un an.

Isabelle avait vécu cet acte comme un véritable viol. Elle n'avait pas vraiment eu le temps de réfléchir, ni la possibilité de faire un choix. Elle s'était trouvée acculée par le manque d'argent, comme d'autres peuvent se trouver acculée dans l'angle d'une ruelle. Le temps qu'elle réalise, il était trop tard : l'homme était sur elle. Sauf qu'elle n'avait même pas la possibilité de porter plainte... Qui l'aurait crue ? Cela s'était passé dans sa propre maison, dans une chambre de l'étage... Et comment porter plainte contre l'homme qui avait quasiment droit de vie et de mort sur elle et ses enfants ? Elle avait été terrassée par le constat qu'elle ne pouvait plus que vivre avec ce souvenir sordide, sans aucun recours. Alors elle avait tenté de sortir de sa torpeur, de reprendre une vie normale, de tourner la page.

Cependant, un matin, environ une semaine après ce sordide évènement, elle avait entendu sonner à sa porte. Elle avait ouvert et avait eu la désagréable surprise de se retrouver face à son agresseur. Sidérée, elle ne l'avait même pas salué, tandis que lui-même avait gardé le silence. Il affichait encore cet air courroucé qu'il prenait toujours quand il s'adressait à elle, mais teinté cette fois-ci d'un soupçon de suffisance. Elle lui avait demandé d'une voix éteinte ce qu'il voulait. Il avait haussé les sourcils, l'air surpris, avant de demander "Avez-vous de quoi me régler vos trois impayés ?". Elle avait senti son sang se figer. "Vous savez bien que non !" lui avait-elle répondu, la voix saturée de détresse. Alors, comme la dernière fois, l'homme avait poussé la porte et était entré. Comme elle était restée pétrifiée d'horreur, il lui avait fait, comme la dernière fois, signe de prendre la direction des escaliers. Affolée, elle s'était écriée "Vous ne pensez pas que vous pourrez vous inviter chez moi quand il vous en prendra l'envie ! Vous avez eu ce que vous vouliez, maintenant allez-vous en et laissez-moi en paix !" Il s'était redressé pour la dominer et lui avait lancé "Vous ne croyez pas qu'un seul entretien avec vous est suffisant pour couvrir une dette de trois mois ! Madame, vous ne valez pas ça !" Elle avait cru se sentir défaillir. Comment avait-elle pu croire qu'il allait en rester là ? Elle le voyait bien maintenant, elle et lui n'accordaient pas la même valeur à ce qu'il lui avait pris la semaine précédente. Ce qui avait été pour elle un véritable pillage n'avait été pour lui qu'un recouvrement de dette, une simple formalité.

L'homme s'était impatienté face à son inertie et l'avait poussée vers l'escalier. Comme la semaine précédente, elle avait grimpé l'escalier en se tenant à la main courante pour ne pas défaillir. Arrivé à l'étage, il s'était aussitôt dirigé vers la porte de la chambre inoccupée, l'avait ouverte et avait attendu qu'elle l'y rejoigne. Une fois entrée, il avait refermé la porte, s'était dirigé vers la chaise et avait commencé à se déshabiller en la surveillant du coin de l'œil. Constatant, comme la dernière fois, qu'elle restait inerte, il lui avait à nouveau ordonné de se déshabiller. Isabelle s'était exécutée, plus morte que vive. Elle avait été face à l'horreur absolue, et n'avait eu aucun moyen d'y échapper. Mais comme la semaine précédente, totalement indifférent à l'effroi visible sur le visage d'Isabelle, il s'était approché, avait mis ses mains sur elle, avait achevé de la déshabiller puis l'avait poussée sur le lit afin d'en disposer. Elle s'était débattue et avait tenté de le repousser, son dégoût avait été trop fort. Mais comme la semaine précédente, enflammé de désir, il l'avait dominée et avait fait ce pour quoi il était venu. Puis il s'était relevé et s'était rhabillé, comme si ce qui venait de se passer était tout à fait normal. Une fois de plus, elle n'avait pu retenir ses larmes. Cette fois-ci, il avait quitté la pièce sans dire un mot.

Il était revenu ainsi chaque mardi du mois de mars, ainsi que pendant tout le mois d'avril. Isabelle avait vécu ces deux mois comme on traverse un cauchemar, dans un état second, sans plus aucun repère, avec la peur au ventre et une terrible envie de se réveiller. Mais contrairement à un cauchemar dont on est libéré au réveil, elle s'était réveillée chaque matin en devant faire face au fait qu'il s'agissait bien de sa vie réelle. Et qu'il lui fallait l'affronter. Elle aurait préféré mourir.

Et puis, un jour de fin avril, un déclic s'était produit dans sa tête. Elle avait pris conscience d'une chose importante : si cet homme pouvait prétendre à des privautés comme dédommagement à son manque à gagner, cela signifiait qu'elle était en train de payer sa dette. Aussi, était-elle en droit d'obtenir un justificatif de ces "paiements", comme c'était le cas quand elle lui réglait son loyer par chèque. Elle y avait longuement réfléchit ... Tout d'abord, elle avait craint que son plan ne fonctionne pas, et que Lechapelier ne refuse tout de go de lui signer quoi que ce soit. Elle pourrait toujours insister, mais s'il se fâchait ? Et s'il le prenait mal et décidait finalement de l'expulser ? Sauf qu'à bien y réfléchir, elle avait également pris conscience que, chaque fois qu'il venait, l'homme perdait toute contenance dès qu'il la voyait nue et se jetait sur elle comme un affamé sur la nourriture. Il aimait le sexe, et visiblement cela lui avait manqué. Elle se souvenait que la première fois où ils étaient montés dans la chambre, tout s'était passé très vite. Il n'avait pas pu se contenir. La fois suivante avait duré à peine plus longtemps. Puis, au fur et à mesure de ses visites, il avait pris davantage de temps, mais jamais beaucoup plus. Heureusement pour elle, il arrivait vite à satisfaction. Elle en était arrivée à la conclusion qu'elle avait finalement un moyen de se protéger et en même temps de faire pression sur lui : le menacer de le priver de sexe. Elle en avait pris conscience à la fois avec soulagement ainsi qu'avec un sentiment de grande puissance. Oh, bien sûr, elle se serait bien passée de ce genre d'arme et de combat, mais quitte à se faire violer toutes les semaines sous son propre toit, autant que ce soit à son avantage. Tout à coup, elle s'était senti plus forte, il lui avait semblé qu'elle reprenait un tant soit peu le contrôle de sa vie.

Elle avait pris un carnet et un stylo dans le salon, s'était rendu dans sa chambre, avait fermé la porte et s'était installée à la coiffeuse. Sur la première page, elle avait noté les dates auxquelles Lechapelier était venu, huit fois en tout. Elle avait estimé que ça valait amplement deux mensualités. Sur les deux suivantes, elle rédigea elle-même deux attestations de paiement de loyer, pour les mois de janvier et février 1991. Puis, elle avait tout rangé dans le tiroir de sa table de nuit, là où elle savait que les enfants n'iraient pas.

Le mardi suivant, une fois Karine et Bastien partis pour le collège et le lycée, elle avait repris les feuillets qu'elle avait préparés, le stylo, et avait tout placé dans le tiroir de la table de nuit de la chambre d'amis. Puis, résignée, elle avait attendu le coup de sonnette. Réglé comme une horloge, Lechapelier avait sonné à la porte à neuf heures précise. Il venait faire le plein de sensualité. Soumise, mais couvant sa revanche dans son cœur, elle lui avait ouvert, l'avait laissé entrer et avait refermé la porte d'entrée, avant de prendre la direction de l'escalier, suivie par Lechapelier qui s'était comporté comme s'il était chez lui. Et de fait, il estimait être chez lui, puisque le loyer ne lui était pas payé. Ils étaient entrés dans la chambre et Isabelle avait refermé la porte tandis qu'il avait commencé à se déshabiller, comme il en avait pris l'habitude.

Il n'ôtait jamais que sa veste et sa cravate, et défaisait sa chemise et sa ceinture, sans aller plus loin. Qu'il récupère son dû avec une entière liberté relevait à ses yeux de la normal, mais il n'allait quand même pas s'exhiber aux yeux de cette femme en se dénudant. Aussi, quand il s'était retourné, avait-il été à la fois stupéfait et contrit de s'apercevoir que lui seul s'était défait. Cette femme se tenait devant lui, encore habillée, et tenait un papier à la main. Depuis le temps qu'il venait, il s'était habitué à ce qu'elle se déshabille sans qu'il n'ait plus à lui en intimer l'ordre à chaque fois. Aussi, il avait éprouvé un certain malaise ainsi qu'une certaine irritation à se voir ainsi dans une position gênante.

Elle avait pris la parole d'une voix assurée. "Cela fait maintenant deux mois que vous venez ici récupérer votre dû, comme vous le dites vous-même. Alors j'estime que cela correspond à l'acquittement de deux mois de loyer. Je veux que vous me l'attestiez" et elle lui avait tendu les deux feuillets qu'elle avait préparés ainsi que le stylo. Lechapelier avait regardé ces papiers sans être sûr de bien comprendre. Ses yeux avaient lancé des éclairs d'exaspération. "Vous n'imaginez pas que je vais attester que j'ai des relations sexuelles avec vous, j'espère ?!" Isabelle n'en avait pas été surprise. Elle lui avait répondu calmement et sur un ton déterminé "Non, je ne vous demande pas d'attester qu'il y ait eu quoi que ce soit entre vous et moi. Rassurez-vous, je ne tiens pas plus que vous à ce que ça se sache. Je veux juste que vous attestiez que je vous ai réglé les mensualités de janvier et février. Car c'est bien ça que vous venez chercher chaque mardi depuis maintenant deux mois : votre paiement". Puis, comme elle avait vu qu'il ne bougeait pas, elle avait ajouté "Soit vous me signez ces papiers, soit vous ressortez. Sans ces signatures, vous n'aurez plus rien de moi".

Un silence s'était fait. Elle avait cru que Lechapelier allait la gifler. Elle avait vu, aussi sûrement que s'il l'avait exprimé par des mots, le combat qui s'était livré dans sa tête : sa fierté et son orgueil l'avait disputé à sa lubricité et à sa concupiscence. Sa mâchoire s'était contractée, sa poitrine avait palpité, ses narines avaient frémi. Elle avait pris conscience, en voyant cela, que chaque fois qu'il montait dans cette chambre, il jouissait non seulement de son corps, mais aussi de la domination qu'il exerçait sur elle. Endettée, elle n'était plus qu'un jouet entre ses mains. Et il aimait ça.

Lui en avait fulminé de rage. Alors qu'il avait goûté à son corps, alors qu'il s'y était habitué, alors qu'il avait enfin trouvé un moyen de satisfaire ses désirs sans avoir à prendre le risque qu'on ne le voie avec une femme de métier, alors qu'il avait enfin trouvé un arrangement qui lui convenait, alors il voyait l'objet de sa convoitise qui menaçait de lui échapper. D'un côté, il ne supportait l'idée de devoir renoncer à sa suprématie, à la totale soumission qu'il avait pu imposer à cette femme. Mais de l'autre, il ne supportait pas plus l'idée de devoir vivre à nouveau dans l'abstinence. Tant qu'il avait travaillé, il avait toujours réussi à combler ses désirs avec une maîtresse ou une autre. Il ne s'était jamais résigné à se marier, trouvant que les femmes qu'il rencontrait n'étaient pas dignes de lui. Mais une fois à la retraite, alors qu'il avait congédié sa dernière maîtresse quelques semaines auparavant, il avait réalisé le dilemme d'être à la fois un homme de distinction, célibataire et sensuel. N'ayant plus personne dans sa vie, ou plutôt dans son lit, ses passions charnelles n'avaient plus trouvé d'objet à leur réalisation.

Il avait alors songé, pendant un temps, à fréquenter une escort girl, en se montrant particulièrement exigeant, mais n'avait finalement pu s'y résoudre, craignant pour sa réputation de gentleman. Ce fut un vrai châtiment pour lui. Jusqu'au jour où cette femme était venue le supplier de lui donner un travail. Cela faisait des années qu'il avait pu apprécier les courbes pleines et avantageuses de la jeune femme, mais sans y penser davantage puisqu'il n'était pas en manque à cette période. Mais depuis ces quelques derniers mois, en famine, il avait jeté un tout autre regard sur ce corps qui avait mûri et révélait maintenant la femme en pleine maturité. Il avait alors éprouvé un vif dépit de ne pouvoir y toucher, alors qu'il en mourrait d'envie. Et cette envie était devenue frustration, puis aversion. Comme si Isabelle avait fait exprès de se parer de ses plus beaux atours uniquement dans le but de le narguer, de le torturer. Aussi, quand elle était venue lui demander de lui donner de l'ouvrage, la conclusion s'était vite faite dans sa tête : il avait enfin trouvé le moyen d'assouvir sa passion. Et cela faisait maintenant deux mois qu'il s'en délectait, sûr de son acquis. Aussi, découvrir ce jour-là que cette garce se livrait à son tour à un odieux chantage l'avait rendu fou de rage. Non seulement parce qu'elle se libérait un peu de ses liens, mais parce que cela signifiait qu'elle avait compris l'étendue de son appétit sexuel.

C'est cette bataille qui s'était livrée en silence sous son crâne et qu'Isabelle avait pu voir comme si elle pouvait lire dans ses pensées. Ainsi, elle ne s'était pas trompée. Elle le tenait aussi sûrement qu'il la tenait. Alors, d'un geste rageur, il avait attrapé les papiers et le stylo, avait apposé sa signature, et les avait tendus à Isabelle. Il avait cru l'affaire expédié mais elle lui avait alors tendu une autre feuille, sur laquelle était notée une date, celle du jour même. "Je vous demande de signer également à côté de la date." Il avait hésité entre la gifler, ou la prendre de force. Ou les deux. Mais il avait toujours trouvé que la violence était vulgaire, et il préférait quand cette femme se montrait passive et soumise. Alors, rageusement, il avait également signé cette deuxième feuille. Elle l'avait soigneusement rangée dans le tiroir de la table de nuit, avec les deux autres feuillets, puis s'était déshabillée. Au comble de l'exaspération, il avait semblé à Lechapelier qu'elle avait fait exprès de prendre son temps, histoire de le torturer davantage. Elle savait pourtant déjà ce qui allait suivre.

Dès qu'elle avait été en sous-vêtement, il avait ordonné "Otez ça aussi !", ce qu'elle avait fait. Puis, une fois qu'elle avait été nue, il l'avait jetée sur le lit et avait pris possession d'elle sans autre délai. Il lui avait alors fait payer l'humiliation qu'elle venait de lui imposer. Il s'était montré violent dans ses gestes, tentant de lui faire mal et de l'humilier. Il avait pris davantage son temps que d'habitude, désireux de lui faire payer copieusement son affront. Mais Isabelle s'y était attendue. Et il y avait belle lurette qu'elle avait dépassé le comble de l'humiliation. Elle était à la fois résignée et déterminée. Dans sa rage de la blesser, il n'avait même pas conscience qu'il lui dévoilait davantage encore l'étendue de l'emprise qu'elle avait sur lui. Et si son corps était brutalisé, son esprit, lui, jubilait.

Il finit par s'estimer suffisamment vengé d'elle, et s'en était détourné. Ils étaient tous deux occupés à se rhabiller quand elle lui avait déclaré d'un ton égal "Je vous demanderai de m'apporter, à votre prochaine visite, les attestations réelles, celles que vous avez l'habitude de me délivrer, qui sont issues de votre carnet." Il avait suspendu son geste et s'était retourné, sidéré. Il allait répliquer quand elle avait ajouté "Sans quoi, je ne vous ouvrirai pas." Ses yeux avaient à nouveau lancé des éclairs, il avait cherché quelque chose à lui répliquer, mais n'avait rien trouvé. Il était furieux de constater que malgré la correction qu'il venait de lui faire subir, elle avait encore regimbé. Fulminant, il avait pris le parti de quitter la pièce, sans dire un mot comme à son habitude. Une fois qu'elle avait entendu la porte d'entrée se refermer, elle avait fondu en larmes.

Le combat avait été rude, et son âme en garderait pour toujours les traces. Mais elle avait quand même conquis une victoire. Alors elle avait achevé de se rhabiller, et avait rangé les précieux documents dans sa table de nuit. Puis, elle avait repris ses habitudes, avait préparé le repas de midi et avait mangé avec les enfants avant qu'ils ne reprennent le chemin de l'école.

Dès qu'ils avaient été repartis, elle s'était préparée pour partir en ville. Déterminée comme elle ne l'avait plus été depuis longtemps, elle était partie à pied. Le temps était au beau, et cette promenade au grand air ne pourrait que lui faire du bien. Une fois arrivée en ville, elle était entrée dans un magasin de grande distribution où elle avait acheté des préservatifs. Elle s'était rendu compte que, dans sa détresse et dans l'état second où elle s'était trouvée depuis deux mois, elle n'avait pris aucune précaution ni pour éviter une grossesse, ni pour se protéger d'une maladie. Elle y avait vaguement songé, mais s'était dit que Lechapelier n'accepterait jamais d'utiliser des préservatifs. Et elle avait trop honte pour aller demander la pilule à son médecin de famille. Jusque-là, elle avait eu beaucoup de chance de n'avoir eu aucune conséquence, mais il fallait maintenant prendre des mesures.

Une fois cet achat fait, elle s'était rendue dans un cabinet médical dont elle avait déjà entendu parler en bien, et avait pris rendez-vous pour le lendemain. Ensuite, elle s'était rendue à la bibliothèque, à la section adulte. Il lui avait fallu un certain temps pour trouver l'ouvrage qu'elle souhaitait. Elle avait d'abord cherché les rayonnages présentant les documentaires, comptes- rendus et statistiques, avant de trouver comment étaient classés les livres de cette catégorie. Une fois qu'elle en eut compris le mode de classement, elle avait rapidement trouvé ce qu'il lui fallait : des manuels traitant de la prostitution. Elle en avait choisi trois et s'était installée sur une table où elle avait estimé qu'elle ne serait pas dérangée. Elle avait pris le premier volume "Prostitution : données et faits", et avait consulté le sommaire. Son but était de s'informer des tarifs pratiqués par les prostituées. En agissant ainsi, elle se rendait bien compte qu'elle se rangeait elle-même dans cette catégorie. Et après y avoir réfléchi, en avoir débattu avec sa conscience, s'être débattue avec sa honte et ses scrupules, elle en était arrivée à la conclusion que Lechapelier l'avait de toute façon fait entrer dans la fratrie des prostituées, que ça lui plaise ou non. Elle s'était également dit qu'il n'avait qu'à en assumer les conséquences. Elle avait trouvé le paragraphe qui l'intéressait : les chiffres de la prostitution, et se rendit directement à la page concernée. Après quelques minutes de lecture, elle avait trouvé l'information qu'elle cherchait ; selon ce rapport, un rapport sexuel se faisait au prix de trois-cent-trente francs, ou encore il fallait compter mille-deux-cents francs de l'heure. Pour être sûre de ne pas se tromper, elle avait pris le temps de vérifier ces chiffres dans les deux autres ouvrages. Ce qu'elle y avait trouvé était similaire. Elle avait refermé les livres, les avait remis en place et avait quitté la bibliothèque.

Elle avait repris le chemin de sa maison, en marchant toutefois moins vite qu'à l'aller. Elle avait besoin de réfléchir. Lechapelier connaissait-il ces chiffres ? Etait-ce pour cela qu'il était revenu la voir chaque semaine ? Ses mensualités étaient de trois mille francs. Tous les mois, l'aide au logement lui versait le tiers de cette somme, soit mille francs. Elle devait donc encore trouver deux milles francs par mois pour s'acquitter de sa dette. Soit environ une heure trente de "travail", ou six actes sexuels. Ça correspondait à peu près avec le rythme prit par Lechapelier. Elle en avait conclu qu'elle devait donc maintenir ce rythme, un acte sexuel par semaine, à condition qu'il ne dure pas plus que quinze mn. Au-delà, elle devrait veiller à la durée mensuelle des actes... Elle avait alors réalisé qu'elle était en train de calculer à combien elle allait vendre son corps, comme l'aurait fait une vraie prostituée. Elle en avait eu un haut-le-cœur et un frisson d'horreur. Que pouvaient bien en penser son mari et son père, depuis là-haut ? Et qu'en penserait sa mère, si elle venait à l'apprendre ? Elle s'était senti glacée à cette perspective. Heureusement, elles n'habitaient pas la même ville, même si elles n'étaient guère éloignées. Il y avait donc peu de chance que sa mère ne vienne à l'apprendre. Mais ce qui serait bien pire, c'était si les enfants venaient à l'apprendre... comment réagirait-elle ? Et s'ils lui posaient des questions au sujet du remboursement, comme ils

141

l'avaient fait récemment ? Elle leur avait fait part de ses difficultés, et en adolescents responsables ils s'étaient régulièrement inquiétés de la suite. A chaque fois, elle avait répondu qu'elle allait finir par trouver une solution, en détournant les yeux pour qu'ils n'y voient pas le mensonge qu'elle dissimulait. Elle eut une idée : s'ils lui posaient des questions, elle répondrait que l'assistante sociale s'était mise en relation avec l'aide au logement, et que ces deux organismes s'étaient entendus pour prendre en charge les règlements. C'est ça, elle leur dirait ça. Elle commençait à avoir froid, alors elle accéléra le pas pour rentrer chez elle au plus vite.

A la maison, les enfants l'attendaient déjà. Karine s'était précipité pour lui faire un bisou et lui demander où elle était. Depuis la mort de son père, elle n'aimait pas voir sa mère s'éloigner sans savoir où elle se rendait. Isabelle avait répondu d'un ton léger, presque enjoué, qu'elle avait été voir l'assistante sociale, que celle-ci avait contacté la caisse d'allocations familiales par téléphone, et qu'ils avaient trouvé un arrangement pour prendre en charge les règlements de retard, en attendant de voir ce qu'ils pouvaient faire pour l'avenir. Karine avait eu un sourire ravi et avait déclaré d'un ton enjoué qu'elle était bien contente, avant de monter dans sa chambre faire ses devoirs. Bastien, plus circonspect, avait demandé pourquoi le service social avait mis autant de temps pour se décider à intervenir. Isabelle avait trouvé la bonne excuse de dire que, depuis que leur situation durait, leur cas avait été considéré comme prioritaire, ce qui n'était pas le cas deux mois plus tôt. Cet argument avait paru convaincre Bastien, qui avait fini par sourire lui aussi avant d'aller également faire ses devoirs. Isabelle s'était alors appuyée contre son évier et avait poussé un soupir de soulagement. Elle avait réussi le tour de force de présenter les faits de manière crédible à ses enfants, malgré la répugnance que lui inspirait toute cette situation. Ses seules consolations étaient que de toute façon, elle ne pouvait rien faire d'autre, et que ses enfants avaient souri pour la première fois depuis bien longtemps.

Le lendemain, elle s'était rendue à son rendez-vous médical. Sans autre détail, elle avait demandé à pouvoir faire un bilan sanguin, suite à des relations sexuelles non protégées, puis avait demandé la pilule, autant que possible prise en charge par la sécurité sociale. La docteure Lefroy lui avait posé les questions d'usage, âge, poids, dernière date des règles, et avait rédigé l'ordonnance pour l'examen sanguin. Ce faisant, elle avait jeté quelques coups d'œil à Isabelle, et s'était interrogée sur ce que l'éthique lui conseillait de faire : interroger cette femme sur le fait qu'elle venait demander la pilule sans autre explication, alors qu'on ne l'avait jamais vue auparavant, et qu'elle déclarait en plus avoir eu des relations sexuelles non protégées, ou respecter son silence et se taire ? Mais si elle se taisait, n'était-ce pas faire preuve d'indifférence ? La Docteure Lefroy se demandait toujours jusqu'où pouvait aller la compassion avant de faire place à la discrétion. C'était son éternel dilemme, elle qui avait choisi le métier de médecin par compassion et volonté d'aider son prochain. Elle s'était finalement dit que cette femme devrait de toute façon repasser avec les résultats sanguins pour obtenir son contraceptif, et qu'il serait toujours temps d'obtenir davantage d'informations à ce moment-là. Elle s'était donc contentée de lui tendre l'ordonnance avec un sourire, et l'avait raccompagnée à la porte en lui recommandant de prendre rendez-vous dès qu'elle aurait les résultats d'examen. Isabelle avait réglé ce qu'elle devait et était rentrée chez elle.

Le jeudi matin, à peine ses enfants partis, elle s'était rendu au laboratoire d'analyse médicale pour effectuer son bilan sanguin. Comme elle faisait tous les trajets à pieds, cela lui prit un certain temps pour effectuer son aller-retour, mais au moins ce fut fait. Elle s'était fait la remarque que le seul avantage à ne pas travailler était qu'elle disposait de tout son temps pour s'organiser, et ainsi assumer le ménage, les courses et la cuisine sans que les enfants ne s'aperçoivent de ses absences. Sinon, comment aurait-elle pu justifier tous ces allers-retours ? Elle s'était donc activée, une fois rentrée, pour mettre sa maison en ordre.

La sonnette avait retenti en début d'après-midi. Elle s'était demandée qui ça pouvait être, et eut la désagréable surprise de voir M. Lechapelier devant sa porte. Il avait semblé moins courroucé que d'habitude, mais toujours aussi hautains. Il avait demandé avec hauteur "Etes-vous seule ?", ce qui n'avait laissé aucun doute à Isabelle sur l'objet de sa visite. Elle avait réfléchit rapidement : il était quinze heures, les enfants sortaient tous les jours à dix-sept heures, ce qui lui laissait largement deux heures devant elle. Elle ne s'était pas attendue à cette visite, et était même surprise de le voir se présenter deux fois dans la même semaine, mais forte des décisions qu'elle avait prises et des renseignements qu'elle avait obtenus sur le monde de la prostitution, elle s'était dit qu'après tout sa dette ne ferait que se réduire plus rapidement. Elle avait d'abord demandé "Avez-vous les attestations que je vous ai demandées ?", sur quoi il avait cherché dans la poche intérieure de sa veste avant de lui tendre lesdits papiers. Elle avait donc ouvert la porte en grand, sans un mot, lui notifiant par ce seul geste son acceptation.

Il était entré et, une fois la porte fermée, lui avait dit sur un ton de reproche "Vous n'étiez pas là, ce matin." Elle avait levé la tête, surprise. Ainsi donc il était venu ce matin ? Mais oui, bien sûr, depuis le début il n'était jamais venu que les matins, jamais les après-midi. Il avait donc dû tenter sa chance ce matin, et trouvant porte close il était revenu cette après-midi. "Non, il m'arrive de sortir", répondit-elle laconiquement. Puis elle s'était engagée dans l'escalier, suivie par Lechapelier. Elle lui avait indiqué la direction de la chambre d'un geste de la main, lui avait demandé de lui accorder un instant, puis était entrée dans la sienne. Là, elle avait rangé les précieux documents qu'il venait de lui remettre, et avait pris quelques préservatifs qu'elle avait glissé dans sa poche, ainsi que la liste de dates qu'elle avait commencée à compléter. Elle y avait noté la date du jour puis avait rejoint Lechapelier qui attendait dans la chambre d'amis. Elle avait tendu la main pour lui donner la liste de dates à signer. Sans commentaire, il avait pris la feuille et l'avait signée avant de la jeter sur le lit d'un geste méprisant. Elle l'avait récupérée et rangée dans la table de nuit. Puis, à leur accoutumée, et sans un mot, elle s'était détournée pour se déshabiller. Il en avait fait autant. Lorsqu'ils s'étaient fait face à nouveau, elle avait vu dans les yeux de l'homme la convoitise qui luisait déjà. Elle avait immédiatement tendu la petite pochette plastique qu'elle tenait dans sa main. "A partir d'aujourd'hui, vous devrez utiliser ça", avait-elle dit. L'homme avait regardé l'objet, avait reconnu un préservatif et avait à nouveau regardé la femme d'un air ulcéré. "Ne croyez pas que je vais utiliser ce... cet accessoire !". Elle avait tenté son va-tout "Je suppose que vous êtes conscient, autant que moi, de la chance insolente qui m'a préservée d'une grossesse". Les yeux du personnage s'étaient agrandis. Non, visiblement, il n'avait pas conscience qu'il était capable de se reproduire. "Vous... vous ne prenez pas la pilule ?!" avait-il demandé l'air affolé. "Plus depuis que mon mari est décédé, Monsieur, je n'en avais plus l'utilité". Il en était resté figé. Alors, d'un geste rageur, il avait pris le contraceptif et l'avait jeté sur le lit. Ensuite, il s'était rapproché d'elle et l'avait prise avidement dans ses bras, comme aurait pu le faire un homme passionné. Sauf que sa seule passion n'avait de but que son plaisir. Les fois précédentes, cela s'était vite passé, tant l'abstinence avait rendu son désir impérieux. Mais ce jour-là, il avait pris son temps. A la fois pour profiter d'elle, mais aussi pour lui faire subir sa colère pour tout ce qu'elle avait osé le braver. Il ignorait qu'elle surveillait le temps qui passait sur le petit réveil qu'elle avait mis sur la table de nuit. Quand il s'était estimé satisfait il avait pris congé, et comme d'habitude l'avait laissée seule dans la chambre, sans lui adresser un mot. Il avait descendu l'escalier, avait quitté la maison et avait repris le chemin de la sienne.

Isabelle s'était relevée comme si de rien n'était, avait ramassé tout ce qui devait disparaître, et était allée ranger les papiers importants dans sa chambre. C'était là qu'elle avait craqué. Une fois de plus, le combat avait été rude. Elle avait deux nouvelles signatures sur son relevé, mais s'était dit qu'un tel gain avait été quand même payé cher. Et elle s'était demandé combien de temps elle allait pouvoir encore tenir. Elle avait pleuré tout son saoul, s'était vidée de son humiliation, de son impression de saleté, de son désespoir. Ensuite, elle s'était relevée et était allée se passer de l'eau fraîche sur le visage. Puis elle avait pris le parti de s'aérer en allant au jardin pour continuer à mettre en place le potager qu'elle s'était promis. Elle avait déjà désherbé un bon espace, tracé des sillons, et commencé quelques semis. Elle voulait continuer, et joindre ainsi l'utile à l'agréable. Ne plus voir l'intérieur de la maison qui lui rappelait Lechapelier.

L'horloge sonna alors minuit. Isabelle sursauta. Cela faisait si longtemps qu'elle était là, seule sur son canapé, à pleurer sur ses mauvais souvenirs ? Elle n'avait même pas entendu sonner les onze heures. Elle regarda autour d'elle et reconnu son salon, prolongé par la salle à manger. Elle secoua la tête. Des fois, elle se disait qu'elle se faisait du mal à loisir. Tout cela était maintenant vieux de vingt ans, pourquoi s'en repasser le film qui lui faisait tellement mal ? Ne pouvait-elle pas se contenter de vivre l'instant présent ? Elle réalisa cependant qu'à pleurer ainsi, elle avait à nouveau épuisé la somme de son chagrin qui s'était réveillé. Tous les ans, c'était pareil. Vers la fin de l'été, les mauvais souvenirs revenaient, la hantaient pendant une à deux semaines, puis s'effaçaient, jusqu'à l'année suivante. Elle décida qu'elle avait assez pleuré pour cette année et monta se coucher, bien décidée à reprendre le cours de sa vie sur un mode plus serein.

Chapitre 15

Dimanche 22 août 2010 - 14h00

Bastien s'assit lourdement dans son canapé et alluma la télé. Les enfants jouaient dehors tandis que Delphine lisait un magazine, allongée sur une chaise longue au soleil. Le temps était splendide en cette période de fin d'été. Lui n'avait pas envie de sortir, il se sentait trop las. Il ne savait même pas pourquoi il avait allumé la télé, probablement pour meubler le vide, ou se donner l'air de faire quelque chose.

Il avait pensé que le fait d'affronter ses peurs allait lui permettre de les dominer, mais il avait eu tort. Au contraire, maintenant qu'il n'y avait plus rien pour les réfréner, elles le hantaient en permanence. Aussi, le jeudi après sa cuite, il avait géré ses clients comme il l'avait pu et était rentré rapidement pour aller voir son médecin où il avait pu obtenir un rendez-vous d'urgence. En attendant son tour, il avait appelé sa sœur pour lui dire qu'il fallait qu'il la voit. Il y avait réfléchi toute la nuit, il ne pouvait plus continuer comme ça, il fallait qu'il trouve une issue. Et la seule personne à qui il pouvait en parler, puisqu'elle était directement concernée, c'était Karine. Peut-être qu'à eux deux ils trouveraient une idée pour l'aider à gérer son problème existentiel. Elle avait accepté, puis ils avaient raccroché. Une fois son tour arrivé, il avait dit au docteur Noyer qu'il se sentait stressé, anxieux et dépassé, et avait demandé un arrêt de travail d'une semaine. Le docteur, le connaissant de longue date et l'ayant toujours perçu comme un homme dynamique et volontaire, avait estimé qu'il s'était surmené entre son travail et sa famille, lui avait prescrit un tranquillisant léger et donné une semaine de repos. Soulagé, Bastien était rentré chez lui.

Comme Delphine était déjà là, il avait tout de suite été lui demander pardon pour son comportement minable. Il lui avait dit qu'il s'était conduit comme un salaud et qu'il en était navré.

Elle en avait été surprise, mais plutôt agréablement, car elle avait redouté des retrouvailles tendues et houleuses. Elle lui avait pris la main, lui avait donné un baiser sur la joue, et avait déclaré qu'elle lui pardonnait volontiers. Alors ça avait été comme une digue qui se rompait. Il lui avait tout raconté : l'angoisse qui le prenait de loin en loin, qui revenait de plus en plus souvent, de plus en plus forte, et qu'il avait de plus en plus de mal à contrôler. Il avait dit combien il avait réfléchi depuis leur conversation de lundi, surtout sur le fait qu'il se mettait tellement en colère dès qu'on abordait le sujet de sa relation avec sa sœur, et que ce qu'elle lui avait dit l'avait fait réfléchir. Mais à y trop réfléchir, il s'était senti complètement dépassé et avait craqué. Il raconta le long arrêt sur le bord de la route, la bouteille d'alcool, les rendez-vous expédiés, sa visite chez le médecin et l'arrêt maladie. Tout en lui parlant, il avait ouvert la boîte de tranquillisants et avait avalé un comprimé.

Delphine en était tombée des nues. Elle ne reconnaissait plus l'homme qu'elle avait devant elle. Elle avait toujours vu Bastien comme un homme fort, mature, qui regardait devant lui, réfléchissait et prenait ses décisions avec assurance. Il avait toujours été, en quelque sorte, son guide, son antenne, sa boussole. Et aujourd'hui, il était anéanti. Qu'est-ce que tout cela signifiait ? Elle l'avait alors pris tendrement dans ses bras pour le réconforter. Il s'y était abandonné, rassuré de trouver compréhension et compassion dans son foyer auprès de son épouse. Puis elle s'était écartée de lui pour le remercier de tout lui avoir confié. Même si elle était triste de le voir aussi accablé, au moins maintenant ils n'étaient plus seuls chacun de leur côté, à essayer de comprendre pourquoi ils ne se comprenaient pas. Maintenant ils étaient deux, et ils allaient mener ce combat ensemble.

Ils avaient continué à discuter tandis qu'elle préparait le repas. Savait-il d'où provenait cette angoisse ? Est-ce que ça datait du décès de son père ? En avait-il déjà parlé à sa mère ? Et à sa sœur ? Il avait répondu aussi évasivement que possible. Le fait qu'il ait découvert l'origine de son angoisse ne l'autorisait pas à le divulguer à son épouse. Aussi douce et compréhensive qu'elle puisse être, il n'était pas sûr qu'elle arriverait à accepter le fait que sa sœur ait commis un meurtre. Il n'y arrivait déjà pas lui-même ! Alors, il avait répondu évasivement, disant que oui, ça datait plus ou moins du décès de son père, mais qu'il n'était plus très sûr non plus. Ca remontait à tellement longtemps ! Delphine avait renchérit en disant que ça ne pouvait provenir que de là, qu'il avait dû faire preuve alors de beaucoup de maturité, qu'il avait été témoin des difficultés de sa mère, qu'il avait dû l'aider autant que possible, même si ça n'était que moralement, que ça avait dû peser sur ses épaules, et que ça ressortait maintenant. Il avait dit oui à tout ce qu'elle avait voulu. Puis le tranquillisant ayant commencé à faire effet, il avait dit qu'il se sentait fatigué et qu'il apprécierait bien d'aller faire un câlin à ses enfants qu'il n'avait pas vu depuis trois jours. Elle avait acquiescé avec empressement, d'autant plus que les enfants l'avaient réclamé dans la journée.

Il avait donc échappé à ce flot de questions pleines de compassion qui le mettaient si mal à l'aise, et avait été s'occuper de ses enfants, tout content de récupérer leur papa, jusqu'à l'heure du repas. Ensuite, il avait été se coucher et avait rapidement sombré dans le sommeil, entre l'effet du relaxant et le réconfort de se sentir chez lui. Le vendredi matin, Delphine s'était levée et préparée sans bruit pour ne pas le réveiller, avant de conduire les enfants au centre aéré d'été. Elle voulait le laisser se reposer au maximum. Mais contrairement à l'effet escompté par Delphine, Bastien avait découvert à son réveil le sentiment d'oppression que l'on découvre lorsqu'on se réveille seul dans une maison vide, sans bruit, sans lumière, sans chaleur, sans rien pour dissiper les torpeurs sombres de la dépression qui vous accable. Il avait alors pris son tranquillisant, avait songé à prendre un petit déjeuner, puis y avait renoncé et avait repris le chemin de son lit où il avait passé la journée. Il s'était levé uniquement le soir, au retour de sa famille. Là encore, il avait pris du temps avec ses enfants, leur avait fait couler leur bain, les avait chahutés. Delphine, effarée d'avoir retrouvé son mari aussi abattu, avait alors retrouvé un peu de sérénité à le voir reprendre un peu vie au contact des enfants. Tout en se disant que le mal semblait quand même plus sérieux que ce qu'elle avait estimé au départ.

Samedi matin, déjà plus motivé par le fait que sa famille était présente, Bastien avait emmené les enfants faire du vélo. Cette promenade lui avait fait du bien et, en rentrant à midi, il avait retrouvé un peu de couleurs. Mais il avait reçu un sms de Karine, qui lui proposait de la retrouver dans la maison de leur enfance dans l'après-midi. Ce message l'avait ramené directement à sa préoccupation principale, et lui avait ôté le peu de joie de vivre qu'il avait retrouvée dans la matinée. Pourtant, c'était lui qui avait sollicité cet entretien. Et il savait qu'il n'avait pas d'autre choix que se confronter à sa sœur. Aussi avait-il répondu qu'il serait là. Après le repas, il était allé faire une sieste, s'était relevé et avait demandé à Delphine si ça l'ennuyait qu'il aille faire une promenade tout seul. Enjouée, elle l'avait assuré du contraire, et lui avait recommandé d'aller se balader autant qu'il le voulait, tant que ça lui faisait du bien. Il l'avait alors tendrement serrée dans ses bras pour la remercier de le libérer ainsi, et était parti retrouver Karine dans leur maison d'enfance. Avant de partir, il avait discrètement pris un autre comprimé pour calmer ses nerfs.

La discussion avec Karine l'avait un peu apaisé. Il avait eu du mal à trouver ses mots, et même il avait peu parlé. Il s'était tellement senti coupable, tout cela s'était produit par sa faute, parce qu'il n'avait pas été à la hauteur. Karine avait parlé plus facilement que lui. Ils n'avaient pas réussi à tout se dire, mais comme elle l'avait fait remarquer elle-même, ils avaient au moins réussi à crever l'abcès. Et Karine en avait semblé autant soulagée que lui. Apparemment, elle aussi avait besoin d'en parler, à elle aussi cela pesait. Mais ils avaient dû interrompre leur entretien, faute de temps, et aussi parce que le sujet était tellement lourd. Bastien avait estimé que c'était mieux comme ça. Tout dire en une seule fois aurait été de trop. Ils avaient décidé de se revoir sous peu, même s'ils ignoraient quand ils en auraient la possibilité.

Il se demandait s'il parviendrait un jour à retrouver sa sérénité, à oublier totalement. Comment le pourrait-il, quand il savait que sa sœur avait commis un meurtre, et que ça faisait de lui son complice ? Arrivait-on à effacer ce genre de souvenir ? Il savait que certaines personnes arrivaient à tuer de sang-froid, sans en éprouver la moindre culpabilité. Comment faisaient-elles ? Lui, ça le rongeait de l'intérieur, ça le bouffait à petit feu, jour après jour, depuis des années. Il avait joué au chat et à la souris depuis tout ce temps, et il était en train de perdre. Et maintenant, que pouvait-il faire ? Aller voir les flics et dénoncer sa sœur ? Se dénoncer lui-même ? Retrouverait-il la paix pour autant, une fois les deux familles brisées, sa mère effondrée ? Est-ce que les barreaux d'une prison rendent la paix de l'esprit ? A qui pouvait-il en parler ? C'était à en devenir fou !

Tout avait commencé un jour de printemps. Il avait quitté le lycée à quinze heures car le prof de gym était absent, et les deux dernières heures de cours de la journée avaient sauté. Ca l'arrangeait bien, car il avait beaucoup de révisions à fournir en vue du bac français, et il ne lui restait que deux mois pour être au point. Aussi, il s'était hâté de rentrer chez lui et de filer dans sa chambre pour travailler. Il n'avait pas vu sa mère en bas mais ne l'avait pas non plus particulièrement cherchée. Elle était probablement au jardin à poursuivre ses plantations, ou partie en ville, et il avait passé l'âge de chercher sa mère partout.

Il s'était installé à son bureau dans sa chambre, dont il avait fermé la porte pour être au calme. Précaution inutile puisqu'il était seul. Mais c'était une manie, il aimait s'isoler, ça lui était nécessaire pour bien se concentrer. Il avait sorti ses livres et classeurs pour réviser ses cours de seconde, les auteurs du 18e, le fameux "Siècle des lumières". Il n'avait rien contre le français ou la littérature, il avait toujours aimé lire, mais ce qui le dérangeait était le côté "bourrage de crâne" qu'il rencontrait partout dans l'enseignement : il fallait penser comme les critiques, ressortir les commentaires comme un tiroir-caisse, dire ce que le prof en attendait, peu importe ce que lui ou ses camarades en pensaient. Quelle belle tolérance, en effet ! Mais peu importait son opinion, s'il voulait obtenir une bonne note il n'avait pas besoin de peaufiner une plaidoirie contre les méthodes d'enseignement françaises, mais bien de faire rentrer dans son crâne quelques citations des plus grands philosophes de ce temps.

Il avait commencé par relire ses notes à mi-voix, pour à nouveau s'en imprégner, quand il fut gêné dans sa concentration par un bruit de grincement. Il s'était demandé d'où pouvait bien provenir ce bruit, sans en chercher davantage la cause puisque son principal but était ses révisions. Il s'était donc à nouveau concentré sur son travail et s'était levé pour arpenter la pièce tout en répétant à mi-voix ses citations. Après les avoir répétées plusieurs fois, il les avait reposées dans son classeur, et s'apprêtait à prendre un commentaire des "Lettres philosophiques" de Voltaire, quand il entendit à nouveau ce grincement dont il ne parvenait pas à identifier l'origine. Comme il n'était pas encore plongé dans sa lecture, il fut réellement intrigué par ce bruit, et voulut en percer le mystère. Il ouvrit sa porte, et entendit que le bruit provenait de la chambre d'amis. Il en fut étonné, car d'habitude ils ne se servaient jamais de cette pièce. Il hésita à aller voir ce qu'il s'y passait, ou à appeler sa mère pour lui demander ce qu'elle faisait, mais il réalisa que ça aurait été puérile de sa part, et se moralisa sur le fait qu'il devait mettre son temps à profit pour travailler, pas pour se laisser distraire par des futilités. Il aurait bien le loisir de demander à sa mère, une fois à table, ce qu'elle avait bien pu nettoyer qui fasse un tel bruit. Il referma donc sa porte de chambre et se plongea à nouveau dans ses textes.

Il était absorbé par ses commentaires depuis au moins un quart d'heure quand il lui avait semblé entendre un bruit de pas qui descendait l'escalier. Mais il n'avait reconnu ni le pas de sa mère, ni celui de sa sœur. Il lui avait même semblé qu'il s'agissait du pas d'un homme, un pas énergique, et de plus chaussé de chaussures, chose surprenante à l'étage. Interloqué, ne sachant s'il devait se fier à ce que son oreille semblait lui transmettre, il entendit à ce moment le bruit de la porte d'entrée qui s'ouvrait puis qui claquait. Quelqu'un était sorti. Il avait alors jeté un coup d'œil discret par la fenêtre pour voir de qui il s'agissait. Et ce qu'il avait vu l'avait profondément troublé. Il avait vu le propriétaire, M. Lechapelier, sortir de la maison comme s'il avait été chez lui. Or, il était bien sûr qu'il n'y avait personne au rez quand il était rentré. Les seuls bruits qu'il avait entendus provenaient de l'étage.

Il s'était senti pris de faiblesse et s'était assis à son bureau. Il n'avait osé penser à ce qui lui venait à l'esprit... Il avait cherché furieusement une autre explication, une qui soit plausible, une qui lui aurait permis d'éviter de croire que Lechapelier était dans cette chambre avec sa mère. Il avait réfléchi à toute allure. Puis, il s'était souvenu que cette maison appartenait précisément à Lechapelier. Il était donc probable qu'il ait un double des clefs. Alors peut-être que, au mépris de toute correction et respect, il avait utilisé cette clef pour venir fouiller dans cette chambre, chercher peut-être quelque chose qui lui appartenait et qu'il avait oublié autrefois ? Sauf que Bastien avait alors réalisé que cela faisait maintenant plus de quinze ans que ses parents habitaient cette maison, que chacun des meubles qui occupaient la chambre d'amis leur appartenait, et qu'il n'était donc vraiment pas plausible que Lechapelier revienne, quinze ans plus tard, chercher quelque chose là. Et comme pour le confirmer dans ce raisonnement, il avait entendu à ce moment-là le bruit menu des pas de sa mère sur le parquet du palier.

Il avait alors senti le dégout, la honte et la colère l'envahir. Tout juste un an après le décès de son père, sa mère allait coucher avec un autre homme, dans sa propre maison ! Il en avait été malade. Il n'avait su ce qui l'avait étouffé le plus : la honte, ou la colère. Il aurait voulu gifler sa mère, cracher sur Lechapelier, le frapper, le mettre à la porte, le traiter de tous les noms. Mais il avait su que cela n'aurait pas effacé les faits. Ils avaient couché ensemble, et rien n'allait excuser ça. Comment allait-il pouvoir regarder sa mère en face sans lui cracher sa haine au visage, maintenant ? Quelle excuse, quelle explication pourrait-elle lui sortir, pourrait-il entendre ? Mais il entendit alors ce qui valait toutes les absolutions du monde : Isabelle s'était réfugiée dans sa chambre, et s'était mise à pleurer. Avec de gros sanglots. Alors Bastien avait tout compris. Il lui était revenu en mémoire ce que sa mère leur avait dit quelques mois plus tôt, au sujet du retard pris dans les loyers. Cela l'avait effrayé, car il ne savait alors ni ce qu'il fallait faire, ni ce que cela pouvait engendrer. Et il n'avait pas osé poser plus de questions. Aussi, quand sa mère leur avait dit qu'elle avait trouvé une solution avec les allocations familiales et les services sociaux, il avait été bien soulagé et n'avait pas cherché plus loin comment l'impossible avait été rendu possible. Mais comment aurait-il pu douter de sa mère ? C'est en l'entendant pleurer qu'il comprit qu'elle avait menti. Elle avait menti pour les protéger. Il n'y avait ni aide sociale ni allocation familiale, et elle n'avait pas d'autre choix que de se prostituer avec ce type pour qu'ils puissent garder un toit au-dessus de leur tête.

Il avait cru défaillir. La colère et la haine qu'il avait ressenties à l'égard de sa mère furent instantanément reportées sur la personne de Lechapelier. La honte et le dégoût restaient. Il aurait voulu allez consoler sa mère, lui dire qu'il était là, mais c'était au-dessus de ses forces. Qu'aurait-il pu lui dire ? Il se doutait, à l'entendre pleurer, qu'elle aussi avait honte et que la dernière chose qu'elle voulait c'était parler de ça avec son fils. Alors que pouvait-il faire ? Avait-il la possibilité d'aller travailler ? Il avait tout juste l'âge légal pour un emploi saisonnier… Jamais il ne s'était senti prisonnier à ce point, face à une situation qu'il exécrait au plus haut point et sans issue pour la fuir. Il avait oublié ses révisions. Toutes ses pensées étaient à la recherche d'une solution pour sortir sa mère de cette situation. Ils n'avaient qu'à déménager ! Oui, mais pour aller où ? Aucun bailleur ne voudrait d'eux, sans salaire. Sans le savoir, il avait refait mentalement tous les calculs et toutes les suppositions que sa mère avait faites avant lui. Et il ne parvint pas plus qu'elle à trouver une solution valable. Il est impossible de décrit le niveau de rage et de frustration que Bastien avait atteint cette après-midi-là. Dans sa tête, il avait traité Lechapelier de tous les noms, l'avait frappé au visage, plusieurs fois, jusqu'à ce qu'il soit projeté à terre. Là, il l'avait molesté à nouveau, à coup de pied, à coup de poing, en continuant ses insultes. Et pour finir, dans son imaginaire débridé, il lui avait plongé un couteau dans le ventre.

Une fois sa rage évacuée, même si ça n'était que mentalement, il s'était déconnecté de cette fureur aveugle qui l'avait submergé, était redescendu sur terre, et s'était rendu compte qu'il ne pouvait absolument rien faire dans l'immédiat. Ni trouver un travail, ni trouver un autre logement, ni tuer Lechapelier. Toute cette haine n'avait servi à rien. Bien que cela l'ait révulsé au plus haut point, il lui avait fallu faire avec, comme sa mère, jusqu'à ce qu'il espère trouver une meilleure solution. Et en attendant, le mieux qu'il avait pu faire avait été de dissimuler à sa mère le fait qu'il avait découvert son secret, et faire comme si de rien n'était. Il avait alors décidé de se remette à ses révisions, jusqu'à s'en abrutir, qu'il ait au moins de quoi justifier sa mauvaise humeur, ses cernes, son teint blafard, et ses traits crispés. Pendant ce temps sa mère s'était calmée, était redescendue, et s'était vraisemblablement rendue au jardin.

Tous ces souvenirs revenaient à Bastien avec une netteté telle que ça aurait pu se passer la semaine précédente. Pourtant, cela faisait des années qu'il refusait d'y penser. Cela lui faisait trop mal. Non seulement le fait que sa mère ait dû se prostituer à ce type, mais également le fait que lui-même n'ait jamais osé aller trouver ce porc pour lui dire qu'il était au courant, et qu'il lui intimait l'ordre de cesser. Etait-ce parce qu'il avait su que ça n'aurait servi à rien ? Ou par lâcheté ? Toujours est-il qu'il n'avait jamais agi, jamais rien dit, jamais rien fait. A tel point que c'était sa sœur qui avait dû le faire. C'était de sa faute à lui si Karine, sa petite sœur de quatorze ans, avait tué Lechapelier. Parce que lui-même n'avait rien fait. S'il avait parlé à sa mère, s'il avait été voir ce salaud, s'il avait… s'il avait fait quelque chose, n'importe quoi mais quelque chose, plutôt que cette inertie, Karine n'aurait pas été obligée d'agir à sa place. Mais il n'avait pas tenu son rôle, et aujourd'hui encore, il ne savait comment en demander pardon à Karine. Ni comment assumer le fait qu'ils étaient devenus coupables de meurtre, à quatorze et dix-sept ans.

Chapitre 16

Lundi 23 août 2010 - 09h00

Isabelle se leva de très bonne humeur. Vendredi soir, après être rentrée de sa sortie avec Louise, elle avait beaucoup pleuré en retrouvant ses souvenirs. Mais ce matin, curieusement, elle se sentait mieux. Etait-ce parce qu'elle avait épuisé sa souffrance à force de larmes salvatrices, elle ne saurait le dire, mais alors que son humeur était restée lourde durant tout le samedi, ce dimanche, dès le levé, elle avait senti un mieux-être. Un coup de fil de Karine l'invitant à déjeuner l'avait encore plus réjouie, et elle avait décidé de se ressaisir. Elle s'était pomponnée, tout à la fois pour se faire plaisir, pour montrer à sa fille qu'elle allait mieux et pour faire honneur à ses petits-enfants.

Michel était passé la chercher, et elle en avait profité pour le remercier d'être un gendre aussi charmant, un mari aussi gentil pour sa fille, et un papa aussi dévoué pour ses enfants. Elle lui avait exprimé quel réconfort et quelle joie c'était pour elle, après les fardeaux qu'elle n'avait pu épargner à ses enfants, de voir que la vie de sa fille était comblée. Michel n'avait rien dit et s'était contenté de tapoter le dessus de la main d'Isabelle en lui souriant. Il avait juste répondu "Merci Mamie", avant de démarrer. Ils avaient tous passé une bonne journée, à déguster le repas préparé par Karine, à prendre le soleil derrière la maison pendant que les enfants pataugeaient dans la piscine, à discuter de tout et de rien. Elle était rentrée à une heure raisonnable, prétextant qu'à son âge, on ne pouvait pas se permettre de mener la grande vie deux soirs par semaine ! Face aux questions étonnées et taquines de Karine et Michel, elle avait été bien obligée de raconter la visite à Louise, le repas en ville, le dessert fin et le verre de vin. Ses enfants avaient fait semblant d'être indignés, et ils en avaient bien ri tous les trois. Sur quoi, Michel avait affecté un air hypocrite en se levant précipitamment pour la raccompagner, disant qu'il ne voulait surtout pas la surmener en tardant à la ramener chez elle. Elle fut de retour à dix-huit heures, le cœur plein d'éclats de rire, de rayons de soleil et de tarte aux pommes.

Elle se leva donc d'excellente humeur lundi matin, et se prépara un bon petit déjeuner dans sa cuisine. Là, une fois de plus, elle se laissa aller aux souvenirs. Ils étaient toujours les mêmes, mais curieusement, ils ne lui faisaient plus mal.

Elle se souvenait qu'elle avait revu Lechapelier trois mois durant. Pendant les vacances de Pâques, c'était elle qui s'était rendue chez lui, puisqu'il était hors de question qu'il vienne chez elle quand ses enfants y étaient. Elle devait alors attendre que ses enfants se soient endormis, ou pour le moins qu'ils soient assoupis, puis prendre mille précautions pour ne pas faire de bruit en quittant la maison. Au pire, si elle avait été surprise, elle s'était inventé une excuse toute prête où elle aurait prétexté une insomnie et le besoin de s'aérer. Mais le cas ne se produisit heureusement jamais. Une fois chez Lechapelier, le rituel n'était guère différent : il signait sa feuille comme pointe un ouvrier, il prenait ce qu'il estimait être son dû, et au bout de quelques visites elle lui réclamait une attestation de paiement qu'il lui délivrait. Toutes ces rencontres ne se faisaient qu'avec très peu d'échanges verbaux. La seule différence tenait dans le décor : Lechapelier l'entraînait dans une pièce du rez située derrière le hall d'entrée, une chambre d'amis avec salle de bain attenante, meublée plus sommairement que le reste de la maison mais avec tout autant de raffinement. La première fois qu'Isabelle y était entrée, elle avait découvert une pièce d'un ton beige clair, avec de longs rideaux épais écrus voilant la fenêtre, une frise en bois peinte placée juste sous le plafond et qui faisait le tour de la pièce, un large lit flanqué de deux tables de nuit dont les lampes étaient allumées. L'ensemble était rehaussé d'une cheminée allumée. Sur une table, elle avait vu une bouteille de vin blanc dans un seau à glace, ainsi que deux verres. Le tout aurait été charmant, s'il s'était agi d'un homme amoureux souhaitant accueillir tendrement la femme qu'il aimait. Mais sachant le but qu'il poursuivait, Isabelle avait trouvé l'ensemble malséant. Lechapelier s'était servi un verre de vin, et lui en avait même proposé. Elle avait décliné. Comme d'habitude, elle s'était déshabillée en lui tournant le dos, et il avait poursuivi la suite de leur échange. Il avait pris davantage de temps que d'habitude, visiblement plus à l'aise en ce lieu familier et raffiné. Mais il avait aussi appris la contrepartie de ce temps qu'il prenait : Isabelle n'hésitait pas à lui réclamer ses attestations de paiement de mensualité plus rapidement. C'est ainsi qu'elle avait pu s'acquitter des loyers de mars et avril après ceux de janvier et février.

Et puis un jour, comme parfois tourne le vent sans que l'on sache pourquoi, une bonne surprise était arrivée, via la sonnette qui avait retenti en début d'après-midi du 30 avril. Il ne pouvait s'agir de Lechapelier puisqu'il était déjà venu le matin même, ou bien revenait-il ? Mais au lieu de son propriétaire, elle avait découvert un homme qu'elle ne connaissait pas, avec quelques feuilles à la main. Simplement vêtu, il avait indiqué s'appeler Cabrol, être producteur d'ail, et lui avait demandé si elle était bien Isabelle Dunant. A sa réponse affirmative, il lui avait alors rappelé qu'elle s'était inscrite pour du travail saisonnier à l'ANPE, et lui avait demandé si elle était toujours intéressée. Très surprise, elle lui avait vivement répondu que oui, bien sûr, elle était toujours intéressée, sur quoi il avait demandé s'il pouvait entrer un moment pour lui faire signer le contrat saisonnier. Ebahie, n'osant croire à son bonheur, elle l'avait fait entrer avec célérité.

Ils s'étaient installés à la table de la salle à manger. Il lui avait demandé les renseignements dont il avait besoin pour compléter le contrat de travail, lui avait donné les informations nécessaires, puis avait jugé bon de préciser presque sur un ton d'excuse :

- Vous savez, Madame, vous ne serez payée qu'à la pièce...

Isabelle était restée surprise l'espace d'une seconde, puis avait vivement répondu :

- Oh, mais ça m'ira très bien, il n'y a pas de problème !
- Ah... alors tant mieux si ça vous convient. Combien d'heures souhaitez-vous faire ?

Elle avait été encore plus surprise.

- Mais... parce que c'est à moi de choisir ?
- Eh bien, c'est vous qui décidez si vous voulez juste compléter vos revenus, et donc ne faire que quelques heures le soir ou le

week-end, ou si vous voulez plutôt faire un quart temps, ou un mi-temps. Comme je viens de vous le dire, le travail est payé au nombre de tresses réalisées, peu importe le temps que vous y passer. Plus vous travaillez vite, plus vous gagnez. Et moi, ça me permet d'écouler mon ail plus rapidement. Je vous laisse plusieurs cageots d'ail, vous tressez à votre rythme, vous remplissez un cageot vide et lorsqu'il est plein vous notez dessus le nombre de tresses. Je reviens quelques jours après, nous vérifierons ensemble ce que vous avez fait, et à la fin du mois, ou au début du mois suivant, je vous règle votre salaire. Est-ce que ça vous conviendrait ?

Isabelle avait cru qu'elle allait fondre en larme. Elle avait dû faire un effort pour se maîtriser avant de balbutier :

- Oui, ça me convient tout à fait.

L'homme avait dû comprendre son émotion car il avait pudiquement détourné les yeux, faisant semblant de relire ce qu'il avait noté. Il avait repris après un moment :

- J'ai juste besoin de connaître le nombre d'heures que vous envisagez de faire par jour.

C'est d'une voix plus assurée qu'elle lui avait répondu:

- Si cela vous convient je souhaiterais travailler huit heures par jour.

Il avait paru à la fois étonné et réjoui :

- Ah vraiment ? C'est que ça m'arrange ! Plus j'ai d'ouvriers qui acceptent de travailler à temps plein, moins j'ai de tournées et de paperasse à faire ! C'est que vous allez me faire gagner du temps !

Il avait signé, l'avait fait signer à son tour, puis avait détaché l'original du document qu'il lui avait laissé. Isabelle avait regardé la feuille, toujours sans oser y croire.

- Madame, avez-vous un garage ou une cave où entreposer les cageots ? Il vaut mieux les ranger dans une pièce neutre pour limiter la poussière et les odeurs. Et même, si vous aviez la place d'y faire le tri, ça serait encore mieux pour vous.

Isabelle indiqua la cuisine à côté :

- J'ai une remise, sur le côté de la maison. On peut y accéder par la cuisine, ou par dehors.

- Parfait ! Venez, je vais vous donner votre matériel.

Elle prit les clefs au passage.

Quand il ouvrit l'arrière de son camion, Isabelle découvrit des cageots plein d'ail dont l'odeur vint lui taquiner les narines. Il lui confia quelques cageots vides, en prit plusieurs de pleins et lui demanda de lui montrer où les poser. Elle le précéda jusqu'à la remise où ils déposèrent leurs trésors. Puis ils s'installèrent devant une pile de cageots et M. Cabrol lui montra comment nettoyer puis tresser l'ail :

- Regarder comment il faut faire : d'abord, on pose deux têtes d'ail de taille moyenne en croisant leurs tiges comme ça, puis on pose une grosse tête entre les deux premières. On prend l'une des tiges qui part sur un côté, on la fait passer par-dessus les deux autres tiges, avant de la faire passer derrière pour l'entourer autour des deux têtes d'ail et de la ramener vers le bas. N'oubliez pas de bien resserrer les têtes les unes contre les autres avant de resserrer la tige, voilà... Puis vous ajoutez une nouvelle tête au milieu, là comme ça... vous prenez la tige qui est de l'autre côté, vous croisez puis entourez à nouveau... et ainsi de suite, une tête à droite, croisez... une tête à gauche, croisez... jusqu'à avoir une tresse d'environ vingt têtes d'ail.

Isabelle avait réalisé sa propre tresse en même temps que M. Cabrol, pour être sûre de bien apprendre le geste.

- Voilà. Et enfin, on finit de tresser les tiges entre elles comme ça, avant de les nouer fortement avec un brin de paille, comme je fais là. Voyons ce que vous avez fait.

Il avait été satisfait de la tresse d'Isabelle, et lui avait suggéré de s'entraîner encore, tandis qu'il allait chercher d'autres cageots. Au bout de dix minutes la remise était pleine d'ail et Isabelle avait déjà réalisé plusieurs tresses. Monsieur Cabrol lui avait confirmé que son travail était bien réalisé.

- Bien. Est-ce que tout est bon pour vous ?

Isabelle fit rapidement le tour de la pièce des yeux pour voir s'il lui venait une question.

- Si je dois vous joindre, je suppose que vos coordonnées sont indiquées sur le contrat de travail ?

- C'est ça ! N'hésitez pas si vous avez une question. Ou si vous n'avez plus de quoi faire, ou au contraire si vous n'avez vraiment pas avancé, ça m'évitera un trajet pour rien ! Alors si tout est bon pour vous je vais maintenant vous laisser travailler et aller trouver d'autres ouvriers. Je pensais revenir ce lundi 6 mai, mais peut-être ne serez-vous pas là ce week-end ?

Isabelle dû réfléchir un instant pour se souvenir que mercredi serait le 1er mai, et que beaucoup de gens profitaient du long week-end pour partir.

- Oh ! Non, non, je reste là, j'ai bien l'intention de m'y mettre tout de suite !
- Très bien, alors à lundi ! Au revoir Madame !
- Au revoir Monsieur !

Ils s'étaient serré la main, et M. Cabrol avait repris la direction de son camion. Isabelle avait dû se retenir pour ne pas crier de joie ! Elle n'avait osé y croire. Avec tout ce temps où elle avait cherché du travail sans en trouver, voilà qu'on lui en avait amené à domicile ! Il lui avait fallu contempler les piles d'ail pour se convaincre qu'elle ne rêvait pas.

Elle avait décidé de s'y mettre tout de suite. Elle avait d'abord été enfiler de vieux vêtements, ainsi qu'un tablier. L'odeur de l'ail ne la gênait pas, mais elle savait aussi que c'était une odeur tenace, et ne voulait quand même pas que les gens se retournent sur son passage. Elle s'était même surprise à penser que si Lechapelier était venu, il lui aurait probablement reproché ces effluves, et en aurait fait prétexte pour lui refuser son récépissé mensuel. Elle avait donc décidé de mettre également des gants. Elle avait récupéré la vieille table de jardin, un tabouret qui se trouvait dans la cuisine, et la radio, qu'elle n'avait plus écoutée depuis le décès de Marc. Elle avait également prévu une bouteille d'eau. Une fois équipée, le poste allumé, elle s'était mise au travail avec ardeur. Au début elle s'était appliquée, puis le coup de main lui était venu et elle avait été de plus en plus vite.

Elle avait travaillé ainsi tout l'après-midi, en chantant. Les enfants l'avaient trouvée en suivant le son de la musique, et étaient restés ébahis parce qu'ils voyaient.

- Mais qu'est-ce que c'est que tout ça ? S'était étonné Karine.
- Du travail ! Avait proclamé Isabelle.
- Du travail ? avait repris Karine sur un ton d'incompréhension
Alors Isabelle avait expliqué comment elle s'était inscrite sur les listes d'ouvrier agricole à l'ANPE, et comment M. Cabrol était venu lui faire signer un contrat ce matin même. Les enfants avaient montré la même stupéfaction puis la même joie que leur mère en apprenant la nouvelle.
- Et qu'est-ce qu'il te faut faire avec tout cet ail ?
- Le tresser ! Regarde.
Et Isabelle avait fièrement réalisé une démonstration du nouvel art qu'elle venait d'acquérir.
- Est-ce que je pourrai t'aider ?! avait supplié Karine.
Isabelle avait réfléchi quelques secondes.
- Eh bien, je pense que rien ne s'y oppose. A condition que tes devoirs soient faits, bien entendu.
- J'y vais tout de suite ! avait proclamé Karine.
Et effectivement, moins d'une heure après, elle était de retour et apprenait elle aussi à tresser l'ail. Bastien ne les avait rejointes que plus tard, mais tout aussi motivé de mettre la main à la pâte. A travailler ainsi, ils n'avaient pas vu le temps passer, et c'est vers dix-neuf heures qu'Isabelle avait réalisé :
- Mais maintenant, il faudrait que je songe à faire à manger !
Elle avait alors posé sa dernière tresse et avait retiré ses gants et son tablier avant d'entrer dans la cuisine. Ce jour-là, bien que très simple, le repas avait été plein de bonne humeur, de sourires et même de rires. Il ne s'agissait pourtant que d'un contrat à courte durée et pour un salaire minimum, mais c'était tout ce dont Isabelle avait besoin : un emploi correct pour retrouver sa dignité. Ils avaient fini la journée en tressant tous les trois, puis Karine et Bastien étaient allés se coucher vers vingt-et-une heures, tandis qu'Isabelle avait continué jusqu'à vingt-deux heures avant de renoncer. Cela faisait longtemps qu'elle n'avait plus travaillé de la sorte et elle s'était sentie fourbue.
Ils avaient poursuivi sur ce rythme pendant tout le mois de mai. Pour Isabelle, chaque tresse d'ail réalisée avait représenté un peu

plus d'aisance, un peu plus de liberté, un peu plus de dignité. Cela avait signifié repousser la fatalité, repousser la lubricité, mettre une distance entre elle et son bourreau, celui qui profitait de son dénuement pour la réduire à sa merci et en faire son esclave sexuelle. Elle y avait consacré chaque minute qu'elle avait pu, ne faisant que le minimum de ménage ou de cuisine, pliant directement le linge sec sans prendre le temps de le repasser. La seule exception avait été le potager, auquel elle avait continué de consacrer le temps nécessaire. Non seulement il avait fallu continuer à l'entretenir pour que les jeunes plans ne souffrent pas, mais cela lui avait également fait une bouffée d'oxygène bienvenue en fin d'après-midi, pour la changer des murs de sa remise. Tresser de l'ail n'était pas désagréable, mais ça n'avait rien non plus de bien attrayant. Elle avait donc été contente d'avoir une autre occupation en extérieur.

Les jours où elle s'attendait à voir Lechapelier, lequel venait tous les mardis et jeudis matin avec une régularité de métronome, elle s'habillait avec des vêtements corrects et mettait par-dessus une blouse avant de passer son tablier. Lorsqu'elle entendait la sonnette, elle retirait son tablier, sa blouse et ses gants, et prenait soin de fermer la porte de la remise puis la porte de la cuisine avant d'ouvrir. Lechapelier ne s'était ainsi rendu compte de rien. Confit dans sa suffisance, ne songeant qu'à son plaisir, ne s'interrogeant nullement quant aux occupations que sa proie pouvait bien avoir, il souhaitait simplement qu'elle réponde rapidement à son coup de sonnette. Ensuite, selon l'habitude qu'ils avaient prise, ils montaient à l'étage sans un mot, Isabelle notait la date, Lechapelier signait, puis il prenait ce qu'il était venu chercher, avant de repartir, toujours sans un mot. Après quoi généralement Isabelle pleurait, se calmait, puis remettait de vieux vêtements pour retourner travailler dans sa remise. Sa seule consolation avait été que, Lechapelier ayant pris l'habitude de venir deux fois par semaine, elle avait vu sa dette diminuer d'autant plus vite. En avait-il seulement eut conscience ?

Comme il l'avait annoncé, M. Cabrol était revenu au bout de cinq jours. Il s'était montré impressionné par la quantité produite, et satisfait de la qualité. Ensemble, ils avaient vérifié le nombre de tresses confectionnées et en avaient noté le nombre sur deux papiers identiques : un pour Isabelle, un pour M. Cabrol. Ainsi, avait-il déclaré avec un clin d'œil, chacun était assuré que l'autre ne tenterait pas de l'arnaquer. En retour, il avait laissé encore plus de cageots d'ail à tresser et avait promis de revenir à nouveau dans cinq jours. Le mois de mai s'était écoulé ainsi, et au 31 il avait apporté le premier salaire d'Isabelle en même temps que la nouvelle provision d'ail. Isabelle était restée muette en voyant le montant du chèque. Elle avait travaillé entre huit et dix heures par jour, avait consacré plusieurs heures par week-end, et les adolescents l'avaient aidée autant qu'ils avaient pu. Ce qui fait que le chèque indiquait un salaire net de sept-mille-deux-cent-cinq francs. Isabelle avait tremblé en regardant ce minuscule bout de papier. Avec un tel montant, elle allait non seulement pouvoir régler la dernière mensualité de retard, celle de mai, mais également reprendre le versement anticipé de la mensualité de juin. Et il lui en resterait même pour le mois de juillet ! Isabelle avait été tellement bouleversée qu'elle n'avait su si elle devait éclater de joie ou en larmes. On était un vendredi, elle avait décidé qu'ils iraient au restaurant le lendemain pour fêter l'évènement.

    Le samedi, Isabelle, Bastien et Karine avaient quitté la maison à onze heures, à pied, en direction de la ville. Très en train, ils avaient fait le trajet en discutant de tout et de rien, riant au moindre propos, faisant des commentaires sur tout. Le soulagement qu'Isabelle avait ressenti était visible sur son visage, dans sa façon d'être, de bouger. Ses enfants en avaient été bien conscients, et s'étaient senti tout autant soulagés. Ils avaient été cruellement conscients du fardeau de leur mère, mais sans trouver comment l'aider. Bastien, tout particulièrement, depuis qu'il avait découvert le commerce qui avait lieu entre sa mère et leur propriétaire, avait été à la torture. Il avait passé des heures à ne pouvoir trouver le sommeil, à chercher une solution qu'il n'avait jamais trouvée. Pour gagner de l'argent, il fallait travailler. Mais il n'avait pas encore dix-sept ans, n'avait aucune qualification, et son travail scolaire pour obtenir son bac lui prenait déjà beaucoup de temps. Il avait eu beau tourner et retourner le problème dans sa tête, il lui avait bien fallu se rendre à l'évidence qu'il n'avait pas d'autre choix que d'attendre les grandes vacances pour pouvoir trouver un travail. Aussi, cette activité de tressage d'ail tombée du ciel était une vraie bénédiction pour lui.

Isabelle était passée à la banque pour déposer son chèque et s'assurer du délai d'encaissement. Il lui avait été répondu que la somme serait sur son compte dans cinq jours. Ils avaient pris congé et étaient parti à la recherche d'un restaurant digne de ce nom, dont le menu affichait des tarifs raisonnables. Ils avaient trouvé une petite brasserie à l'air très sympathique, dont la façade était agréablement décorée en rouge foncé, le trottoir bordé de garde-corps ouvragés et décorés de jardinières. L'intérieur, de couleur claire, équipé de fauteuils rouge foncé et de colonnes en bois, était éclairé de lampes en fer forgé, à l'ancienne. Un garçon était rapidement venu à leur rencontre, et leur avait demandé s'ils souhaitaient déjeuner en terrasse. Cette proposition ayant rencontré l'adhésion générale, ils s'étaient installés à l'ombre d'un arbre planté en plein milieu de la petite cour. Le déjeuner avait été délicieux, l'ambiance agréable, légère, ponctuée de rires, agrémentée d'une bise tiède. Ce jour-là, elle avait retrouvé la joie simple d'un bon moment passé en famille, sans soucis, sans chagrin. Ce jour-là, elle s'était dit qu'ils avaient réussi à faire le deuil de Marc, à dépasser la souffrance, à se reconstruire, à reprendre simplement une vie normale. Bien sûr, Marc serait toujours absent, et rien ne viendrait jamais le remplacer, mais il n'aurait jamais voulu qu'ils se laissent mourir avec lui. Elle était sure que, de là où il était, il approuvait leur joie et riait avec eux. Tout comme elle savait qu'il avait pleuré avec elle les jours de souffrance. Ils avaient ensuite profité de leur après-midi à flâner en ville, se contentant de regarder les boutiques sans même entrer et à seize heures Isabelle avait offert à tout le monde le luxe d'une glace ! Ils étaient enfin rentrés chez eux, détendus, heureux de cette nouvelle vie qui semblait vouloir leur sourire enfin.

Laissant ses enfants devant la télé, Isabelle s'était installée à côté d'eux à son bureau. Elle avait pris son cahier des comptes et y avait noté avec délectation la somme des sept-mille-deux-cent-cinq francs qu'elle venait de déposer à la banque. Elle était restée un moment à contempler ce nombre : sept-mille-deux-cent-cinq francs ! Une vraie fortune ! Puis, elle avait pris son carnet de chèque et avait remplis deux exemplaires : un pour solder le mois de mai encore en retard et un autre pour payer d'avance le mois de juin. Ceci fait, elle était restée à contempler pensivement ces deux chèques, avec à la fois un sentiment de délivrance, de jubilation et de revanche. Elle avait connaissance de l'appétit sexuel de Lechapelier. Elle savait quel coup elle allait lui asséner. Ce qu'elle s'était demandé, c'était comment le lui donner : le laisser venir à elle, selon l'habitude qu'il avait prise, et lui couper son élan en lui mettant les deux chèques sous le nez, lui infligeant ainsi une cuisante humiliation doublée d'une fustigeante frustration, ou éviter de le provoquer en allant le trouver elle-même dès lundi ? Après réflexion, elle jugea préférable d'éviter les bravades et d'aller au plus tôt lui régler ce qu'elle lui devait. Elle glissa donc soigneusement les deux bouts de papier sous son sous-main, en se promettant d'aller les porter lundi matin. Ils avaient passé le reste de la journée ainsi que celle de dimanche à vaquer chacun à ses occupations : devoirs, ménage, détente, ainsi qu'à tresser quelques têtes d'ail.

Le lundi matin les vit reprendre le rythme scolaire. Pour Isabelle, bien qu'elle n'en ait rien montré, c'était également l'aube d'un jour nouveau, celui où elle allait s'affranchir de sa servitude. Elle avait pensé se rendre au domicile de son créancier en début d'après-midi, mais s'était rapidement aperçu qu'elle n'arrivait à se mettre à aucune tâche, se sentant trop tendue dans l'attente de la résolution de cette situation. Elle avait donc pris le chemin de la maison de Lechapelier vers neuf heures trente, les deux chèques glissés dans la poche intérieure de sa veste. Pendant le trajet, elle avait imaginé toutes les sortes de réaction que pourrait bien avoir M. Lechapelier : colère, stupeur, agressivité, indifférence... Elle s'attendait à toutes ces réactions, et s'y était préparée. De toute façon, il ne pourrait que s'incliner.

Arrivée devant le portail elle avait sonné à l'interphone et s'était annoncée. Il y avait eu quelques secondes de silence, indiquant la surprise de Lechapelier, avant qu'il ne demande de ce ton sec dont il ne s'était plus départi depuis le décès de Marc "Que voulez-vous ?" Elle s'était dit qu'elle avait une chance sur deux pour qu'il lui pose cette question dès le portail, et une chance sur deux pour qu'il la lui pose une fois en bas du perron. Elle aurait dû s'y attendre : dédaigneux comme il l'était, il estimait qu'elle avait à justifier la raison de sa venue avant qu'il ne l'autorise à entrer dans sa propriété. Que lui-même s'autorise à la violer quand bon lui semblait ne lui donnait pas le droit à elle de se rendre chez lui sans raison. C'est d'une voix parfaitement neutre qu'elle lui avait répondu "Je viens vous régler ma mensualité, Monsieur." Il y avait eu encore quelques secondes de silence avant que le portillon ne s'ouvre, sans aucun commentaire du propriétaire. Isabelle s'était engagée dans l'allée d'un pas résolu. En arrivant au bout du chemin, face à la maison, elle avait vu Lechapelier qui se tenait sur le perron, comme toutes les autres fois. Au fur et à mesure qu'elle avait avancé, elle avait pu voir la fureur, et en même temps le dépit qu'avait trahi l'expression de son visage. Lorsqu'elle avait été à portée de voix, il lui avait jeté comme une accusation

- De quelle mensualité me parlez-vous ?

Elle avait fini de parcourir les quelques mètres qui les séparaient encore avant de lui répondre.

- J'ai retrouvé un travail, Monsieur. Je suis donc en mesure de vous régler la dernière mensualité que j'avais en retard, celle de mai, et de reprendre le règlement des mensualités d'avance, comme cela avait été convenu.

Tout en parlant, elle avait sorti les deux chèques de la poche intérieure de sa veste et les lui avait tendus. Rouge de colère, le visage congestionné, Lechapelier les lui avait quasiment arrachés des mains avant de les regarder de plus près. Isabelle avait jubilé. Et il s'en était rendu compte. Ils avaient été tous deux parfaitement conscients, à cet instant, du fait qu'il n'avait plus aucun pouvoir sur elle, de manière irrémédiable. Cela l'avait rendu fou de rage, et il avait été incapable de le lui dissimuler. Il lui avait jeté :

- Mais comment ?! Quel travail avez-vous trouvé ?! Vous étiez chez vous !
- Oui, j'ai trouvé un travail à domicile.
Lechapelier était resté sans réaction face à l'inéluctabilité de cette réponse. Il avait vociféré :
- Et vous ne pouviez pas me prévenir ?!
- C'est ce que je suis en train de faire, Monsieur.
Lechapelier aurait voulu pouvoir la gifler, refuser ses paiements en prétextant un vice de forme, le non-respect d'une clause. Il aurait voulu pouvoir invoquer un délai de préavis, en vertu duquel elle aurait été tenue de le prévenir à l'avance, ce qu'elle n'avait pas fait. Mais il avait eu beau chercher une raison irrévocable à lui présenter pour pouvoir refuser ses paiements, il n'en avait trouvé aucune. Il était donc resté silencieux, ce qui avait permis à Isabelle de clore l'entretien :
- Je reviendrai début juillet pour vous régler ma prochaine mensualité. Au revoir, Monsieur.
Et elle avait repris le chemin en sens inverse, sans attendre de réponse. Derrière elle, la porte d'entrée avait claqué avec rage. Elle n'avait pu s'empêcher de sourire avec jubilation. Dans le chemin, une fois à l'abri des regards, elle avait même libéré sa joie et sa liberté retrouvée en dansant.
Elle en riait encore, vingt ans après, toute seule devant son petit déjeuner.

Chapitre 17

Mardi 24 août 2010 - 10h30

Michel avait promis à Delphine d'essayer d'en savoir plus sur le sujet qui les préoccupait. Mais vu l'humeur sombre dont Karine avait fait preuve depuis lundi dernier, il ne lui avait pas encore parlé de la conversation qu'il avait eue avec Delphine au restaurant. Il avait estimé qu'il valait mieux attendre un peu. Il aurait voulu lui en parler le samedi après-midi, mais elle avait soudainement exprimé l'envie de faire du shopping. Comme il avait estimé que ça lui serait plus profitable, il n'avait encore rien dit. Puis dimanche, c'était Isabelle qui était venu manger, donc là encore impossible de parler, et hier ça lui était sorti de la tête.

Mais aujourd'hui, ses interrogations au sujet du nœud gordien qu'il avait découvert entre Bastien et Karine lui étaient revenues. Même si Karine faisait de louables efforts pour se montrer agréable, elle avait encore souvent le regard perdu, la mine triste, voire même parfois sombre. Et maintenant, bien qu'il lui ait dit qu'il ne voulait pas se mêler de ses rapports avec son frère, il avait changé d'avis. Il pensait même qu'il n'avait pas le choix. Le frère et la sœur, visiblement, ne s'en sortaient pas, leurs deux familles en pâtissaient, il était temps de remédier à tout ça. A tout ce bourbier, comme l'avait appelé Karine. Par chance, Isabelle appela en fin de matinée pour proposer que les enfants viennent manger et passer l'après-midi chez elle. Ils feraient du jardinage et de la pâtisserie. Comme on pouvait s'y attendre, Thomas et Chloé poussèrent des cris de joie, et ne lâchèrent plus leurs parents jusqu'à ce qu'ils soient dans la voiture. Ce fut Karine qui les emmena.

Michel prit cinq minutes pour réfléchir à la meilleure façon d'aborder ce chapitre. Il s'était dit que, quitte à parler d'un sujet aussi délicat, ça serait peut-être plus facile autour d'une bonne table, dans une ambiance agréable, avec des bougies et un bon vin. Il trouva du poulet au congélateur qu'il plaça dans le micro-onde en mode décongélation. Il prit des tomates fraîches et se lança dans la préparation d'un poulet-paprika-curry. Tout en travaillant, il se demanda quelle serait la meilleure façon d'amener la conversation. La dernière fois, Karine avait été réellement tendue. Et malgré ce qu'elle lui avait dit, il soupçonnait qu'elle taisait autre chose. A croire qu'elle dissimulait un lourd secret. Toute la difficulté de l'opération consisterait à aborder la question sans la braquer, sans qu'elle se sente traquée, puis à l'amener en douceur à exprimer ce qui lui pesait tant. Et pour chacune de ces étapes, ça n'était pas gagné.

Il éplucha et coupa les oignons en petits cubes, en versant les larmes incontournables face à ce genre de crime, puis les tomates. Laissant les légumes de côté, il mit les cuisses de poulet à rissoler dans la sauteuse. Pendant qu'elles doraient, il prépara la casserole et le riz, de l'huile et de l'eau. Une fois les morceaux de poulet bien dorés, il les mit de côté et versa une partie de l'oignon émincé à la place. Une fois que celui-ci fut bien doré, il ajouta les tomates en morceaux puis le sel, le poivre, le vin blanc, le paprika et le curry. Une fois la sauce chaude, il ajouta les morceaux de poulet cuits, attendit que la température remonte, et baissa le feu en s'efforçant de maintenir une petite ébullition. Il fit ensuite revenir le reste de l'oignon dans la casserole, ajouta le riz, et une fois devenu translucide il ajouta l'eau chaude de la bouilloire, du sel et du poivre. Il programma les minuteurs, et se mit en devoir de mettre la table dans la salle à manger : de la belle vaisselle, deux bougies, une bouteille de vin blanc moelleux, quelques fleurs dans un vase. Et la porte-fenêtre grande ouverte sur le jardin. Comme il s'y était attendu, et l'avait espéré, Karine ne s'était pas contentée de faire l'aller-retour et avait passé un moment avec sa mère, ce qui lui avait laissé le champ libre pour mettre son plan à exécution. Maintenant que le plus gros du repas était prêt, il pouvait tranquillement se mettre en quête d'un apéritif, et voir s'il n'y avait pas des glaces au congélateur.

Pendant tout le temps où il avait cuisiné, son cerveau n'était pas resté inactif. Il était de ce type d'homme qui, faisant mentir les statistiques et les psychologues, arrivait à faire deux choses en même temps. Il avait décidé de ne pas attaquer le problème de front. Mieux valait laisser Karine rentrer, l'accueillir, lui demander des nouvelles de sa mère. Ensuite... eh bien ensuite il verrait quel tournant prendrait la conversation. Peut-être que le sujet viendrait tout seul sur le tapis ? Il était arrivé à la conclusion qu'après tout, il n'était pas nécessaire de se mettre la pression à vouloir absolument parler de tout ça aujourd'hui, sous prétexte qu'ils avaient la chance que les enfants ne soient pas là. Si l'humeur de Karine ne s'y prêtait pas, mieux valait renoncer. Il trouverait bien une autre occasion.

Elle venait justement d'ouvrir la porte, vive, les cheveux au vent, toute auréolée du soleil qui entra à flot en même temps qu'elle. Et Michel se dit que décidemment, sa compagne était toujours aussi jolie que le jour où il l'avait vue à la bibliothèque de la fac. Il l'enlaça tendrement mais elle détourna la tête pour renifler l'air ambiant.

- Hum... ça sent bon ! T'as préparé à manger ?!
- Eh oui !
- Mais c'est que ça me donne faim ! Quand est-ce qu'on passe à table ?
- Ça doit encore mijoter quelques minutes mais nous pouvons prendre l'apéro en attendant.
- Volontiers !

Après lui avoir planté un baiser sur les lèvres, elle se dégagea de ses bras pour suspendre sa veste puis se dirigea vers le petit bar qu'elle ouvrit. Michel était à la fois surpris et ravi de retrouver un tant soit peu la femme à laquelle il était habitué.

- Tu veux quoi ? demanda-t-elle.
- Oh pour moi, pas d'alcool, déjà qu'il y aura du vin pendant le repas. Je vais prendre un panaché frais au frigo.
- Alors un pour moi aussi s'il-te-plaît !

Elle attrapa l'incontournable paquet de chips, des biscuits au fromage, des amandes salées et un petit bocal d'olives. Elle se dirigea vers la porte-fenêtre grande ouverte quand elle s'aperçut que la table n'avait pas été mise dehors, mais dans la salle à manger. Elle s'en étonna auprès de Michel qui revenait de la cuisine avec les deux canettes de panaché. Le ton de sa voix tenait plus de l'étonnement que du reproche.

- Tiens ? Tu n'as pas mis la table dehors ?

Michel prit conscience à ce moment-là que, dans son souhait d'avoir une conversation sérieuse avec sa femme, il avait privilégié le côté intime plutôt que le côté agréable.

- Tiens non. Je n'y ai même pas pensé. Puis il ajouta après une légère hésitation : Je préférais probablement rester dans l'intimité avec ma chérie.

- Alors va pour l'intimité, répondit-elle d'un ton joyeux en ouvrant le bocal d'olives. Elle en attrapa trois qu'elle engouffra aussitôt avant de demander en minaudant :

- Et qu'as-tu de si intime à me dire ?

Michel s'amusait souvent de la voir se comporter comme une gamine. C'est l'une des facettes qui lui avait plu chez elle : sa capacité à être enjouée et désinvolte dans les moments de détente, tout en gardant la tête sur les épaules pour les circonstances sérieuses. Elle lui avait expliqué un jour qu'elle avait fait ce choix de vie suite à tous les évènements qu'elle avait connu dans son adolescence. Elle avait pris conscience qu'il n'y a que la mort, la maladie et la souffrance qui soient tragiques. Tout le reste n'était que secondaire. Alors autant en rire.

- Monsieur Parret vous ne m'avez pas répondu. Qu'avez-vous de si intime à me demander ?

Il se sentait pris un peu au dépourvu. Devait-il lui annoncer tout de go pourquoi il avait fait toute cette mise en scène ? La minuterie du poulet qui sonna au même moment le tira opportunément d'affaire.

- Oups ! Faut que j'aille surveiller ma cuisson !

Et comme il put constater que tout était parfait, il n'eut plus qu'à amener les casseroles sur la table, alors que Karine s'attaquait aux boules de biscuit fourrées au fromage.

- Dis donc, qu'est-ce que j'ai faim ! Déjà chez maman ça sentait la popote ! Ça m'avait ouvert l'appétit, mais je n'étais pas prévue au programme, il a bien fallu que je rentre. Et voilà qu'ici c'est encore plus alléchant !!

Michel prit une rasade de panaché puis s'attaqua aux olives avant qu'il n'y en ait plus. Du coup, Karine ouvrit les amandes salées.

- Plus alléchant que ta mère ?! Ouah, quel compliment ! Comment va-t-elle ?
- Oh bien ! Son moral est bien remonté depuis samedi. Au téléphone aussi j'avais entendu qu'elle allait bien. De toute façon, elle n'aurait pas invité les enfants si ça n'avait pas été, tu la connais. Oh, ce paprikaché de poulet sent trop bon ! Je me sers, et tant pis pour les apéros.

Et elle joignit le geste à la parole, se servant une assiette copieuse qu'elle inaugura tout de suite.

- Hum !!! Que ché bon !! Mon chéri, tu t'es churpaché !! Et elle ne dit plus un mot à partir de ce moment.

Michel s'amusa un moment à la regarder, constatant une fois de plus ce côté enfantin chez sa femme : elle coupait un petit bout de poulet, qu'elle mélangeait à un peu de riz et de sauce tomate avant de s'en délecter. Puis elle recommençait. Sans dire un mot, il lui servit un peu de vin blanc qu'elle savoura tout en mangeant.

- Hum, c'est sublime !

En écoutant Karine lui donner des nouvelles de sa mère, il avait réalisé que non seulement la morosité de cette dernière coïncidait curieusement avec celle de Karine, mais qu'en plus, dans le cas d'Isabelle, elle revenait tous les ans. Il avait toujours compris les coups de cafard des uns ou des autres au mois de février, puisque c'était le mois où leur père était décédé, mais il ne s'était jamais expliqué le coup de blues de fin d'été d'Isabelle. Cette année, pour la première fois, il se demandait s'il y avait un lien entre la baisse de moral de la mère et de la fille. Et maintenant, il hésitait à aborder le sujet. Karine avait l'air si joyeuse, si insouciante. Avait-il le droit de lui gâcher ce moment ? Après tout, il n'y avait rien qui pressait ! Il estima qu'il valait mieux profiter de cet instant enchanteur et discuter ensuite.

Cette bonne résolution prise, il finit sa canette de panaché d'un trait, et se servit lui aussi une bonne assiette de riz-poulet-sauce tomate qu'il attaqua aussitôt.

- Hum ! Oui, tu as raison, j'ai bien travaillé !

Ils se régalèrent en silence, dégustant ce plat savoureux, appréciant le calme ambiant et la bonne humeur qui régnait entre eux.

Une fois leur première assiette finie ils se resservirent tous les deux, plus raisonnablement, et comme ils étaient moins affamés, ils purent reprendre leur discussion.

- Où en es-tu de la préparation de tes cours ? demanda Karine
- Ca va, j'ai avancé à peu près comme je le voulais. J'ai au moins pu reprendre mes anciennes notes du mois de septembre et les actualiser. Ceci dit, le monde de la physique n'a pas non plus fait de fulgurantes avancées ces derniers temps... Et toi ?
- Hum... je dois reconnaître que je n'ai pas avancé autant que je l'aurais voulu. Je ne suis pas complètement dans les choux, mais je n'ai quand même pas fait tout ce que j'aurais voulu. Mais comme pour toi, je pourrais très bien reprendre mes cours de l'année dernière, vu que le programme n'a pas changé.
- Oui, à mon avis ce n'est pas un crime de reprendre ses leçons de l'année précédente lorsqu'on est en retard sur son planning ! Il faut juste éviter de faire ça pendant trente ans.
- Ah bon ? Quel est le risque ? demanda Karine sur un ton railleur. Elle savait très bien qu'il avait en mémoire, comme elle, l'attitude d'un professeur de faculté qui non seulement avait conservé les mêmes notes pendant toute sa carrière, mais qui butait tous les ans sur la même phrase du même chapitre, parce qu'il l'avait mal écrite dès le début et n'avait jamais pris le temps de la corriger !
- Je risquerais de passer pour être le fils de M. Langlois, et ça ne me dit rien qui vaille !

Karine pouffa de rire en finissant son assiette.

- Oui, il y a quand même mieux comme réputation !

Elle finit pareillement son verre de vin blanc, puis pris un air gourmand en faisant mine de chercher quelque chose sur la table.

- Et où es le dessert ?
- Chère Madame, pour une fois vous n'avez pas discuté suffisamment longtemps avec votre mère, aussi n'ai-je pas eu le

temps d'en préparer un. Mais je m'empresserai d'ajouter, devant votre mine dépitée, qu'il y a des glaces au congélateur.
- J'y vais ! La tienne tu la prendras à quoi ?
- Hocolat oisettes grogantes, répondit Michel la bouche pleine.
- C'est parti !

Michel était plutôt satisfait du résultat obtenu, même s'ils n'avaient toujours pas abordé le sujet qu'il visait. Mais après tout, à quoi bon ? Son but n'était-il pas de ramener une atmosphère un peu plus joyeuse à la maison ? Pour ce coup-là, c'était réussi, il avait retrouvé la Karine qu'il connaissait depuis toujours, heureuse, enjouée, gaie. Oui, mais demain ? Il aurait aimé croire qu'elle avait définitivement retrouvé sa bonne humeur, comme Isabelle, mais avait du mal à y croire. Chez Isabelle, cette morosité revenait deux fois par an, en février et août, avec à peu près la même intensité, et repartait comme elle était venue. Chez Karine, cette morosité ne s'était jamais montrée, au début de leur relation. Elle était apparue discrètement au fil des ans, un peu plus chaque mois, un peu plus chaque année. Elle était maintenant quasi permanente. Comme un petit nuage qui apparait à l'horizon d'un ciel bleu, grossit, et finit par annoncer un orage imminent. Dans leur cas, l'orage n'avait pas encore éclaté, et semblait même s'être éloigné, mais Michel ne croyait pas pour autant que cette éclaircie allait durer. L'atmosphère avait été trop lourde pour pouvoir être chassée par une simple brise, même si elle embaumait le poulet paprika curry.

Karine revint avec les glaces à la main.
- Chocolat-noisettes croquantes pour Monsieur !
- Merci Madame.

Et comme pour leur poulet, ils déballèrent leur glace en silence avant de déguster. Cela faisait une ou deux minutes qu'ils étaient là, l'un à lécher l'autre à croquer sa glace, quand Karine demanda :
- Alors, de quoi voulais-tu me parler ?

Michel en resta ébahi. Comment avait-elle deviné qu'il voulait parler de quelque chose ?
- Qu'est-ce qui te fait croire que je veux parler de quelque chose ?

- Eh bien d'habitude, tu préfères manger dehors plutôt que dedans, et tout à l'heure tu m'as dit que si tu avais mis la table à l'intérieur, et pas à l'extérieur, c'est parce que tu voulais de l'intimité. Comme je ne pense pas que tu veuilles à nouveau me demander de partager ta vie, c'est que tu as quelque chose à me dire.

Michel se mit à rire franchement.

- Et moi qui croyais que j'étais un mec discret !
- Pas pour moi ! Nous sommes ensemble depuis trop longtemps maintenant ! Je te connais par cœur ! Elle reprit un ton sérieux, en dehors du fait qu'elle léchait toujours sa glace. Alors, de quoi voulais-tu me parler ?

Michel réfléchit un instant, car il ne voulait pas que le sujet tombe comme un cheveu sur la soupe, pas après avoir retrouvé sa femme avec un si bon moral. Ce laps de temps fut court, mais suffisamment long pour que Karine prenne l'avantage.

- Tu voulais me parler de Bastien ?

Il ouvrit de grands yeux, une fois de plus stupéfait de voir qu'elle avait vu clair dans ses pensées. Mais il devait avouer que cette avancée l'arrangeait bien, surtout que Karine avait dit cela sur un ton calme, et à la fois déterminé, tout en léchant sa glace. Elle ne semblait plus en proie à l'angoisse comme la dernière fois.

- Oui, effectivement, tu as bien compris, je voulais à nouveau te parler de Bastien. Je sais, j'avais dit que je ne m'en mêlerais plus et que je vous laisserais vous débrouiller entre vous, mais... il se trouve que j'ai discuté avec Delphine la semaine dernière.

Là, ce fut au tour de Karine d'ouvrir de grands yeux étonnés. Mais elle ne l'interrompit pas et continua à lécher l'intérieur de son cornet avant de le croquer, les yeux braqués sur Michel. Il poursuivit :

- Delphine m'a appelé, mercredi dernier, pour me dire qu'elle voulait me voir.
- Elle t'a appelé ?!
- Oui. Elle n'allait pas bien. Elle venait de se disputer avec Bastien, et ça lui pesait tellement qu'elle avait besoin d'en parler avec quelqu'un.

Karine ne dit pas un mot. Elle croqua le dernier bout de son cornet, celui qui est trempé dans le chocolat pour éviter que la glace ne coule en fondant, et continua à écouter en gardant les yeux sur son conjoint. Michel poursuivit :

- En fait, ce n'est pas tellement le fait qu'elle se soit disputée avec Bastien qui lui pesait, mais plutôt la cause de leur dispute.

Karine avala sa dernière bouchée et se servit un verre sans faire aucun commentaire.

- Delphine trouve bizarre le fait qu'à chaque rencontre familiale, vous vous retrouvez toujours, toi et Bastien, dans un coin du jardin ou de la maison pour discutailler entre vous. Nous en avons parlé, dimanche dernier, lors de la dernière rencontre familiale. Elle et moi nous sommes interrogés sur le sujet de votre conversation, ou plutôt de vos conversations. Parce que moi aussi, j'ai remarqué que vous vous retrouvez en fin de journée pour parler entre vous. Et ça nous fait drôle, à Delphine et moi, parce qu'il nous semble que nous avons déjà discuté de tout ce qui est possible et imaginable au cours de la journée, et pourtant vous trouvez toujours quelque chose de plus à vous dire en fin de journée. Et toujours juste entre vous.

Karine continuait à l'écouter en silence. Son visage restait neutre, il n'exprimait aucune émotion. Michel estima qu'il lui fallait continuer sur sa lancée.

- Et Delphine et moi-même ignorons toujours de quoi vous parlez. Comme si c'était un secret. Que ce soit moi, que ce soit elle, nous n'avons jamais pu obtenir de toi ou de Bastien, ou même de ta mère, un quelconque éclairage sur le sujet de vos discussions.

Là, Karine avait baissé les yeux sur la table pendant un moment avant de les relever, comme si elle se sentait coupable.

- Comprends-moi, ça n'est pas un reproche, juste un constat. Bastien et toi avez parfaitement le droit de discuter entre vous. Mais... pour reprendre l'expression de Delphine, c'est le côté à la fois répétitif *et* secret qui... qui nous gêne.

Karine baissa à nouveau les yeux.

- Et il n'y a pas que ça : Delphine m'a dit que Bastien s'était mis dans une colère noire à chaque fois qu'elle lui en avait parlé.

Il y eut un silence. Michel prit un ton plus chaleureux pour continuer son exposé.

- J'ai toujours considérer ton frère comme quelqu'un de bien. Un gars solide, sérieux, sympa aussi. Quelqu'un à qui on peut faire confiance. Peut-être aussi parce que tu me l'as toujours présenté comme ça ?... Et j'ai été très étonné d'apprendre qu'il était capable de se mettre dans des colères noires pour un truc aussi anodin.

Il y eut un nouveau silence.

- Enfin, anodin en apparence... Mais peut-être que ça ne l'est pas pour vous deux. Ou pour lui.

Karine gardait le silence et les yeux baissés sur la table.

- Chérie, si j'ai décidé de m'en mêler c'est parce qu'il me semble que cette situation vous dépasse, toi et Bastien. J'ai bien vu que cela fait des mois que tu vas mal. Et Delphine qui me dit que Bastien pète un câble parce qu'elle lui fait remarquer que votre attitude est déroutante, et se barre pendant trois jours en lui faisant la tête... Je me demande si vous n'êtes pas trop impliqués tous les deux pour vous en sortir seuls.

Il prit un ton plus doux et se pencha vers elle en s'accoudant à la table.

- Chérie, est-ce que tu pourrais m'en dire un peu plus ?

Karine resta un instant silencieuse. Un instant seulement. Puis elle releva les yeux sur Michel. Elle avait un air déterminé. Triste, mais déterminé. Elle n'avait plus du tout cet air effondré de la semaine passée.

- J'étais déjà au courant de ce que tu viens de me dire.

Là, ce fut Michel qui ouvrit de grands yeux surpris. Mais il la laissa poursuivre.

- Pendant que Delphine demandait à te voir, Bastien m'a fait la même demande. Nous nous sommes rencontrés samedi dernier, chez ma mère.

- Ah c'était donc ça la fameuse sortie shopping dernière minute !

Elle eut un petit sourire triste.

- Eh oui, tu vois, j'ai de la ressource. Et toi, ça s'est fait quand ta rencontre avec Delphine ?

Il eut une moue coupable.

- Jeudi dernier. Le sandwich pour rattraper mon retard...
- Ah ! Je vois que toi aussi tu as de la ressource...

Son sourire s'évanouit lorsqu'elle reprit le cours de son récit.
- Bastien ne va pas bien. Il m'a raconté à peu près la même chose que ce que tu viens de me dire. Ce que tu ne sais pas encore, et que Delphine ne savait probablement pas elle-même quand elle t'en a parlé, c'est que leur dispute l'a fait beaucoup réfléchir. Il m'a dit que ça a fait remonter chez lui des angoisses qui datent de très longtemps.

Michel fronça les sourcils et croisa les bras.
- Des angoisses ? Des angoisses au sujet de quoi ?

Karine hésita un moment avant de répondre. Elle baissa à nouveau les yeux.
- Il ne sait pas.
- Il ne sait pas ?
- Non.
- Est-ce que ça daterait du décès de votre père ?

Karine hésita à nouveau. Elle gardait les yeux baissés.
- Oui, plus ou moins.

Il semblait à Michel que Karine lui mentait. Ou qu'elle lui cachait quelque chose. Ou était-ce Bastien qui lui avait demandé de ne rien dire ? En tout cas, elle était mal à l'aise. Sinon, pourquoi aurait-elle évité son regard ? Mais elle releva et la tête et poursuivit :
- Pour le moment il ne sait pas d'où lui viennent ces angoisses. Mais nous n'avons pas eu le temps d'en parler plus que ça : ma mère était sortie, elle allait bientôt rentrer, et nous ne voulions pas qu'elle nous trouve là. Alors nous avons arrêté notre discussion et décidé de nous revoir plus tard. Mais nous n'avons pas encore décidé quand.

Il y eut un silence. Michel avait un soupçon, mais il était délicat de le formuler.
- Et toi, as-tu une idée de ce qui lui cause ces angoisses ?

Karine baissa immédiatement les yeux, ce qui confirma Michel dans l'idée qu'elle lui cachait quelque chose. Elle semblait toujours mal à l'aise. Elle hésita un instant avant de dire, l'air à regret :
- J'ai un soupçon, mais je dois d'abord en parler avec lui.

- Et tu ne peux pas en parler avec moi ?
- Non. Pas tant que je n'en aurai pas parlé avec Bastien.
- Ok.

Ils restèrent silencieux encore un moment. Michel aurait aimé poser d'autres questions, mais il craignait de passer pour intrusif, insistant. Bien que cela lui coûta, il prit le parti de ne plus rien demander. Il se contenta de dire d'une voix douce :
- Je te remercie de m'avoir partagé tout ça. Je vois que ça n'est pas facile pour toi.

Karine releva la tête. Elle avait retrouvé son air déterminé.
- Je te remercie de m'avoir écoutée.

Elle poussa un soupir.
- Et non, ça n'est pas facile...

Il y eut un silence avant qu'elle poursuive :
- Mais il faut en passer par là. Comme tu l'as si bien dit, je ne vais pas bien, Bastien ne va pas bien... Si notre souci respectif a la même source, comme je le suppose... il nous faut décortiquer ça avant que ça nous bouffe encore plus...

Elle resta encore un moment silencieuse avant de continuer :
- Pour le peu que nous avons discuté ça m'a déjà fait du bien. C'était ce silence qui me bouffait, ces non-dits... ces allusions évasives sans jamais aborder le fond du problème... maintenant que Bastien a bien voulu commencer à en parler... je suis décidée à aller jusqu'au bout.

Elle s'interrompit un instant avant de poursuivre :
- Bien que je ne sache pas si la solution finale sera meilleure ou pire...

Malgré ses déterminations, Michel ne put s'empêcher de demander :
- Tu penses que vous arriverez à faire le tour de la question ?
- Oui. Je pense. Si c'est bien ce que je crois, ça sera vite dit.
- Et après ?
- Après ?

Elle baissa à nouveau les yeux sur la table, l'air effrayée, avant de regarder dans le lointain.
- Après je ne sais pas...

Michel eut la confirmation à cet instant que l'éclaircie n'allait pas durer et que la menace d'un orage restait bien présente. Et il se demanda ce qui allait se passer lorsque l'orage éclaterait.

Chapitre 18

Mercredi 25 août 2010 - 14h00

Isabelle profita de sa bonne humeur retrouvée pour se livrer à quelques opérations de nettoyage. Le fait d'avoir pensé à la remise où elle avait tressé son ail lui avait donné envie d'y faire un peu de rangement. En effet, elle avait pris conscience qu'elle n'avait jamais vraiment fais de tri dans cette pièce. Elle avait tendance à y entasser les objets dont elle ne se servait plus en pensant les trier plus tard, mais ce plus tard n'était jamais vraiment venu. Elle n'en utilisait finalement qu'une partie, où elle rangeait ses outils de jardinage, et le reste de la pièce était un débarras dans un désordre indescriptible. Elle s'était dit qu'il était temps de remédier à tout ça.

Elle commença à sortir le matériel qui s'y trouvait, en alignant au fur et à mesure, contre le mur extérieur, les affaires qu'elle souhaitait garder : les outils de jardinage, de bricolage, l'arrosoir… Elle sortit la vieille table de jardin, celle sur laquelle elle avait trié son ail, y passa un bon coup de chiffon puis la lessiva au jet d'eau. Elle la considéra un instant en se demandant si ça valait encore le coup de la garder. Elle se dit qu'elle y réfléchirait plus tard, au moment de la ranger. Elle poursuivit ce déballage pendant une bonne heure, à découvrir de vieux objets devenus inutiles qu'elle jeta dans un grand sac poubelle, d'autres qu'elle était ravie de retrouver, d'autres dont elle se demandait même d'où ils provenaient. Elle vida ainsi la première étagère, qu'elle épousseta autant qu'elle le put, en faisant tomber la poussière par terre. Elle n'aurait plus qu'à balayer à la fin, et là, il y aurait de quoi faire !

Avant de s'attaquer à l'étagère suivante, elle dut d'abord ôter tout un attirail qui avait été entassé devant par les enfants. Elle trouva d'abord de grands cartons sur lesquels ils avaient fait des exposés pour l'école, et dont ils n'avaient pas voulu se séparer en pensant à la masse de travail que ça leur avait demandé. Elle les épousseta du mieux qu'elle put et les plaça dans la cuisine en vue de leur demander plus tard s'ils souhaitaient les garder. Dans quel cas il les prendrait chez eux ! Elle avait assez de bazar sans encore garder de vieux travaux scolaires. Elle trouva ensuite un amoncellement de bâtons et de branchages, de ceux qui dataient de leur enfance quand ils voulaient rassembler les matériaux les meilleurs pour construire la meilleure des cabanes. Cabane qui n'avait jamais vu le jour. Le tout étant copieusement enchevêtré de toiles d'araignées et de poussière, elle prit l'ensemble à bras le corps pour tout jeter dans le jardin. Elle veillerait plus tard à amener tout ça à la déchetterie. Elle put enfin atteindre l'étagère suivante, où elle procéda comme pour la première : à la poubelle les vieux trucs inutiles ou cassés, contre le mur les choses à nettoyer et à ranger. Elle attrapa l'anse d'un panier, tellement rempli de vieux chiffons qu'il en devenait invisible. Seule l'anse qui dépassait suggérait qu'il s'agissait d'un panier. Elle voulut le poser à terre pour en trier le contenu quand l'anse se rompit. Les chiffons roulèrent de côté tandis qu'une masse de fleurs sèches et jaunis se répandit à terre. Isabelle resta pétrifiée. Devant ce bouquet de fleurs fanées, un flot de souvenirs lui revint à la mémoire et l'angoisse la saisit au ventre. Terrifiée, elle porta son poing à sa bouche et se mordit l'index, ignorante de la saleté qui le recouvrait. La vue de ce bouquet de fleurs, oublié là depuis vingt ans, la ramena instantanément dans le passé.

Elle se souvint qu'après avoir réglé ses deux dernières mensualités à Lechapelier, et s'être ainsi affranchie de sa servitude, elle avait continué à travailler l'ail pendant tout le mois de juin. Galvanisée par son premier gain, elle avait maintenu son effort en espérant gagner une somme assez similaire. Les enfants l'y avaient d'ailleurs aidée, comme le mois précédent. Elle avait ainsi pu engranger sept mille cinq cents cinquante francs et début juillet, comme promis, elle avait pu aller régler la mensualité courante à M. Lechapelier, en échange des quittances restées en attente. L'homme s'était exécuté, de mauvaise grâce bien entendu, mais Isabelle avait quand même pu obtenir ses dernières attestations. Son contrat de travail avait pris fin, elle et M. Cabrol s'étaient cordialement serrés la main, et ce dernier l'avait quittée en lui disant qu'il ne manquerait pas de la recontacter l'année prochaine.

Elle était repartie, en début d'été, relancer les agences d'intérim. Etait-ce dû à son sourire tout neuf ou aux absences dues aux congés annuels, on lui avait proposé un remplacement en secrétariat pour un mois. Elle avait accepté avec plaisir, et avait commencé le lundi suivant chez Clim'Air une entreprise de pose d'appareils de climatisation. Son travail était simple : assurer le standard, renseigner les clients lorsque le correspondant était absent, et taper les devis qui lui étaient confiés. De son côté, Bastien avait trouvé un travail à temps partiel au McDonalds pour tout l'été. Il aurait préféré un temps plein, mais avait dû se contenter de ce qu'on avait bien voulu lui donner. Il avait déploré tout ce "temps perdu" à ne rien faire, mais Isabelle lui avait rappelé que les vacances étaient faites pour se reposer, et lui avait fait remarquer qu'ainsi sa sœur serait moins seule. En effet, à seulement treize ans, il n'était pas possible pour Karine de travailler. Qu'allait-elle donc faire, toute seule toute la journée ? Cet argument avait apaisé Bastien qui avait ainsi trouvé son équilibre entre son travail et sa sœur. Pour ne pas être en reste, Karine avait pris le parti de s'occuper du ménage et des repas. Le mois de juillet était passé ainsi, avec en prime la bonne nouvelle que Bastien avait obtenu une bonne note à son bac de français.

Le contrat d'intérim chez Clim'Air avait pris fin, et Isabelle était déjà en train de faire les démarches pour toucher le chômage quand l'agence d'intérim l'avait rappelée à la mi-août : une entreprise de services ambulanciers avait besoin d'une standardiste-coordinatrice en urgence. En l'absence de la secrétaire, la direction avait pensé pouvoir dispatcher les appels entre le comptable et les quelques ambulanciers disponibles, pour finir par se rendre compte que la situation n'était pas tenable. Isabelle avait accepté ce nouveau contrat avec joie, mais s'était rapidement aperçue que l'ambiance était loin d'être appréciable. Elle s'était rassurée en se rappelant que le contrat n'était que de courte durée et s'était motivée chaque matin en ne songeant qu'à la rémunération.

Septembre était arrivé et avec lui la rentrée. Karine avait repris le chemin du collège, et Bastien celui du lycée, avec un bac à obtenir en fin d'année. Il avait fallu racheter des vêtements neufs, ainsi que l'incontournable matériel scolaire, et Isabelle avait dû puiser dans ses économies, d'autant plus qu'elle avait tenu à régler quelques autres dettes en souffrance, comme le gaz ou l'électricité. Malheureusement, il n'y avait pas qu'auprès de Lechapelier qu'elle avait eu des arriérés. Elle avait été un peu affligée de voir comment l'argent était vite parti, mais s'était consolée en se disant que les enfants n'auraient au moins pas à souffrir d'être mal habillés, ou de ne pas avoir leurs outils de travail, et que par ailleurs elle débutait l'année scolaire en ayant entièrement apuré ses dettes. D'autant plus que l'agence d'intérim lui avait versé cinq mille cinq cents vingt francs pour son salaire de juillet chez Clim'Air, et deux mille deux cents soixante treize francs pour son intervention au service d'ambulances. Elle avait donc de quoi voir venir.

Une fois la rentrée passée, et après deux semaines sans activité, elle était retournée auprès de l'agence d'intérim. La personne à l'accueil lui avait indiqué qu'ils n'avaient rien pour elle dans l'immédiat. Le monsieur avait précisé, sans réaliser la cruauté de ses paroles, que s'ils avaient fait appel à elle cet été c'était parce les grandes vacances étaient toujours une période où les besoins en personnel étaient accrus, en raison des départs en congé, et les ressources réduites, pour les mêmes raisons. Ce qui donnait l'opportunité à des gens comme elle, qui avaient moins d'expérience, d'obtenir des contrats. Mais une fois tout ce monde revenu, salariés et intérimaires, les opportunités se faisaient plus rares. Isabelle en avait été un peu affligée. Mais elle s'était ressaisie et avait fait remarquer que, peu importaient les raisons pour lesquelles elle avait obtenu ces postes, le principal à ses yeux était qu'elle avait mené chaque mission à bien, et qu'elle espérait ainsi qu'on lui en confierait d'autres. Le monsieur lui avait redit qu'ils n'avaient rien pour elle dans l'immédiat, mais qu'elle pouvait repasser régulièrement pour vérifier les offres.

Elle n'en était pas restée là et était également passée dans les autres agences d'intérim, ainsi qu'à l'ANPE. Mais là non plus, elle n'avait rien trouvé qui lui corresponde, que ce soit temporaire ou définitif. Elle avait espéré obtenir un contrat pour faire des vendanges, mais les producteurs avaient procédé aux recrutements pendant le mois d'août, tandis qu'elle était en contrat au service d'ambulances. Elle en avait été dépitée, mais avait décidé de rester positive. Non seulement elle bénéficiait du chômage, mais en plus elle avait pu mettre de côté plusieurs milliers de francs qui lui permettraient de tenir plusieurs mois, sans compter les salaires de Bastien. En effet, son fils lui avait fièrement annoncé que s'il avait travaillé, c'était pour subvenir aux besoins de la famille. Isabelle l'avait chaleureusement remercié, mais avait ajouté qu'elle espérait bien n'avoir jamais à lui prendre son argent, que ce n'était pas à lui à régler les dépenses de la maison, et qu'elle ferait son possible pour qu'il puisse garder son pécule. En tout cas, elle avait été fière de lui.

Puis le mois de septembre s'était écoulé, ainsi que celui d'octobre, sans qu'aucune offre de travail n'ait été faite à Isabelle. Son droit aux prestations chômage était déjà épuisé, son positivisme s'était envolé, laissant la place à l'angoisse. Cette situation avait pour elle un horrible goût de déjà vu, contre lequel elle tentait de lutter. Mais que faire contre la fatalité ? Est-ce qu'il suffit de se convaincre que tout va bien et de rester souriante pour voir les offres d'emploi voler vers vous ? Elle ne savait que trop bien comment tout cela pouvait finir… Pourtant, début novembre, une autre agence d'intérim l'avait contactée pour lui proposer un travail de mise en rayon, un remplacement maladie. Elle avait accepté avec empressement. Le mois de novembre s'était ainsi écoulé un peu plus sereinement, ce nouveau poste lui octroyant par ailleurs de nouvelles allocations chômage pour le mois de décembre.

Mais une fois son contrat fini, le mois de décembre s'était écoulé dans la même attente angoissée, sans but. Elle avait pourtant décidé de fêter Noël dignement, avec un vrai sapin, même s'il avait été petit, un vrai réveillon, même s'il avait été simple, et des cadeaux pour les enfants, même s'ils avaient été de tailles modestes. Ces derniers s'étaient cotisés pour pouvoir eux aussi offrir quelque chose à leur maman. Toute cette bonne volonté avait fait que leur Noël avait été bien plus joyeux que celui de l'année précédente. Le Nouvel an avait été célébré de la même façon, et c'est avec un moral bien meilleur qu'ils avaient tous commencé l'année 1992.

Malheureusement, les mois qui avaient suivi n'avaient pas donné raison à leur optimisme. Les relances répétées d'Isabelle n'avaient eu aucun résultat, si ce n'est à nouveau de la mise en rayon au mois de février, qui lui avait juste permis de reprendre un peu son souffle. Pas pour longtemps. Fin mars, ses économies étaient à nouveau épuisées. Elle avait quand même réussi à régler d'avance la mensualité du mois d'avril, en s'efforçant de cacher son désarroi à Lechapelier face à la perspective de ne pas être en mesure de régler la suivante. Courant avril, elle avait appelé M. Cabrol, le producteur d'ail qui lui avait donné du travail l'année précédente, espérant qu'il pourrait à nouveau lui proposer un contrat pour cette année. Sa déconvenue avait été grande : M. Cabrol lui avait appris avec regret qu'il ne serait pas en mesure de lui donner du travail. Un gel tardif avait ruiné une grande partie de la récolte, et ses employés réguliers suffiraient amplement à s'occuper du peu qui restait. Lui-même se trouvait dans une situation financière délicate. Il regrettait bien de devoir lui dire non, mais vraiment, il ne lui était pas possible de répondre favorablement à sa demande. Ils s'étaient salués tristement l'un l'autre, et Isabelle n'avait pu que raccrocher, plus abattue que jamais. Elle avait tellement compté sur ce travail...

Fin avril, la mort dans l'âme, elle se vit contrainte de demander à Bastien s'il voulait bien lui avancer le montant des salaires qu'il avait gagnés l'été précédent. La réaction de son fils lui avait mis du baume au cœur : il avait accepté avec empressement, et même avec joie, disant qu'il n'avait travaillé que dans ce but, qu'au moins ainsi il se sentait utile. Avec cette somme, elle avait pu régler la mensualité du mois de mai, ainsi que les autres charges en attente. Au moins n'avait-elle pas d'arriéré. Mais que faire pour l'avenir ?

Durant tout le mois de mai, elle se crut revenue un an en arrière, où chaque seconde était une torture, à attendre l'inéluctable : le jour où elle devrait avouer à Lechapelier qu'elle n'avait à nouveau plus de quoi le régler, où il aurait à nouveau tout pouvoir sur elle. Elle n'arrivait plus à positiver, ni même à cacher son désespoir à ses enfants. Elle savait qu'elle aurait dû relancer les agences d'intérim, re-passer à l'ANPE, retourner voir l'assistante sociale, mais elle n'y arrivait plus. Tant de fois, elle avait fait ces démarches, tant de fois elle s'était vu opposer tant de refus. Il lui semblait que la société la regardait crever sans bouger le petit doigt, la poussait sur le bas-côté pour mieux se débarrasser d'elle. Pourquoi est-ce qu'on lui en voulait tant ? Pourquoi est-ce que personne ne lui donnait sa chance ? Elle ne demandait pas la lune, juste un travail décent pour vivre dignement. Ou bien était-elle tellement indigne de vivre ?

Le jeudi 4 juin au matin, soit précisément un an après qu'elle se soit affranchie de sa servitude, et alors que le temps était magnifique et annonçait l'été tout proche, elle avait pris le chemin de la maison de Lechapelier, la mort dans l'âme. Si ce n'était ses enfants, elle aurait préféré se laisser mettre à la porte. Devenir sdf. Ou même, se jeter d'un pont. Mais ses enfants étaient là, et pour eux, elle devait se battre jusqu'au bout. Elle aurait pu essayer de se convaincre que ça n'était pas si grave. Que bien que déplaisant, ça valait quand même mieux que le dénuement, la privation, ou même la mort. Mais elle n'y arrivait pas. Redevenir la maîtresse de Lechapelier était pour elle pire que la mort. C'était une vie de morte-vivante : vivante en apparence, morte à l'intérieur. Chaque relation sexuelle avec ce fumier revenait pour elle à se faire inoculer la mort à petite dose. Et cette fois-ci, viser l'obtention d'un justificatif ne la consolait absolument pas. Elle ne pensait qu'à l'immonde moyen par lequel elle allait devoir passer pour l'obtenir.

Elle avait sonné comme d'habitude au portillon qui s'était ouvert sans qu'un mot n'ait été prononcé. Elle avait remonté l'allée à pas lents, comme une condamnée va à l'échafaud. Au bout de l'allée, elle avait vu Lechapelier qui l'attendait déjà sur le pas de la porte, comme à son accoutumée, l'air visiblement agacé d'avoir dû attendre, et même surpris. Il l'avait regardée emprunter l'allée sablonneuse qui traversait la pelouse jusqu'au perron, avant qu'elle ne se tienne devant lui, l'air tellement abattue qu'il ne lui avait pas été nécessaire de prononcer le moindre mot.

L'irritation de Lechapelier s'était effacée. Il l'avait regardée d'abord avec une extrême surprise, avant de comprendre et de dire à voix basse "Je vois, vous n'avez plus d'argent". A quoi Isabelle avait acquiescé d'un léger signe de tête, le regard toujours baissé. Une ombre de sourire était alors apparue sur le visage de l'homme, tandis que l'expression de ses yeux était devenue plus vive, l'ensemble de son visage exprimant la satisfaction, et même la jubilation. Alors qu'il ne s'y attendait pas, alors que la frustration de l'abstinence l'avait dévoré depuis des mois, un an maintenant, voilà que les circonstances avaient joué en sa faveur et lui avaient ramené l'objet de sa convoitise. Sûr de son acquis, dominateur, il avait lancé "Je suppose que vous avez conscience qu'il n'est pas nécessaire d'attendre, comme la dernière fois, que votre dette atteigne des sommets ?". Elle n'avait rien répondu. Elle aurait voulu mourir. Il s'était retourné et avait ouvert la porte en grand, l'invitant ainsi à entrer. Elle n'avait pas esquissé un mouvement. Il avait lancé d'un ton sec "Allons, soyez raisonnable ! Nous n'allons pas attendre que vous cumuliez les retards comme la dernière fois. Je ne l'accepterai pas. Nous n'allons pas non plus attendre que vous trouviez un travail hypothétique que vous perdrez de toute façon aussitôt. Soyez raisonnable et entrez".

Vaincue, elle avait gravi les marches du perron, la tête toujours basse, et était entrée. Il avait fermé la porte derrière elle puis l'avait précédée, comme la dernière fois, en direction de la chambre située au rez, derrière le hall d'entrée. Il l'avait faite entrer dans la pièce dont les volets étaient légèrement tirés, et avait refermé la porte. Elle était restée sans bouger, la tête toujours basse. Il était resté un moment à la regarder, savourant sa victoire, ne réalisant pas encore que ce moment qu'il espérait, qu'il désirait depuis tant de mois était enfin arrivé. Il lui avait alors ordonné de se déshabiller. Mais, au lieu de se détourner comme il en avait l'habitude, pour se déshabiller lui aussi, il l'avait regardée faire avec une satisfaction visible. Il tenait sa proie, et il était bien décidé à lui faire payer tout ce qu'elle lui avait fait endurer depuis un an : le rejet, l'humiliation, et surtout l'abstinence. Il n'avait pas accepté qu'une femme, et de basse classe qui plus est, ait osé se jouer de lui ainsi. La prochaine fois, elle y réfléchirait à deux fois avant de le traiter comme un vulgaire valet.

Après qu'elle ait été en sous-vêtement, il lui avait ordonné "Déshabillez-vous complètement". Elle avait obéi en pleurant. Loin de se laisser attendrir, l'homme s'était rapproché d'elle et l'avait toisée, la dévorant des yeux. Il avait songé à cette scène plusieurs fois. Il s'était douté, il avait espéré qu'à nouveau, elle serait sans argent, et qu'à nouveau elle aurait des dettes envers lui. Il avait eu le temps de méditer sur la façon dont il allait lui faire payer son affront. Il avait repassé la scène dans sa tête des dizaines de fois. Et aujourd'hui, il n'avait plus qu'à la jouer. A sa façon. Il avait avancé la main et avait commencé à lui caresser les seins. Il avait oublié combien ce contact était doux, chaud et moelleux. Isabelle avait oublié combien ce contact était corrosif. Comme il se l'était répété cent fois, il devait faire attention à prendre son temps. A la fois pour bien la punir, et pour récupérer le temps perdu. Aussi parce qu'il avait eu conscience qu'à trop vite assouvir son désir, il se dévoilait devant elle comme étant avide et sans retenue. Mais dans ses plans, il avait oublié combien ce contact charnel l'excitait. Et combien l'abstinence l'avait rendu inflammable.

Il s'était rapproché pour pouvoir utiliser ses deux mains. Comme les fois précédentes, il s'était longuement joué de cette femme éperdue, que la vie avait amenée à sa merci. Sans aucune compassion. Une fois cette première approche effectuée, pressé par son désir, il l'avait dirigée vers le lit pour pousser plus loin ses investigations, loin de se laisser attendrir par les larmes qui ruisselaient en silence sur le visage de cette femme. Une fois allongés, oubliant sa résolution, face à ce corps qui l'envoûtait et qui lui avait manqué, il s'était emballé comme la première fois. C'avait été presque par hasard qu'il avait remarqué le préservatif qu'Isabelle avait amené et jeté sur le lit en arrivant, dans un dernier sursaut de lucidité. Au comble de l'excitation, galvanisé par l'abstinence, il avait quand même réussi à mettre en place le capuchon avant de prendre possession de cette femme, comme il aurait saisi un tisonnier pour attiser le feu ou une télécommande pour changer de chaîne : sans aucun état d'âme. A ses yeux, si cette femme se trouvait dans cette position, c'est parce qu'elle avait forcément mal géré quelque chose. On ne se retrouvait pas dans une telle disette sans en être personnellement responsable. Elle n'avait qu'à assumer. Et, vu sa position sociale et son peu de qualification, elle se trouvait précisément à la seule place qu'elle était capable de tenir, celle pour laquelle la nature l'avait constituée : avec des formes pareilles, elle était faite pour le sexe. Elle n'avait qu'à accepter sa condition. Mais pour l'instant, toutes ces considérations qui étaient pourtant les siennes étaient bien loin de son esprit. Pour l'instant, il ne songeait qu'à assouvir enfin le désir qui le taraudait depuis des mois, et à punir cette belle garce qui s'était refusé à lui, en redoublant de possessivité.

Quand il s'était enfin relevé, Isabelle pleurait toujours à chaudes larmes. Toujours en silence. Des larmes intarissables. Il n'en avait eu aucune émotion. Pas un regard, pas un geste, pas une parole. Il s'était rhabillé, sans précipitation ni lenteur, en homme sûr de lui. Une fois vêtu, et avant de quitter la pièce, il s'était tourné vers la femme nue qui pleurait sur le lit et lui avait dit sur un ton qui n'admettrait pas de réplique : "Vous reviendrez mardi. Inutile d'apporter votre ridicule bout de papier, je ne le signerai pas. En fin de mois, vous aurez votre attestation mensuelle, à condition que vous veniez bien régulièrement deux fois par semaine. C'est ça ou rien. Et vous ne viendrez plus le jeudi, mais le vendredi. Mardi et vendredi. Je vous laisse quinze minutes pour vous rhabiller, ensuite, je veux que vous ayez quitté ma maison. Si vous n'êtes pas partie dans quinze minutes, vous reviendrez samedi en dédommagement." Sur quoi, il avait quitté la pièce. Ces dernières paroles avaient produit un coup de fouet sur Isabelle. Toujours pleurant, anéantie, elle s'était rhabillée à la hâte et avait trouvé seule la sortie avant de prendre en sens inverse le chemin de sa maison.

Une fois rentrée, elle n'était pas parvenue à retrouver son calme. Le coup subi avait été trop violent. Elle se sentait au fond du gouffre, ensevelie. Elle ne savait plus où chercher de l'aide, où appeler au secours. Elle ne voyait aucune issue. Hormis ce qui la répugnait au plus haut point : se prostituer à cet individu qu'elle ne parvenait plus à considérer comme un homme. Elle pensait de plus avoir perdu son seul avantage : le tenir à distance en le menaçant de le priver de sexe. Apparemment, cette absence d'un an l'avait convaincu qu'il pouvait s'en passer. Ou bien voyait-il quelqu'un d'autre ? Elle n'aurait su le dire. Peu lui importait. Tout ce qu'elle avait compris, c'est qu'elle aurait à rencontrer ce type abject deux fois par semaine. Et en plus, ça serait à elle de faire le trajet à présent. Elle était vaincue, écrasée, anéantie.

Les enfants étaient rentrés pour le déjeuner et l'avaient trouvée dans cet état. Elle avait juste réussi à cuire quelques pâtes et sortir un paquet de jambon. De toute façon, elle n'avait guère les moyens de faire mieux. Aux questions pressantes de ses enfants, elle avait juste répondu qu'ils n'avaient plus de sous. Puis elle s'était murée dans un silence dépressif, n'avait pas touché à son assiette. Karine avait été accablée de voir dans quel état était sa mère mais n'avait pas dit un mot. Quand à Bastien, après un premier moment de stupeur, son visage s'était fermé puis crispé. Lui non plus n'avait pas dit un mot. Son regard avait été noir, comme s'il avait été en rage. En posant les yeux sur lui, l'espace d'un instant, il avait semblé à Isabelle qu'il savait. Leurs yeux s'étaient croisés et Bastien avait soutenu le regard de sa mère, d'un air à la fois haineux et désespéré, la mâchoire serrée. C'était Isabelle qui avait détourné ses yeux en premier. Comment aurait-il pu savoir ? Il avait toujours été absent quand elle avait rencontré Lechapelier. De toute façon, elle était en miettes. Elle n'avait pas eu envie de s'embarrasser de ce genre de question.

Elle avait été contrainte de retourner voir Lechapelier durant tout le mois de juin, puis pendant les vacances de juillet et août. Elle ne s'était même pas cachée. Comment l'aurait-elle pu, ses enfants n'étaient pas idiots, ils avaient bien vu qu'elle quittait la maison deux fois par semaine. De toute façon, c'était Lechapelier qui avait fixé les règles, et il avait décidé qu'elle viendrait deux fois par semaine, en matinée. C'avait été comme ça. Elle n'avait même pas essayé de négocier. Elle n'en avait plus eu la force. De même, elle avait su qu'elle aurait dû continuer à consulter les agences d'intérim, l'ANPE, les producteurs locaux. Mais là non plus, elle n'en avait plus eu le courage. Comment aurait-elle pu convaincre de sa capacité à être efficace, dans l'état moral où elle était, alors qu'elle y avait échoué quand elle avait la pêche ? Elle aurait pu retourner au service social pour demander de l'aide. Mais qu'aurait-elle dit à Mme Laffont, quand cette dernière lui aurait demandé de quoi elle vivait ? Aurait-elle réussi à lui cacher l'horrible vérité ? Chacun de ses traits criait tout haut ce que sa voix renonçait à dire : elle faisait la pute !

Karine lui avait demandé une fois ce qu'elle allait faire chez Lechapelier. Isabelle avait répondu, en évitant son regard, qu'elle allait lui faire le ménage, en dédommagement du loyer non payé. Karine avait semblé la croire. Bastien, lui, n'y avait visiblement pas cru. Face à la pseudo-explication de sa mère, il était devenu sombre et avait baissé les yeux vers le tapis avec une rage contenue. Là aussi, Isabelle en avait été saisie, mais n'avait pas eu le courage d'investiguer plus loin. C'était un sujet qu'elle se refusait à évoquer avec ses enfants.

L'été se déroula ainsi pour la famille Dunant. Sombre, sinistre, sans entrain, sans vie. Curieusement, alors que la déprime d'Isabelle avant fini par contaminer Bastien, cette ambiance pesante avait fait l'effet inverse sur Karine. La petite fille craintive et effacée avait commencé à faire place à une jeune fille plus mûre, plus décidée. Après avoir dû faire face au départ de son père et aux difficultés qui avaient suivi, elle avait été heureuse, l'an passé, de voir que les choses avaient semblé rentrer dans l'ordre. Aussi, revoir sa mère puis son frère sombrer à nouveau dans la morosité en début d'été l'avait d'abord attristée, puis irritée. Même le bac que Bastien avait brillamment obtenu n'avait eu que peu d'effet sur sa mère. Karine avait bien essayé de les solliciter, de proposer des activités, mais sans vraiment obtenir de résultat. Alors, pour ne pas étouffer dans cette atmosphère pesante, elle avait appris à faire ses propres choix, à aller de l'avant. Elle était sortie, était allée à la bibliothèque, s'y était inscrite pour suivre des ateliers. Elle était allé voir des copines, avait été se balader en ville avec elles. Elle avait mûri et avait appris à s'assumer, à prendre des responsabilités, à provoquer les évènements. C'est aussi au cours de cet été-là qu'elle avait compris que seules la souffrance, la maladie et la mort étaient graves, que tout le reste n'était que secondaire, et qu'elle devait donc aller de l'avant.

Alors un jour, vers la fin de l'été, elle avait décidé qu'ils iraient en pique-nique tous les trois. Un midi, à table, après que sa mère soit allée faire le ménage chez le propriétaire, elle s'était à moitié fâchée envers sa mère et son frère, ce qui ne lui était quasiment jamais arrivé, en leur reprochant leur déprime, et plus encore le fait de ne rien faire pour en sortir. Elle avait décrété qu'elle irait acheter de quoi faire des sandwichs dans l'après-midi, et qu'ils sortiraient le lendemain. Elle avait ajouté que cette promenade serait même l'occasion de cueillir des fleurs sauvages dans le but de faire des bouquets secs, histoire d'embellir un peu la maison à moindre frais. Histoire de faire un but. Bastien et Isabelle l'avaient regardé de leur habituel air triste, un peu hébété, mais avaient déclaré qu'après tout, pourquoi pas ? Ils étaient donc partis tous les trois, le samedi matin, par un temps superbe. Bastien avait pris les sandwichs dans son sac à dos, et Isabelle un grand panier pour collecter les fleurs sauvages qu'ils trouveraient au hasard de leurs pérégrinations. Curieusement, le stratagème de Karine semblait fonctionner un tant soit peu : la perspective d'une sortie semblait remotiver Isabelle.

Ils avaient choisi comme but une colline, que l'on devinait depuis le jardin de la maison, et étaient parti dans cette direction, un peu à l'aventure, ne sachant ni s'ils trouveraient le chemin qui y menait, ni où ce chemin les conduirait par la suite. Cette nouveauté avait semblé stimuler un peu Isabelle. Ses yeux avaient commencé à montrer un peu plus d'éclat, son teint à être moins blanc. Le grand air, la marche, avaient commencé à faire circuler son sang, à faire battre son cœur, à dénouer sa poitrine oppressée. Ils avaient trouvé un chemin et s'y étaient engagés. Sur le trajet, ils avaient eu la chance de trouver des fleurs comme ils le souhaitaient, et en avaient cueilli en essayant d'imaginer à quoi elles ressembleraient une fois sèches, et comment ils pourraient les assembler pour constituer des bouquets qui soient harmonieux. Même Bastien s'y était mis. Il avait été plus lent que sa mère à sortir de sa torpeur, mais l'animation de Karine, puis celle d'Isabelle, avaient fini par le gagner. Au fur et à mesure que sa mère et son frère retrouvaient goût à la vie, Karine s'était détendue et s'était félicitée d'avoir eu cette idée. Peut-être que tout allait redevenir comme avant ?

Vers midi trente, alors qu'ils étaient arrivés en haut de leur but, ils avaient trouvé un coin à l'ombre avec une herbe bien épaisse, quoique jaune, et s'étaient installés là pour leur pique-nique. Il y avait bien longtemps qu'ils n'avaient pris autant de plaisir à déjeuner ensemble. Cela n'avait pourtant été que du pain, du jambon et du beurre, mais l'ambiance avait été tellement différente de celle des autres jours ! Isabelle avait pris conscience à ce moment-là qu'elle s'était trop laissé sombrer. Elle avait mangé ses sandwichs en silence, réfléchissant à sa réaction de ces derniers mois. Pourquoi avait-elle tellement perdu pied ? Ca n'était pas la première fois que Lechapelier l'avait réduite en esclavage sexuel, et pourtant elle s'en était sortie. Alors pourquoi un tel effondrement ? C'était justement le fait d'avoir à revivre ça qui l'avait anéantie. C'était tellement dur... Oui, mais entre subir définitivement, et subir en essayant de s'en sortir, que valait-il mieux ? Elle avait alors regardé les champs à perte de vue, le ciel, l'horizon. Le monde était si vaste, il y avait tellement de chemins qu'elle ne connaissait pas... Elle avait ensuite regardé ses enfants. Ils avaient grandi. Ils étaient beaux. Ils n'avaient pas mérité qu'elle leur fasse vivre ça. Cette sortie au grand air était en train de lui redonner la vie. Elle s'était promis, à ce moment-là, de se reprendre en main dès que possible. De relever la tête. Elle l'avait dit à ses enfants, leur avait demandé pardon de s'être autant laissée aller, leur avait promis que ça allait changer. Karine avait eu un grand sourire. Bastien avait détourné la tête. Le peu de bonne humeur qu'il avait retrouvée s'était envolée.

Puis elle avait proposé de reprendre la promenade. Ils avaient continué sur le même chemin qui redescendait de l'autre côté de la colline, cueillant toujours des fleurs qu'elle rassemblait dans son grand panier, essayant de deviner l'endroit où ils allaient arriver. Le chemin avait obliqué vers la droite pendant une heure, les éloignant de chez eux, avant de repartir sur la gauche dans une grande boucle qui les ramènerait probablement en direction de leur maison. Ils avaient donc continué sur cette voie. Ce trajet leur avait pris tout l'après-midi. Ils l'avaient parcouru en flânant, en discutant, en cueillant des fleurs, en observant l'horizon et en savourant le soleil. Puis, ils s'étaient trouvés à cet instant de la journée où le rayonnement du soleil se fait moins intense, et ce changement de luminosité leur avait fait prendre conscience que l'après-midi touchait à sa fin et qu'ils abordaient déjà le début de soirée. Cela les avait rendu un peu nostalgiques. Cette journée avait été tellement enchanteresse, tellement hors du temps, que comme toujours dans ces cas-là ils n'avaient pas eu envie qu'elle prenne fin. Ils n'avaient pas eu envie de retourner à leur vie de tous les jours. On n'a jamais envie de revenir à sa vie de tous les jours, quand elle ne nous apporte pas le bonheur.

Isabelle avait heureusement pris conscience que ses enfants étaient dans les mêmes dispositions qu'elle, c'est-à-dire abattus. Il lui était heureusement resté un peu de cet élan qu'elle avait eu à midi, de cette envie de s'en sortir. Alors, autant pour se motiver que pour sceller ses résolutions et pour rassurer ses enfants, elle leur avait à nouveau exprimé le fond de son cœur.

- Je pense que, comme moi, vous n'avez pas envie de rentrer ?

Un silence s'était fait. Puis Karine avait pris la parole d'une voix triste :

- Ben non. Pour une fois que nous passons une bonne journée. Cet été a été sordide…

Isabelle l'avait prise dans ses bras.

- Je suis désolée, ma chérie, c'est de ma faute. Tous mes problèmes d'argent ont pris le dessus. Cela m'a tellement accablée, je ne voyais plus comment m'en sortir. Alors je me suis laissé sombrer… Je vous en demande pardon, je n'avais pas le droit de réagir comme ça… Ce n'est pas en se laissant aller qu'on s'en sort… Mais cette sortie m'a fait le plus grand bien, dit-elle en prenant le visage de Karine dans ses mains, ça m'a redonné… l'espoir ! Dès demain je vais refaire des démarches partout où je le pourrai. Et je vais aussi chercher de nouvelles portes où je pourrai frapper. Vous verrez, je vais y arriver, nous allons changer tout ça !

Karine avait aussi serré sa maman dans ses bras. Son visage avait été moins affligé. Quand à Bastien, il n'avait pas dit un mot. Son visage était resté fermé. Il avait regardé ailleurs. Isabelle lui avait posé la main sur le bras, essayant de lui communiquer sa résolution, mais ce geste d'affection n'avait eu aucun effet. "Allons, avait dit Isabelle sur un ton résolu, rentrons maintenant." Ils avaient repris leur chemin en silence, résignés.

Un moment après, Isabelle leur avait dit avec un sourire entendu "Je dois m'éloigner un moment… ne m'attendez pas, je n'en ai pas pour longtemps." Bastien et Karine avaient donc poursuivi leur chemin seuls, tandis qu'elle s'était éloignée pour s'isoler. Pendant un moment, ils avaient longé un grand verger ceint d'un grillage, où l'on devinait à travers les branches la présence d'un homme monté sur une échelle, une centaine de mètres plus loin, occupé probablement à cueillir des fruits. Ils n'y avaient pas prêté attention, dans un premier temps, et Karine n'y aurait même accordé aucune attention, si ce n'est que Bastien, arrêtant son pas, avait soudainement hurlé "Lechapelier !" avant de piquer un sprint en direction du portail. Sidérée, Karine avait appelé "Bastien ! Bastien !" avant de se mettre à courir elle aussi. De loin, Isabelle avait entendu son fils crier, mais elle n'avait pas compris ce qu'il avait dit. Elle s'était dépêchée de repartir, craignant qu'un accident ne soit arrivé. Elle n'avait plus vus Karine et Bastien sur le chemin qu'elle avait quitté et les avait cherchés du regard. Elle les avait alors vus entrer dans le verger qu'ils longeaient tout à l'heure, avant de les perdre de vue. Elle s'était mise à courir, mais n'avait pas pu rivaliser avec la fougue d'un adolescent. Pas après une journée de marche. Pas avec la peur qui l'avait saisie au ventre au moment où elle l'avait entendu crier. Tout en courant, il lui avait semblé l'entendre à nouveau, mais toujours sans distinguer ce qu'il disait. Elle avait fini par rejoindre le portillon du verger, et avait cherché du regard où ses enfants pouvaient se trouver. Tout en se demandant ce qui avait bien pu les motiver à entrer. Comme elle ne les voyait pas, elle avait appelé "Bastien ! Karine !", mais sans obtenir de réponse. Folle d'inquiétude, elle était partie dans la direction où il lui semblait les avoir vu partir. Elle avait à nouveau appelé "Karine ! Bastien !" mais n'avait toujours pas eu de réponse. Ce n'est qu'après un moment qu'elle avait entendu Karine l'appeler. Il lui avait fallu encore une minute pour rejoindre, au jugé, l'endroit où ils se tenaient. Lorsqu'elle était arrivée sur les lieux, elle avait trouvé Bastien et Karine figés, effarés, et Lechapelier qui gisait à terre, inerte. Elle avait porté la main à sa bouche, horrifiée, en murmurant "Oh mon Dieu !". Bastien avait dit d'une voix sourde et péremptoire "Il a glissé. Il a voulu descendre, et il a glissé." Karine était restée silencieuse, le teint pâle, les traits crispés.

Isabelle ne se souvenait plus bien de la suite. Elle avait voulu rester près de Lechapelier pendant que les enfants iraient appeler les secours, mais Bastien avait été catégorique : lui resterait là, tandis que sa mère s'occuperait d'appeler. De toute façon, il ne connaissait pas l'adresse de ce lieu. Il serait incapable de donner des informations fiables. Alors Isabelle avait obtempéré et était rapidement rentrée avec Karine. Elle ne voulait pas que sa fille d'à peine quatorze ans reste à contempler un corps inanimé, peut-être même un corps sans vie. Il lui était déjà assez dur de laisser Bastien tout seul. Karine l'avait suivie sans autre commentaire, les traits toujours figés, visiblement choquée de ce qu'elle venait de voir. Sur le trajet, Isabelle avait pris soin de repérer où était situé ce verger dont elle n'avait jamais eu connaissance, et avait fini par découvrir qu'il se trouvait derrière la propriété de Lechapelier. Quand elle avait appelé les pompiers, elle avait déclaré qu'il y avait eu un accident. En fait, elle n'en savait rien. Elle n'avait pas été là. Mais c'était ce qu'avait dit Bastien. Elle n'avait posé aucune question à Karine. Ensuite, elle l'avait laissée à la maison avant de courir à nouveau auprès de son fils.

Le temps qu'elle arrive, les pompiers étaient déjà là. Ils lui avaient annoncé le décès de M. Lechapelier. Bastien avait blêmi en entendant cette annonce, mais n'avait pas dit un mot. Les pompiers leur avaient demandé de ne rien toucher et avaient contacté la gendarmerie. Ces derniers étaient arrivés rapidement, avaient pris des mesures, des photos, avaient posé des questions à Isabelle. Elle avait déclaré d'une voix blanche qu'elle ne savait rien, qu'elle n'était pas là quand le drame s'était produit. Les gendarmes s'étaient alors tournés vers Bastien pour lui demander ce qui s'était passé. Bastien avait expliqué qu'ils rentraient de promenade en longeant le verger lorsqu'il avait vu Lechapelier tomber. Il avait alors couru et l'avait

201

trouvé comme ça. Sur quoi les gendarmes avaient demandé s'il était seul quand cela s'était produit. Isabelle avait hésité avant de répondre que sa sœur était avec lui. Elle avait ajouté qu'elle n'avait que quatorze ans, et que devoir s'entretenir sur un tel sujet risquait d'être difficile pour une si jeune fille, d'autant plus qu'elle avait perdu son père il y avait peu, et que la famille n'en était pas encore remise. Le gendarme qui avait pris l'enquête en main avait précisé qu'il ne s'agissait que de routine, qu'il ne poserait pas beaucoup de questions, qu'il ferait attention. Puis il leur demanda s'ils connaissaient l'homme étendu à terre. Isabelle avait répondu d'une voix altérée qu'il était leur propriétaire et qu'il habitait la propriété qui jouxtait le verger. L'officier avait consigné ces réponses dans son calepin, puis ils s'étaient tous rendu à la maison d'Isabelle. Bastien avait gardé le silence durant tout ce temps, le visage fermé.

Une fois arrivés, les gendarmes avaient demandé à Karine ce qui s'était passé. Intimidée, n'osant les regarder, elle avait déclaré que son frère, depuis le chemin, avait vu Lechapelier tomber. Le temps qu'ils arrivent, il était déjà à terre et ne bougeait plus. Ses dires confirmaient ceux de son frère. Les gendarmes ne s'étaient donc pas éternisés et avaient pris rapidement congé. Par la suite, l'autopsie avait démontré que l'homme s'était brisé la nuque lorsqu'il était tombé. Sa tête avait heurté une branche pendant la chute. Rien d'autre. Le médecin légiste n'avait trouvé aucune trace qui aurait pu indiquer une lutte ou une agression. Comme tous les faits correspondaient, la thèse de l'accident avait été validée et le dossier refermé. Lechapelier avait été enterré, et Isabelle avait dû se forcer pour se rendre à l'enterrement. Il était son propriétaire, personne n'avait jamais rien su de leur relation secrète. Aux yeux du voisinage, de la famille du défunt, son absence aurait été de la plus grande incorrection. Combien elle s'était sentie hypocrite de devoir prendre un air contrit de circonstance, alors que ce décès lui apportait tant de soulagement.

La rentrée était survenue une dizaine de jours après. Bastien était rentré en études supérieures, dans le même établissement que celui où il avait passé le bac, où il avait eu la chance de pouvoir préparer un BTS[4] en commerce. Karine avait repris le chemin du collège, pour sa dernière année. Restée seule à la maison, Isabelle avait passé les semaines suivantes à se demander comment elle allait à nouveau pouvoir faire face, quand elle avait eu l'heureuse surprise de recevoir un appel téléphonique. Un appel qu'elle n'attendait plus. Une entreprise familiale de menuiserie, où elle avait envoyé une candidature spontanée plus d'un an auparavant, souhaitait la rencontrer. Leur secrétaire avait annoncé son départ pour la fin du mois, les différentes personnes qu'ils avaient rencontrées ne les avaient pas convaincus, et ils avaient besoin de quelqu'un assez rapidement. Etait-il possible de la rencontrer ? Un rendez-vous fut fixé pour le lendemain. Etait-ce sa nouvelle liberté retrouvée, les bonnes résolutions qu'elle avait prises, ou sa détermination à s'en sortir, Isabelle avait su convaincre ses interlocuteurs et avait obtenu le poste. Elle devait commencer le lundi de la semaine suivante et serait embauchée à l'issue de la période d'essai. Elle s'était dit qu'elle allait enfin pouvoir relever la tête.

Dans le même temps, une nièce avait hérité de la demeure de Lechapelier, ainsi que de tous ses biens. Y compris la maison d'Isabelle. Un matin, cette dame était venu sonner à la porte des Dunant, quelques semaines après l'enterrement, et avait demandé à entrer. Hautaine, elle avait dit vouloir éclaircir un point avec Isabelle, qui l'avait donc introduite dans le salon. La nièce avait souhaité la rencontrer pour lui faire part de son étonnement : elle avait découvert l'étrange arrangement financier qui avait été mis en place par son oncle à l'égard de la famille Dunant, lors de l'acquisition de la maison. Isabelle lui avait répondu que bien que surprenant, cet arrangement était parfaitement légal, qu'elle avait tous les papiers à disposition. La nièce avait bien voulu le croire, mais ce qui l'avait le plus surprise, c'est qu'elle avait découvert une irrégularité dans la comptabilité de son oncle, pourtant rigoureuse : il n'y avait aucune trace de paiement pour plusieurs mensualités, sur les deux dernières années. Pouvait-elle expliquer ça ? Isabelle

---

[4] BTS : Brevet de Technicien Supérieur - Diplôme de niveau bac + 2.

avait frémi un instant, devant le ton hautain et froid de la dame, mais s'était vite ressaisie. Elle avait exprimé sa surprise, car elle était bien sûre d'avoir effectué tous ses paiements, pour lesquels elle avait d'ailleurs chaque récépissé. Elle s'était levée et avait sorti les documents. La nièce en avait paru désappointée. Il avait semblé à Isabelle qu'elle aurait aimé trouver un prétexte soit pour réclamer à nouveau ces sommes, soit pour pouvoir expulser la famille Dunant, en tout cas pour entrer en contestation. Elle s'était fait la remarque que la nièce était bien de la même essence que l'oncle... D'un ton légèrement agacé, elle avait demandé à Isabelle comment il se faisait qu'elle soit en possession de ces quittances de paiement, alors qu'on ne retrouvait aucune trace des règlements. Irritée par ce ton autoritaire sous son propre toit, Isabelle avait durci le sien pour répondre qu'elle présentait là des quittances rédigées de la main même de M. Lechapelier, qui prouvaient qu'elle était à jour de ses paiements. Qu'elle ait réglé ce dernier par chèque ou en espèces ne regardait en rien sa nièce. Et elle-même n'était pas tenue de rendre des comptes sur la façon dont M. Lechapelier avait effectué sa comptabilité. Une fois la transaction effectuée, il s'agissait de son argent, et il était libre d'en disposer comme il l'entendait, de le faire figurer dans sa comptabilité ou pas. Elle voulait bien transmettre des copies de ses quittances, si on le lui demandait, mais qu'on ne vienne pas lui demander pourquoi M. Lechapelier n'avait pas fait figurer ces sommes dans ses cahiers. La nièce avait pris congé d'un air pincé. Plus tard, elle avait revendu la maison de maître et demandé à ce qu'Isabelle fasse reprendre son crédit par une véritable banque. Depuis dix-huit ans qu'elle remboursait son emprunt, le capital restant dû était raisonnable, et au vu de son nouvel emploi, la banque avait accordé un crédit à Isabelle pour trois ans. Elle s'était définitivement libérée de sa servitude. Elle avait enfin pu reprendre une vie normale. En s'efforçant d'oublier tout ce qui ne l'avait pas été.

Mais à présent, elle restait là à regarder ces fleurs sèches, ces fleurs qu'elle avait oubliées depuis vingt ans. Après son retour précipité depuis le verger de Lechapelier, elle avait posé ce panier dans la remise pour s'en débarrasser, ayant bien plus urgent à faire.

Puis, suite au décès de Lechapelier et à l'enterrement, elle l'avait oublié. Elle ne l'avait retrouvé qu'une dizaine de jours plus tard, en même temps que ses interrogations et ses doutes. Que s'était-il réellement passé dans ce verger ? Bastien et Karine avaient été unanimes : tandis qu'ils marchaient le long du grillage, Bastien avait vu l'homme tomber de l'échelle, avait reconnu Lechapelier, et avait couru pour lui porter secours. Mais lorsqu'il était arrivé il était trop tard, Lechapelier gisait déjà à terre, inerte. Karine n'avait fait que suivre Bastien, elle n'avait rien vu. Tout coïncidait parfaitement. Même l'autopsie avait confirmé les dires des deux jeunes gens. Alors pourquoi est-ce qu'elle n'y croyait pas ? Pourquoi est-ce qu'elle ne parvenait pas à croire son propre fils ? Probablement parce qu'elle était sa mère, et qu'une mère sait toujours quand son fils lui cache quelque chose. Elle avait su depuis longtemps que quelque chose rongeait son fils. Durant tous ces mois où ils avaient connu la misère, elle l'avait vu devenir de plus en plus sombre, de plus en plus fermé. Ca ne lui ressemblait pas. Elle avait tenté d'en savoir plus, mais chaque fois qu'elle l'avait interrogé, il avait donné la même raison : les problèmes d'argent de sa mère lui pesaient, il se sentait inutile. Elle avait toujours eu la conviction qu'il ne lui disait pas tout. Mainte fois, elle aurait voulu lui demander s'il l'avait vu avec Lechapelier. Chaque fois, elle n'avait pu se résoudre à aborder un sujet aussi sordide. Toujours est-il qu'elle avait vu son fils, lentement mais sûrement, nourrir une haine de plus en plus farouche envers Lechapelier, mois après mois. Et, consciente de cette haine, elle avait du mal à croire que son fils ait pu courir pour lui porter secours. Ca ne collait pas. Mais que devait-elle croire ? Qu'il l'avait tué ? Que son fils avait tué Lechapelier ? Son fils était-il capable de tuer un homme juste parce que celui-ci se montrait intraitable avec le paiement du loyer ? Ou bien était-il assez stupide pour le tuer, en croyant comme un enfant qu'une fois le créancier disparu, la créance disparaîtrait également ? Ou bien... était-ce le violeur qu'il avait voulu tué ? Etait-il devenu un assassin pour sauver sa mère ? Alors, croyant devenir folle, elle avait jeté panier et fleurs au fond de la remise, avait balancé dessus de vieux chiffons qui traînaient là, comme si elle avait voulu faire disparaitre des témoins

205

gênants, faire taire des accusateurs. Ensuite, comme la paix était revenue dans son foyer, comme elle avait enfin trouvé un travail et s'y était consacré de tout son cœur, le temps avait fait son effet et avait gommé les aspects les plus sordides de cette période de sa vie. Elle avait fini par oublier ce panier et tout ce qu'il représentait. Sauf lors de chaque fin de mois d'août, où l'ambiance, les senteurs, la luminosité, l'ambiance propre à cette période lui ramenaient tout en mémoire. Sauf qu'avec le temps, sa mémoire avait fini par dissocier la fin de l'histoire de son déroulement, et chaque année elle ne se souvenait plus que de son commerce avec Lechapelier, en en occultant l'issue. Mais aujourd'hui, face à ces fleurs devenues paille, le doute, l'horrible doute qui l'avait étreinte vingt ans plus tôt lui était revenu : Bastien avait-il tué Lechapelier ?

Chapitre 19

Jeudi 26 août 2010 - 14h30

Mardi soir, après sa conversation avec Michel, Karine avait appelé Bastien au téléphone pour l'informer de cette discussion, ainsi que du fait que Michel et Delphine s'étaient également rencontrés. Ainsi, il savait tout comme elle que leurs conjoints respectifs étaient au courant qu'il n'allait pas bien. Bastien était resté coi. Elle l'avait rassuré en lui disant que le but de tous n'était pas de lui faire des reproches, encore moins de l'accabler, mais bien plus de se serrer les coudes, comme une vraie famille, pour l'aider à passer ce cap. Elle l'avait bien rassuré sur le fait qu'elle s'en était tenue à leur version officielle de la situation : les angoisses de Bastien faisaient suite au décès de son père.

Ils avaient ensuite parlé du fait qu'il leur fallait poursuivre et terminer leur conversation au plus vite. Cette situation n'avait que trop duré. Karine avait demandé où est-ce qu'il préférait qu'ils se retrouvent : chez lui ou chez elle ? Maintenant que leurs conjoints étaient au courant que quelque chose n'allait pas, ils n'avaient plus besoin de se cacher pour se rencontrer. Mais Bastien ne se sentait pas à l'aise avec l'idée de parler de ça chez l'un ou l'autre. Il estimait qu'il y avait trop de risques. Même problème s'il fallait se retrouver dans un lieu public.

- Je comprends tes scrupules, avait dit Karine, et j'avoue même que je les partage un peu. Mais alors où pourrait-on se voir ?

- Chez maman, ça serait l'idéal, comme la dernière fois. Mais il est plutôt difficile de savoir quand est-ce qu'elle sort, et surtout quand est-ce qu'elle rentre... J'avoue que le fait d'avoir la pression de devoir parler en un minimum de temps ne me va pas du tout... s'il faut s'interrompre comme la dernière fois...

- Oui, là aussi je suis d'accord avec toi.

Il y avait eu un silence pendant lequel ils avaient réfléchi tous les deux. Karine avait repris la parole :

- J'aurais bien une idée mais...

- Dis.

Elle avait hésité un instant.

- Sur la colline en face de la maison.

Nouveau silence.

- Ce n'est pas loin, à l'abri des regards, on peut voir assez rapidement si nous sommes seuls ou si quelqu'un arrive... Et on peut y aller n'importe quand...

Bastien avait soufflé :

- C'est quasiment sur place... sur les lieux...

- Non. Le verger est au moins trois kilomètres plus bas. Mais je sais, c'est tout comme...

Encore un silence. Elle avait repris :

- Peut-être que ça nous aidera.

Il avait également hésité avant de répondre :

- Peut-être pas.

A quoi elle déclara, après un moment :

- Je n'ai pas d'autre idée.

Alors Bastien avait dit oui. Il était trop las pour argumenter. Il savait très bien que ce qui le rebutait n'était pas tant le lieu que la discussion elle-même. Il aurait voulu l'éviter à tout prix, et s'il ne s'agissait que de lui, il aurait cherché des excuses durant toute sa vie pour ne pas avoir à en parler. Il ne s'y résignait que parce que sa femme, sa sœur et son beau-frère réclamaient une mise au point. Et aussi parce que lui-même n'en pouvait plus. S'il était lourd de devoir en parler, ce fardeau était encore plus lourd à porter. Ils s'étaient donc donné rendez-vous sur la colline pour jeudi, à quatorze heures trente, avant de raccrocher.

Il arriva le premier. Il avait suivi les indications de sa sœur : il fallait prendre la même route que pour aller chez leur mère, mais tourner à droite à l'embranchement au lieu de continuer tout droit, et poursuivre jusqu'en bas du versant est, deux kilomètres plus loin. Là, il y avait une étendue dégagée pour se garer. Elle lui avait donné rendez-vous en haut.

De là-haut la vue était superbe. Le temps était splendide, le ciel bleu azur, un vent doux balayait la bruyère environnante, le calme était apaisant. En plissant les yeux, il arrivait à apercevoir la maison de leur mère à travers la végétation. Est-ce qu'elle était à la maison ? Que pouvait-elle faire à cet instant ? Parfois, il se demandait comment elle occupait ses journées. Elle était en préretraite depuis un an, suite à un licenciement économique, et Bastien ne lui avait jamais demandé comment elle avait vécu cette phase de sa vie. Peur d'évoquer de mauvais souvenirs, de voir ressurgir le spectre de l'angoisse, du manque, de la privation. Alors il s'était contenté d'observer le train de vie de sa mère, sa physionomie quand il la voyait, ses vêtements, et il avait constaté qu'elle n'avait pas semblé affectée. C'est Delphine, qui lui avait apporté son aide sans le savoir, en posant elle-même la question à Isabelle un jour qu'ils étaient chez elle. Avec un sourire, elle avait demandé "Alors belle-maman, comment allez-vous depuis que vous êtes en retraite forcée ?". Bastien s'était immédiatement rapproché et avait écouté la réponse. Isabelle avait répondu avec un grand sourire qu'elle s'en portait très bien. Cela faisait maintenant près de vingt ans qu'elle travaillait dans son entreprise de menuiserie, et si elle avait beaucoup apprécié l'ambiance durant tout ce temps, elle appréciait tout autant de pouvoir prendre du repos, se lever plus tard, remettre en état son jardin, lire quand elle en avait envie. Elle avait fini son propos en tapotant gentiment la main de Delphine, et en lui disant "Vous n'avez aucun soucis à vous faire, ma petite Delphine, je vais bien. Mais merci de vous inquiéter pour moi." Bastien avait souri, il s'était senti soulagé. Et aujourd'hui, en haut de cette colline, face à sa maison, après avoir passé tant d'années à s'efforcer de faire taire le passé, voilà qu'il revenait là où tout avait commencé, pour justement déterrer ce même passé. La vie est souvent cruelle.

Il venait de voir la voiture de Karine se garer à côté de la sienne en bas de la pente. Nul doute que si leur mère passait par là, elle aurait reconnu les deux voitures et aurait compris qu'ils étaient là. Mais il n'y avait pas grand risque : sa mère s'était toujours déplacé en transport en commun. Karine gravissait maintenant la pente. Elle l'avait aperçu et lui faisait signe de la main. Il lui rendit son signe. En attendant qu'elle atteigne le sommet, il fit rapidement le tour de l'endroit pour vérifier qu'il n'y ait personne à proximité, dissimulé par un buisson. Avec la teneur de leur conversation, ils ne pouvaient se permettre d'être entendus.

Elle le rejoignit en peu de temps :
- Ça fait longtemps que tu attends ?
- Non, quelques minutes. J'admirais le paysage en t'attendant.

Il avait un peu meilleure mine que samedi dernier. Grâce au repos ? Aux tranquillisants ? Ou bien est-ce qu'il s'était résigné à aborder ce sujet qu'il abhorrait tant, et s'en trouvait du coup libéré ? Peu importe, Karine le prit dans ses bras et le serra fortement. Il en fit autant. Ils s'étreignirent un long moment, se communiquant l'un à l'autre la force dont ils avaient besoin pour évoquer ce passé qui leur pesait tant. Aussi pour se dire qu'ils n'étaient pas ennemis, qu'ils n'étaient pas là pour s'entraccuser. Mais pour comprendre. Enfin, ils relâchèrent leur étreinte. Karine jeta un coup d'œil alentour.

- C'est vrai que ça vaut le détour.

A perte de vue vers l'est, le nord et le sud, ça n'était que des paysages vallonnés où alternaient les rectangles verts, jaunes ou marrons, séparés par des haies, des touffes de buissons ou des rangées d'arbres. Çà et là, on pouvait voir un tracteur qui faisait sa récolte, ou sur les quelques routes une voiture qui circulait. En se tournant vers l'ouest, on voyait les abords de la ville.

Ce fut Karine qui parla la première. Elle désigna l'espace où ils s'étaient assis avec leur mère, dix-huit ans plus tôt :
- On s'assoit là, comme la dernière fois ?
- Ok.

Il était surprenant que Karine évoque "la dernière fois", qui était en fait la seule fois où ils s'étaient rendu sur cette colline. Ils en parlaient comme d'un évènement bien particulier, de ceux qui marquent. Le lieu était toujours ombragé, mais l'herbe en était plus rase, et encore plus jaune. Ils s'assirent. Karine poussa un soupir résolu.

- Nous y voilà.

Bastien ne dit rien. Il regardait l'horizon, comme pour s'évader de cet endroit. Alors elle prit la parole :

- Bastien, si nous sommes là tous les deux c'est parce que nous n'allons pas bien, ni toi, ni moi.

Il continua à garder le silence.

- Cela fait maintenant des années que tu me demandes comment je vais. Je vais bien. Ou j'essaie. En tout cas, j'irais mieux si tu ne venais pas sans cesse me poser cette question.

Il releva la tête et la regarda. Il avait l'air indifférent. Ou résigné. A moins que ça ne soit l'effet des tranquillisants. Mais il ne dit toujours rien. Alors elle poursuivit :

- Cela fait maintenant dix-huit ans que j'essaie d'oublier. Que j'essaie de tourner la page. Et toujours, tu reviens sans cesse me poser ta petite question, la même que tu m'as posée ce jour-là. Pourquoi ? Pourquoi est-ce que tu y reviens toujours ? Pourquoi est-ce que tu ne me lâches pas... avec ça ?

Il avait à nouveau baissé les yeux. Elle poursuivit :

- Est-ce que tu ne veux pas oublier, toi aussi ?

Il murmura :

- Je ne peux pas.

Elle poussa un soupir.

- Pourquoi ? Comme tu l'as dit toi-même la dernière fois, nous n'y pouvons plus rien, ni toi, ni moi. Alors pourquoi y revenir ?

Il prit une inspiration comme sous le coup d'une brusque émotion, et s'exclama sur un ton véhément :

- Parce que c'est de ma faute ! Tout est de ma faute ! J'aurais dû agir et je n'ai rien fait ! C'était mon rôle ! Une fois Papa parti, c'était à moi de vous protéger ! Toi surtout ! Maman était assez grande pour s'occuper d'elle. Mais elle ne pouvait pas tout assumer toute seule. Le moins que j'aurais dû faire, c'était au moins de m'occuper de toi ! Et je n'ai rien fait !

Karine resta perplexe un instant.

- T'occuper de moi ? Mais de quoi parles-tu, comment ça, tu aurais dû t'occuper de moi ? Qu'est-ce que tu aurais dû faire que tu n'as pas fait ? Tu as toujours été là pour moi, Bastien. Qu'est-ce que tu te reproches ?

Il se leva d'un bond et commença à déambuler en gesticulant.

- Ce que je me reproche ? Mais de n'avoir rien fait, justement ! Quand… quand ce sale type a… quand lui et maman… j'aurais dû intervenir, j'aurais dû lui dire non, j'aurais dû lui casser la gueule, le massacrer !

Karine essayait de suivre le cours des propos de son frère. Les yeux écarquillés, elle le regardait aller et venir, en proie à une grande émotion. Il continua sur sa lancée :

- Et je n'ai rien fait, rien ! Je suis resté planté là… bêtement, lâchement, à le regarder faire, ce salaud ! A laisser maman subir…Et du coup…

Il se figea d'un coup et eut un sanglot.

- Du coup, c'est toi qui a agi à ma place. Parce que je n'ai rien fait. Je ne t'ai pas laissé le choix.

Karine se sentait complètement perdue. Elle n'arrivait pas à faire le lien entre tout ce que lui disait Bastien. La seule chose qu'elle comprenait, c'est qu'il évoquait des faits qu'elle ne connaissait pas.

- Bastien, mais de quoi parles-tu ? Je suis perdue. Pourquoi voulais-tu casser la gueule à Lechapelier ? Qu'est-ce qu'il a fait à maman ? Qu'est-ce que je suis censée avoir fait ?

Bastien la regarda sans comprendre, l'air effaré. Il semblait revenir à la réalité.

- Mais tu sais bien…

Elle attendit la suite, qui ne vint pas. Elle était sur des braises.

- Bien quoi, Bastien ? Qu'est-ce que je suis censée savoir ? Je ne vois pas de quoi tu parles ! Est-ce que tu vas m'expliquer ?

Bastien resta figé, les yeux écarquillés. Il réussit quand même à articuler :

- Mais enfin tu as oublié ? Ce salaud… ce salaud violait maman en échange des loyers.

Karine poussa un cri en se couvrant la bouche de ses mains. Elle resta médusée un instant, avant que ses yeux ne s'emplissent de larmes. Elle regarda autour d'elle, comme éperdue, avant que les larmes ne commencent à couler sur ses joues. Bastien en resta médusé.

- Tu… tu l'ignorais ?

Le temps se figea à son tour. Les larmes de Karine continuaient à rouler tandis que Bastien restait pétrifié. Au bout d'un moment, il arriva à articuler :

- Mais alors... si tu l'ignorais... pourquoi est-ce que tu l'as tué ?

Les yeux de Karine exprimèrent de l'horreur avant qu'elle ne pousse à nouveau un grand cri, le visage toujours caché dans ses mains.

- Moi ? Bastien, mais qu'est-ce que tu dis ? Tu es fou !

Le visage de Bastien se congestionna. C'était lui, maintenant, qui ne parvenait plus à comprendre ce que lui disait sa sœur.

- Mais... on parle bien... nous nous sommes bien retrouvés ici pour parler du 20 août 1992 ? Du jour où tu as tué Lechapelier ?

Karine continuait à dévisager son frère avec horreur. Elle était glacée, malgré le soleil radieux. La discussion avait pris un tour qui la dépassait.

- Bastien ! Bastien, mais c'est toi qui l'as tué !

Les traits de Bastien se crispèrent. Il dévisagea sa sœur avec autant d'horreur qu'elle l'avait fait l'instant d'avant.

- Quoi ?!

Elle se leva et posa ses mains sur les bras de son frère, en un geste d'apaisement.

- Bastien, je t'en prie, rappelle-toi ! Nous sommes arrivés à proximité du verger. Maman s'est éloignée et nous avons continué seuls, toi et moi. Nous avons longé le verger, et à travers les branches tu as reconnu Lechapelier. Moi je n'avais même pas fait attention. Et tout à coup, quand tu as réalisé que c'était lui, tu as hurlé "Lechapelier !", et tu t'es mis à courir. Je n'ai pas compris ce que tu avais, mais je t'ai quand même suivi, je voulais t'arrêter. Mais tu as été plus rapide que moi.

Bastien se dégagea des bras de Karine et se détourna, une main sur le front. Au fur et à mesure qu'elle racontait, les souvenirs lui revenaient, brûlants.

- Tu es arrivé au pied de l'arbre et tu as crié "Lechapelier ! Descendez de là Lechapelier !". Il a juste baissé la tête en disant "Qui êtes-vous ? Que faites-vous là ?". Il avait l'air fâché. Et toi tu as continué "Descendez de là qu'on s'explique d'homme à homme !".

213

Mais il n'a pas bougé. Moi, j'étais effrayée. Je t'ai appelé plusieurs fois "Bastien, qu'est-ce que tu fais ? Viens, il faut partir !". Mais tu es resté là, c'était comme si tu ne m'entendais pas. Tu étais en rage. Et tu as continué : "Lechapelier ! Vous allez descendre, oui ! Espèce de lâche ! J'ai deux mots à vous dire !". Il t'a insulté "Fumier ! Vous allez sortir de chez moi tout de suite !". Et comme tu essayais de l'attraper par les jambes, il t'a repoussé en te donnant des coups de pied. Alors…

Au fur et à mesure qu'elle parlait, les souvenirs continuaient d'affluer. Dans le bon ordre. Et avec la véritable distribution des rôles. Il semblait à Bastien qu'il devenait fou. Il aurait voulu qu'elle arrête, qu'elle se taise, mais elle poursuivit, en baissant légèrement le ton :

- Alors, comme il ne voulait manifestement pas descendre, et comme tu étais ivre de rage, tu as attrapé le bas de son pantalon et tu as tiré d'un coup sec en criant "Descendez !". Ça l'a fait glisser. Il a perdu l'équilibre, et il est tombé en se cognant contre une branche.

Bastien était anéanti. Au fur et à mesure que sa sœur avait parlé, la mémoire lui était revenue, aussi nette que si les faits s'étaient produits à l'instant. Avant, quand il revoyait la scène, l'unique scène qu'il avait conservée dans sa tête, il voyait les mains de Karine tirer sur le pantalon de Lechapelier. Maintenant, c'était bien les siennes qu'il voyait. C'était bien lui qui avait précipité l'homme au bas de l'arbre. Et avec la mémoire, l'horreur de ce qu'il avait fait lui était revenue, elle aussi. Avec le temps, face à l'épouvante de ce qu'il avait commis, son subconscient avait transformé les faits pour les rendre acceptables par son psychisme. Il avait transposé l'acte sur la personne de sa sœur. La culpabilité était restée, lui reprochant de n'avoir pas su anticiper et prendre ses responsabilités. Tout était dit.

Karine continua d'une voix sourde :

- Nous sommes restés là comme deux pantins. Tu avais l'air horrifié. Je ne devais pas avoir l'air mieux. C'est là que maman a appelé la première fois. Elle était à l'entrée du verger. Alors je t'ai demandé à voix basse "Bastien ! Qu'as-tu fait ?!". Je ne comprenais pas pourquoi tu avais fait ça, pourquoi... pourquoi tu l'avais tué ! J'ai cru que tu étais devenu fou tout d'un coup, et que sans raison tu avais tué un homme que nous connaissions à peine, comme ça gratuitement.

Elle fit une pause avant de poursuivre :
- Puis tu as dit sur un ton autoritaire "Il a glissé. Il a glissé et il est tombé. Je l'ai vu depuis le chemin, et nous avons couru pour lui porter secours. C'est un accident." Je n'ai jamais su si c'était comme ça que tu voyais les choses, si tu pensais réellement qu'il avait glissé, ou si tu me demandais de mentir. Et là, maman a appelé pour la seconde fois. Alors j'ai répondu. J'avais compris que, de toute façon, quoi qu'on en dise, il était mort. Et moi, tout ce que je voulais, c'était qu'on recommence à vivre. Alors j'ai joué le jeu.

Bastien s'était pris la tête à deux mains. Les mots qu'il entendait lui étaient insupportables. C'était encore pire que dans ses pires cauchemars. Cela faisait dix-huit ans qu'il était malade en croyant que sa sœur avait commis un meurtre par sa faute, parce qu'il n'avait pas agi en amont. Et lui-même ne se croyait coupable que de complicité, pour n'avoir rien dit. Et voilà que c'était tout le contraire ! Le coupable, l'assassin, c'était lui !

- C'est là que tu m'as demandé, pour la première fois, si ça allait. Avec ta petite phrase assassine. Ton fameux "Ca va toi ?". Là non plus, je n'ai jamais su si tu t'inquiétais pour moi, si tu voulais savoir si j'avais peur, ou si tu t'inquiétais pour toi, pour savoir si j'allais tenir le coup et réussir à ne rien dire, pour ne pas te dénoncer.

Karine avait fini son récit. Voilà, c'était dit. Elle aurait voulu trouver autre chose à dire, mais n'y était pas parvenue. Elle était vidée. Comme un volcan, à force d'avoir tout contenu pendant tant d'années, tout était sorti d'un coup. Une véritable éruption.

Elle regarda Bastien. Il était toujours debout, la tête dans les mains, les yeux exorbités, le regard éperdu. Il gémit :
- Qu'est-ce que j'ai fait ?

Karine ne savait que lui répondre. Alors elle ne dit rien.
- Mon Dieu, qu'est-ce que j'ai fait ?

Il continuait à gémir, choqué de ce qu'il venait de redécouvrir, de ce qu'il s'efforçait de fuir depuis presque vingt ans.

- J'ai tué un homme ! Karine, j'ai tué un homme !

Il lui fit pitié. Elle, cela faisait vingt ans qu'elle vivait avec l'idée que son frère avait tué un homme. Et elle n'en connaissait même pas la raison. Lui venait juste de l'apprendre. C'était comme s'il avait fait un cauchemar et qu'il ne s'en réveillait que maintenant, pour mieux se souvenir de sa terreur. Il répétait, éperdu :

- Mon Dieu, mais qu'est-ce que j'ai fait ?

Elle s'approcha et le prit dans ses bras. Il s'accrocha à elle comme un enfant à sa mère et se mit à sangloter, en proie à une détresse qui dépassait tout ce qu'il avait pu connaître avant.

- Bastien, on est dans la même galère toi et moi. Si tu es coupable de meurtre, alors moi je suis coupable de complicité.

Il se recula brusquement avant de prendre le visage de sa sœur dans ses mains pour la regarder dans les yeux.

- Mais je ne voulais pas ! Je ne voulais pas le tuer ! Je voulais juste lui parler, lui dire d'arrêter ! Je voulais lui casser la gueule, lui faire payer ce qu'il faisait subir à maman ! Mais je ne voulais pas le tuer !

Elle posa doucement ses mains sur ses mains à lui.

- Alors c'était un accident ? Ton but n'était pas de le tuer ?

- Je ne sais pas ! Je ne sais plus !

Il pleurait de plus belle en tentant de se justifier.

- Bastien, alors pourquoi as-tu tiré sur son pantalon, si tu ne voulais pas le faire tomber ?

- Je voulais qu'il descende ! Qu'il vienne me parler ! Qu'il arrête… son arrogance ! Sa suffisance ! Qu'il arrête de me toiser du haut de son arbre comme si j'étais un minable ! C'était lui la pourriture !

Karine ne savait plus que dire. Alors, elle le serra à nouveau dans ses bras pour essayer de le calmer. Comme elle l'avait fait tant de fois avec ses enfants, elle le berça en attendant qu'il se calme. Curieusement, tandis que Bastien était anéanti, elle se rendit compte qu'elle-même prenait tout ça comme de très loin. Bien sûr, apprendre que sa mère s'était fait violer lui avait fait un choc. Mais cette soif de vivre, cette envie de s'en sortir, d'aller de l'avant combattait en elle plus fort que l'horreur des évènements. Et le fait de connaître enfin la raison du geste de son frère, la raison de sa

haine, l'apaisait. Elle comprenait mieux aussi l'accablement dont avait fait preuve leur mère à cette époque. Tout s'éclairait. D'un éclairage dont elle se serait bien passé. Elle avait besoin de quelques éclaircissements et s'écarta de son frère. Il avait retrouvé un peu de calme :
- Comment as-tu su qu'il... qu'il voyait maman ?
- Je l'ai vu quitter la maison, un jour. Ensuite, j'ai entendu maman pleurer dans sa chambre. Tu croyais vraiment que quelques heures de ménage suffisaient à rembourser un emprunt ?

Elle ferma les yeux, reprenant conscience des évènements de l'époque avec son intelligence de femme adulte. Oui, à l'époque, elle avait cru ce que sa mère lui avait dit. A l'époque, elle avait treize ans. Et à treize ans, on ignore le montant d'un loyer et le nombre d'heures de travail qu'il faut effectuer pour en avoir le montant. On ignore aussi que certains humains sont en fait des bêtes.

- Eh bien oui, Bastien, à l'époque, j'y avais vraiment cru.

Elle hésita avant de poursuivre.

- Est-ce que... est-ce que vous en avez parlé, elle et toi ?

Bastien sursauta.

- Tu es folle ? Tu me vois demander à maman "Est-ce que ce salaud te viole ?" ou encore mieux "Pourquoi le laisses-tu faire ?". J'avais bien compris qu'elle n'avait pas le choix.

Ils ne dirent plus rien pendant un moment, plongés chacun dans ses tristes pensées. Puis Karine reprit d'une voix plus douce :

- Bastien, tu te fais le reproche de n'avoir rien fait. Mais qu'aurais-tu voulu faire ? Maman a bien dû chercher une solution. Tu te rappelles comme elle allait à l'ANPE ? Voir les agences d'intérim ? Elle a fait je ne sais plus combien de démarches. Et pourtant rien n'a abouti. Qu'aurais-tu voulu faire d'autre, à l'âge que tu avais ?

Il ne répondit rien. Son visage affichait encore son désespoir.

- Tu vois bien que tu n'es pas responsable. Le seul qui ait eut une responsabilité là-dedans, c'était Lechapelier.

Il y eut un silence que Bastien fini par briser d'une voix sourde :

- Oui. Et je l'ai tué.

Ils retombèrent tous les deux dans le silence. Et ce silence dura. Ils avaient tout dit. Et qu'est-ce que cela changeait, maintenant ? Est-ce que le fait de regarder les choses en face les rend plus supportables ? N'est-ce pas justement parce qu'elles sont intolérables que la plupart des gens préfèrent s'en détourner ? Oui, mais ça Bastien l'avait fait pendant des années. Et force lui était maintenant de constater que des deux solutions, fuir ou faire face, aucune n'apportait d'apaisement. Les faits restaient les faits, et sa conscience devrait s'en accommoder. Mais comment ? Depuis tant d'années, il avait eu beau se répéter que cet homme était un salaud, qu'il n'avait eu que ce qu'il méritait, que c'était la vie qui en avait décidé ainsi, tous ces beaux raisonnements ne l'avaient jamais apaisé. Après un temps il demanda à Karine d'une voix lasse :

- Comment fais-tu pour vivre avec ça ?

Elle ne répondit pas tout de suite. Elle retourna s'asseoir et réfléchit un instant avant de répondre :

- A l'époque, cet été ou tu as eu ton bac, j'ignorais tout ce qui se passait. Les problèmes d'argent de maman, l'attitude du propriétaire, tout ça, je ne le savais pas. Ou disons pas autant que toi.

Bastien revint s'asseoir à côté d'elle.

- Et comme je n'étais pas au courant, je ne comprenais pas pourquoi vous étiez si sinistres, maman et toi. Et ça m'a pesé. Je pensais que c'était le souvenir de papa qui vous déprimait. Je pouvais comprendre, mais moi, je n'en pouvais plus de votre accablement. Je ne voulais pas être morte avec lui. Alors je suis sortie, je suis allée voir mes amies. En faisant ça, j'ai recommencé à vivre. Et des fois, ça me pesait de rentrer et de retrouver votre déprime.

Bastien avait baissé la tête. Il n'avait pas eu conscience d'avoir été un pareil fardeau pour sa sœur.

- C'est pour ça que j'avais proposé cette promenade, pour essayer de vous secouer un peu. Et ça avait un peu marché. Jusqu'au verger.

Elle se tut encore, probablement absorbée par ses souvenirs.

- Alors, quand j'ai vu Lechapelier inconscient par terre, j'ai pensé "Oh non ! Ça va recommencer !". Et là j'ai dit non. Je ne voulais pas continuer comme ça, pour un acte dont je ne comprenais pas le sens et dont je n'étais pas responsable. C'était trop. Je n'avais rien fait pour mériter ça. Alors j'ai choisi de vivre, envers et contre tout. J'ai décidé de laisser derrière moi tout ce qui m'empêchait d'avancer.

Bastien écoutait et semblait méditer ce qu'elle lui disait. Elle poursuivit :

- De plus, tu ne semblais pas trop mal te porter. J'avais même presque réussi à me convaincre que tu n'avais peut-être pas tiré sur son pantalon, que peut-être il avait glissé tout seul.

Elle se tut pendant un temps.

- Sauf qu'à partir de ce jour tu t'es montré beaucoup plus envahissant qu'auparavant.

Il la regarda, surpris. Elle n'y fit pas attention.

- Tu venais souvent dans ma chambre me demander comment j'allais. Ou me demander ce que je faisais. On aurait dit que tu me surveillais.

Bastien était sidéré.

- Mais je ne te surveillais pas ! Je m'inquiétais pour toi ! Je... j'avais fini par croire que c'était toi qui avais fait tomber Lechapelier ! Alors, je m'en voulais, je voulais... je voulais...

Il baissa la tête.

- Je voulais enfin tenir mon rôle, faire ma part...

Elle le considéra un moment, interpellée.

- C'est drôle la mémoire... comment on transforme les choses quand on ne peut pas les regarder en face... Du coup, on n'a jamais pu parler de tout ça avant. Et ça nous a bouffé tous les deux. Toi parce que tu te sens coupable, moi parce que tu ne m'as pas laissé oublier...

Il releva vivement la tête.

- Comment ça ?

Elle soupira.

- De ce jour-là, et tant que tu étais à la maison, tu venais souvent dans ma chambre vérifier comment j'allais, ce que je faisais, où j'allais. Ça m'a un peu étouffée, mais ça allait encore. On avait aussi de bons moments, on était complices. Même si... même si j'avais parfois l'impression que tu me surveillais, pour être sûr que je n'irai rien raconter. Mais à partir du jour où tu as quitté la maison, à chaque fois que l'on se revoyait, tu revenais carrément me demander comment j'allais, avec cette même petite phrase, ces mêmes trois petits mots tout bêtes que j'ai fini par détester.

Bastien la regardait avec l'air horrifié. Elle le regarda dans les yeux.

- Ces mêmes trois petits mots que tu avais prononcés ce jour-là : "Ça va toi ?".

Il restait pétrifié, comme sous le coup d'une horrible révélation.

- C'était comme si tu venais me demander à chaque fois "Ca va ? Tu tiens le coup ? Tu n'as rien dit à personne ?".

Elle se tu un instant avant de conclure :

- Et je n'ai jamais pu oublier.

Il ne lui donna aucune réponse. Il resta assis par terre, écrasé par le poids de tout ce qu'il venait de découvrir en à peine une heure. Elle ne dit rien non plus. Le temps passa. Le vent continua à souffler doucement sur la garrigue. Le soleil continua à darder ses rayons sur la campagne. Le ciel était tout autant lumineux. Elle se leva, au bout d'un temps, pour errer de côté et d'autre. Elle semblait réfléchir. Bastien la regarda et se demanda à quoi elle pouvait bien penser. Lui, durant tout ce silence, s'était demandé comment il allait pouvoir continuer à vivre. Sans pour autant décider de mettre fin à ses jours. Au final, il était bien trop dépassé pour décider de quoi que ce soit. Mais aussi bien trop laminé pour continuer. Il aurait voulu que la terre l'absorbe, qu'il disparaisse purement et simplement. Ne plus avoir à réfléchir. Ne plus avoir à décider. Ne plus avoir à dire quoi que ce soit à qui que ce soit. Disparaître.

Karine resta un long moment silencieuse, à regarder l'horizon, occupée peut-être à méditer, ou au contraire à faire le vide dans son esprit, avant de revenir s'asseoir auprès de lui.

- Est-ce que maman est au courant ?
- Je ne lui en ai jamais parlé. Elle ne m'a jamais rien demandé.
- Et maintenant, Bastien, que faisons-nous ?

Comment aurait-il pu lui répondre alors que lui-même n'en savait rien.

- En admettant que nous ayons quelque chose à faire...

Il gardait toujours le silence. Elle soupira avant de poursuivre.

- Bastien, tu viens de le dire toi-même, c'était un accident. C'est ce que l'enquête a révélé en tout cas. Pourquoi ne pas se contenter de cette réponse et simplement continuer à vivre ?

Elle se tut pour lui donner l'occasion de répondre. Mais comme il gardait toujours le silence, elle reprit :

- Est-ce qu'on ne peut pas... enfermer tout ça dans une boîte noire, la mettre de côté, et éviter d'y penser ? Ce sont de mauvais, de très mauvais souvenirs. Nous ne pourrons jamais, ni toi ni moi, les effacer. Ni faire revivre Lechapelier. Mais est-ce qu'on ne pourrait pas au moins juste mettre ces souvenirs de côté ? Avoir conscience qu'ils sont là mais... faire avec ?

Il fallut un moment à Bastien avant de pouvoir murmurer :

- Je ne peux pas. J'ai essayé, mais je ne peux pas.

Ce fut elle, alors, qui eut besoin d'un moment avant de demander à voix basse :

- Tu veux aller trouver la police ?

- Je ne sais pas.

- Mais alors que veux-tu faire ?

Il secoua la tête dans un signe d'impuissance.

- Je ne sais pas.

Il était à bout de force, à bout de recours, à bout de tout.

- Je ne sais vraiment pas.

Un nouveau silence vint s'établir entre eux. Durant ce moment, Karine se dit qu'après la violence des mots qu'ils venaient de prononcer, ce silence était un vrai baume pour son âme. Elle aurait aimé qu'il dure toujours. Elle qui avait tellement eu peur des mots qu'ils avaient à se dire, elle aurait aimé ne plus avoir à en prononcer un seul de sa vie. Mais voilà, elle avait décidé de continuer à vivre. A vivre malgré tout. Alors il lui faudrait continuer à parler.

- Bastien, je pense que pour l'instant il nous faut reprendre le cours de notre vie normale. Pour moi, il n'y a pas grand-chose qui change, juste notre passé qui m'apparaît encore un peu plus moche que ce qu'il était... Mais pour toi, je trouve que cette après-midi a été assez rude.

Elle le regarda.

- Bastien, pour l'instant nous devons continuer comme avant. Rien ne changera le cours de notre vie si nous ne le décidons pas. Alors je te demande d'attendre et de réfléchir avant de prendre une quelconque décision. Prend le temps d'encaisser tout ça. Ensuite nous en reparlerons. Est-ce que tu es d'accord ?

Il secoua la tête, l'air à la fois de réfléchir et d'acquiescer.

- Est-ce que ça va aller pour toi ?

Il prit un temps de réflexion et une profonde inspiration avant de répondre.

- Je crois que je vais faire comme tu dis, continuer à faire semblant. Au moins pendant un temps, histoire de voir comment je m'en sors. Ensuite je te redirai.

Ils laissèrent encore le baume du temps et du silence apaiser les remous en eux. Ils restèrent ainsi un long moment. Bastien ne se sentait pas forcément mieux. Mais il avait au moins une ligne de conduite à suivre : continuer à faire semblant. Il espérait juste qu'il allait y arriver. Tout en se demandant où il allait bien pouvoir en trouver la force. Comme si elle avait lu en lui, Karine lui suggéra :

- Regarde ta femme. Regarde tes enfants. Et demande-toi ce que tu veux pour eux.

Il hocha à la tête. Le fait de mentionner sa femme et ses enfants permirent à ses pensées de prendre une nouvelle direction. Au lieu de stagner sur son passé funeste, elles s'orientèrent vers leur souvenir et lui permirent de regarder les choses sous un autre angle : Que voulait-il pour eux ? Est-ce qu'il y avait seulement pensé ? Il réalisa que la suggestion de Karine était bonne : il allait continuer à rechercher le meilleur pour sa famille, c'est là qu'il trouverait la force d'avancer.

Karine regarda sa montre.

- Il est dix-sept heures. Il faut songer à y aller, il ne faudrait pas que nos familles s'inquiètent.

Elle se leva et lui tendit la main pour l'aider à se lever, mais il secoua la tête en signe de dénégation.

- Je vais encore rester là un moment, j'en ai besoin.
- Pourquoi ?
- Pour faire le vide, réfléchir, me remettre.

Elle resta un moment à hésiter. Devait-elle le laisser là tout seul ? Qu'avait-il en tête ?
- Est-ce que tu vas bien ?

Il hésita avant de répondre :
- Non, je ne vais pas bien. Mais je vais faire comme on a dit : m'efforcer de continuer, en puisant mes forces dans la présence de ma famille.

Elle eut un pauvre petit sourire :
- Est-ce que je peux te laisser là sans craindre que tu ne te fasses du mal ?

Il fut surpris et releva la tête pour la regarder.
- Parce que tu as peur que je ne me suicide ?

Elle garda le silence. Les mots avaient fait assez de mal aujourd'hui. Il eut un petit rire triste.
- Non, je ne songe pas à me supprimer. En tout cas pas aujourd'hui. Je suis trop anéanti pour ça.

Elle hésita. Elle reprit sur un ton qu'elle voulait neutre mais où l'angoisse perçait quand même :
- Bastien, est-ce que tu es sûr que je peux te laisser ?

La sollicitude de sa petite sœur redonna à Bastien un peu de vigueur. Il se leva à son tour pour la regarder en face et lui dire d'une voix triste :
- Tu es une coquine, tu sais. En parlant de ma femme et de mes enfants tu as effacé le peu d'envie que j'aurais pu avoir de me flinguer. Je n'ai pas envie de leur faire ça. Ni à toi, ni à maman. Tu peux partir tranquille, Karine, je te promets que je veux juste rester seul un moment. Je t'appelle vers dix-huit heures, quand je serai chez moi.

Elle eut un pauvre sourire pour le remercier, l'embrassa et de prit la direction de sa voiture. Il la regarda descendre et lui faire un dernier signe de la main, avant de monter en voiture et de repartir.

Une fois resté seul, Bastien fit quelques pas pour se retrouver face au chemin qui redescendait de l'autre côté de la colline, celui

223

qu'ils avaient emprunté vingt ans plus tôt. Il resta là à contempler le paysage. Rien n'avait changé par rapport à son souvenir. Le chemin suivait toujours le même parcours, il y avait les mêmes bouquets d'arbre, les mêmes fourrés. Une fois cet examen fait, il jeta un dernier coup d'œil au lieu où il était, avant de se décider à redescendre la colline à son tour. Il monta dans sa voiture, démarra et prit la direction de la maison de Lechapelier. Il passa devant chez sa mère sans s'arrêter. Cela ne lui était jamais arrivé. Mais ce soir, pour la première fois, il n'avait vraiment pas envie de la regarder en face. Elle était trop liée à tous ces souvenirs. Et ce combat-là, il fallait qu'il le mène tout seul.

Il continua en direction de la maison de Lechapelier, qui avait été revendue depuis belle lurette. Elle se trouvait au fond d'une impasse. Seul un chemin de terre partait sur la droite en direction du verger. Il se gara donc devant la maison, descendit et continua à pied par ce chemin le long de la propriété. Il constata que le chemin avait été goudronné et était devenu une petite route. En la suivant, il arriva au bout de la propriété, derrière la maison, là où commençait le verger, et son cœur se mit à battre plus vite. Cela faisait dix-huit ans qu'il n'était pas revenu ici. Et pourtant, tout était encore dans sa mémoire, comme si ça s'était produit la veille. Aujourd'hui, il avait besoin de revenir pour confronter ses souvenirs à la réalité. Revoir les lieux lui permettrait peut-être d'y voir plus clair.

De loin, là où il s'attendait à voir un grillage encerclant une haie, il fut surpris de constater qu'il y avait un mur. Il se dit qu'il était surprenant d'entourer un verger par un mur. Les nouveaux propriétaires avaient eu là une drôle d'idée. Il poursuivit sa route le long de ce mur, en direction de l'endroit où était autrefois le portail. Mais là où il porta le regard, il ne vit pas de portail comme il s'y attendait, mais le mur qui se prolongeait. Il avisa que la seule ouverture ménagée se trouvait plus loin. Il continua du même pas jusqu'à cette ouverture, et constata qu'il s'agissait d'une grille. Il apercevait la végétation à travers, et elle lui sembla bien plus fournie que celle d'un simple verger. Quand il arriva devant, il en eut le souffle coupé. Il n'y avait plus de verger. Tout avait été rasé.

Et à la place, à l'emplacement précis où Lechapelier était tombé, se dressait maintenant une maison. Un jardin avait été planté autour, des arbres, des arbustes, des massifs de fleurs, et la luxuriance de la végétation indiquait que cela avait été fait depuis bien longtemps. Du verger, plus aucune trace. Sauf, à bien observer, quelques spécimens avaient été conservés ici et là. Ou bien ces arbres fruitiers avaient également été plantés avec le reste ? Il n'aurait su le dire. Mais il restait saisi de la transformation des lieux. Ici, il n'y avait plus rien à voir avec ses souvenirs. Le temps avait passé et avait tout changé. Il réalisa que le verger n'existait probablement plus que dans son souvenir et dans celui de Karine. Peut-être aussi dans celui de leur mère. Et probablement que le reste du monde l'avait oublié. Il resta là un moment, continuant à chercher du regard des traces de l'ancien verger. Dix fois, il porta les yeux en direction de l'arbre qu'il voulait voir. Dix fois, il constata qu'il y avait le mur d'une maison qui l'en empêchait. La seule chose qui n'avait pas changé était le périmètre de l'espace.

Il lui fallut ce temps, cette observation, pour se convaincre que les choses n'étaient plus comme il les avait laissées, qu'elles avaient changé et que le temps avait passé. Que l'évènement tragique qui avait marqué sa vie n'existait plus que dans sa mémoire. Et il s'en trouva déstabilisé.

Au bout d'un long moment il reprit la direction de sa voiture, y grimpa et démarra pour reprendre le chemin de sa maison. Autant il avait été accablé dans l'après-midi, autant il se trouvait maintenant dans la plus complète incertitude. Il n'aurait su dire s'il en était heureux ou accablé. Cela faisait trop de choses à intégrer dans une seule après-midi.

Une fois rentré chez lui, alors qu'il était encore dans sa voiture, il appela sa sœur pour lui dire qu'il était rentré. Par contre, il ne parvint pas encore à lui dire que le verger n'existait plus. Cela faisait trop de nouveautés. Il n'arrivait plus à gérer toutes ces nouvelles informations. Alors, après l'avoir rassurée, il lui confirma qu'il allait s'en tenir à ce qu'ils avaient dit : continuer à faire semblant, encore pendant un temps.

Puis il raccrocha et rentra chez lui.

Chapitre 20

Vendredi 3 septembre 2010 - 18h30

Le père Petichemin finissait toujours sa journée en passant par l'église avant de rejoindre le presbytère. Il aimait vérifier que tout soit en ordre, propre et rangé avant de se retirer, histoire de terminer en rendant un dernier honneur à son Maître en Sa maison. C'était pour lui comme un rituel, un apaisement en fin de journée, une façon de quitter son rôle de ministre de Dieu pour redevenir un simple mortel, après les visites effectuées dans la journée qui pouvaient parfois être éprouvantes.

Il se dirigeait vers l'allée centrale afin de s'agenouiller devant le Christ une dernière fois, quand il aperçut à nouveau le jeune homme. Il était venu là tous les soirs, vers dix-huit heures, depuis une semaine, s'était assis à chaque fois au troisième rang à droite, et était resté là une heure durant, les coudes sur les genoux, la tête appuyée sur les mains, avant de repartir vers dix-neuf. Au début, le prêtre avait pensé qu'il venait se recueillir au souvenir d'une personne disparue, prier Dieu pour un sujet particulier, ou tout simplement méditer au calme. Mais soir après soir, il avait fini par en douter. Avec le temps, il lui était apparu que cet homme était dans le tourment, et semblait ne pas trouver d'apaisement. Par ailleurs, il ne se souvenait pas l'avoir vu auparavant, et supposait donc que cet homme n'était probablement pas du nombre de ses paroissiens.

Laissant là sa génuflexion, il se dirigea vers lui. Il estimait que son devoir ne se bornait pas à tenir une église propre, serrer des mains, prononcer des absolutions, ou s'occuper des seuls membres de sa congrégation, mais également à apporter un soutien à son prochain. Considérant que chaque être humain avait été créé à l'image de Dieu, chacun de ces mêmes humains était un peu le reflet de Dieu lui-même. Alors pour lui, chaque fois qu'il était face à un de ses semblables, il se comportait avec le même respect que s'il avait Dieu lui-même en face de lui. Et ça faisait toute la différence pour ceux à qui il s'adressait.

Arrivé à la hauteur du visiteur, il attira son attention en disant "Bonsoir". Bastien sorti de sa torpeur et leva les yeux vers le prêtre. Plongé comme il l'était dans ses réflexions, il ne l'avait pas vu venir.

Il répondit simplement "Bonsoir", par politesse, et se demandait s'il devait ajouter quelque chose quand le père continua avec un sourire en lui tendant la main :

- Je suis le père Petitchemin. Cela fait plusieurs soirs que je vous vois venir dans mon église. Il est un peu tard, mais je vous souhaite la bienvenue dans la maison du Seigneur. Avez-vous une raison particulière de venir ici ?

Bastien lui serra la main machinalement et hocha la tête. Il n'était pas sûr d'avoir envie de parler de tout ça. Mais il n'était pas sûr non plus de vouloir repartir avec sa croix comme tous les autres soirs. Il détourna les yeux.

- Oui, il y a une raison.

Le Père attendit un moment qu'il poursuive avant de constater que ça n'était pas son intention.

- Est-ce que je peux m'asseoir un moment avec vous ? Aimeriez-vous que nous en discutions, ou bien préférez-vous que je vous laisse méditer en paix ?

Bastien n'était toujours pas très sûr de ce qu'il voulait. Préférait-il rester seul ou bien était-il temps pour lui de se confier à quelqu'un ? Au fond, est-ce que ça n'était pas ce qu'il recherchait ? Pourquoi venait-il dans cette église ? Sans être totalement athée, il n'était pas forcément croyant, alors de là à se confier à un prêtre… En fait, il ne savait pas vraiment pourquoi il venait chaque soir dans cette église depuis une semaine. Peut-être à la recherche d'une absolution divine ?... Il réalisa que le prêtre attendait une réponse et, comme il se voyait mal l'envoyer bouler dans sa propre église, il lui fit un signe de tête pour indiquer son approbation. Le père s'assit avec un sourire.

- Bien. Voulez-vous me dire comment vous vous appelez ?
- Bastien.
- Alors Bastien, quel est le sujet de vos réflexions ?

Bastien resta silencieux un moment. Il se demandait comment aborder le sujet. Comment expliquer tout ce marasme. Tout lui semblait tellement compliqué. Alors il se dit qu'il valait peut-être mieux aller droit au but. Dire l'essentiel. Ce qui lui pesait le plus. Cet homme était un confesseur, alors autant se confesser.

- J'ai tué un homme.

Le père Petitchemin se crispa un instant en entendant ces mots. Ça n'était pas la première fois qu'il entendait ce genre de confession. Pour autant, il ne l'entendait pas tous les jours non plus. Et chaque fois, cela lui faisait le même effet : un effroi qu'il s'employait à effacer aussitôt. L'âme torturée qui venait se confesser n'avait pas besoin qu'on en rajoute à sa culpabilité. Mais Bastien poursuivait :

- J'ai tué un homme et ce souvenir me hante.

Avant de rajouter à mi-voix :

- Je me sens coupable.

C'était le genre de propos qui rassurait le père. Au moins cet homme montrait un repentir. Il n'était donc pas du nombre de ceux qui tuent de sang-froid, sans remords, par cupidité ou par haine. Il y avait donc de l'espoir. D'ailleurs, n'était-ce pas ce qu'indiquait sa présence dans une église ?

- Pouvez-vous me dire dans quelles circonstances vous avez tué cet homme ?

Il se gardait d'employer des mots tels que "meurtre" ou "assassiner" qui pouvaient sembler accusateurs. Il avait pris l'habitude de reprendre les termes mêmes utilisés par son interlocuteur. Ainsi la personne ne se sentait pas heurtée. Bastien dut réfléchir un moment avant de répondre. C'était curieux, il avait beau y réfléchir depuis des semaines, voire depuis des années, il continuait à trouver tout cela extrêmement compliqué. Il dut faire un effort pour trouver par où tout cela avait commencé.

- Mon père est décédé quand j'avais quinze ans. Cancer. Ma mère s'est retrouvée seule. Elle était mère au foyer et rapidement nous nous sommes retrouvés à court d'argent. Vraisemblablement, elle n'a plus réussi à payer le loyer. J'ai découvert un jour qu'elle couchait avec le propriétaire. J'ai été très choqué. Quand je l'ai entendu pleurer, j'ai compris qu'en fait elle se prostituait pour régler le loyer.

Bastien n'en eut pas conscience mais le Père Petitchemin avait à nouveau serré les poings en entendant ce récit. Le Christ n'avait-il pas ordonné de faire droit à la veuve et à l'orphelin ? Et même sans être particulièrement croyant, un homme ne pouvait-il simplement pas montrer de la bonté, être humain ? Mais une fois de plus, force lui était de constater que la notion de solidarité, pourtant basique, avait été inexistante. Un tel récit le remplissait d'indignation. Mais Bastien poursuivait. Le ton de sa voix s'était durci :

- J'ai haï ce type. Cent fois, j'ai imaginé comment le tuer. J'aurais voulu... lui plonger un couteau dans le ventre... l'étrangler de mes mains... le tabasser à mort...

Ces mots, qui évoquaient une extrême violence, ne choquèrent pourtant pas le prêtre. Il comprenait cette réaction très humaine de l'indignation poussée à l'extrême, face à des actes inqualifiables. Par ailleurs, il n'avait pas manqué de remarquer le fait que Bastien avait évoqué un acte imaginaire. Il se prit à espérer que le jeune homme, dans sa haine, avait confondu imaginaire et réalité. Il prit la parole :

- Ce sont des réactions très naturelles que la colère et l'indignation quand nous sommes face à une situation injuste et ignoble.

Bastien tourna la tête vers le père :

- Vous trouvez ?

- Oui. La bible déclare que les fondements du trône de Dieu sont la justice et l'équité. Comme Dieu nous a créés à son image, nous trouvons nous aussi que ces valeurs sont fondamentales. Aussi, lorsque nous sommes témoins de quelque chose qui n'est pas juste, cela nous fait réagir. C'est normal, et c'est même souhaitable. Ce qui est important ici n'est pas tant l'émotion que nous ressentons, qui ne reste qu'une émotion, mais ce que nous en faisons. Mais poursuivez, je vous prie, vous disiez justement que vous étiez très en colère et que, dans votre désir de vengeance, vous imaginiez que vous tuiez cet homme.

- Oui, c'est exactement ça. J'étais fou de rage et j'aurais voulu tuer cet homme... mais vous dites que ça n'est pas mal ?

- Disons... La colère, quand elle est justifiée, et l'indignation ne sont pas mauvaises en soi. Ce ne sont que des émotions, qui témoignent que vous avez une conscience, une morale, des principes, que vous avez également des sentiments. Que vous êtes un être humain, en fait. Dans le cas que vous venez de me citer, votre colère, votre indignation, poussées à l'extrême, vous ont conduit à envisager le pire envers cet homme. Mais, vous avez également dit qu'il ne s'agissait alors que de votre imaginaire n'est-ce pas ?

- Oui, je ne faisais qu'imaginer tout ça. Ça me faisait du bien, je me vengeais dans ma tête. Ou plutôt, je vengeais ma mère.

- Voilà. L'attitude ignoble de cet homme vous a conduit à imaginer une réponse toute aussi ignoble : le meurtre. Mais ça n'est resté que le fruit de votre imagination. Vous n'avez pas préparé un passage à l'acte...

L'homme d'église continuait à espérer que cet homme qui s'accusait de meurtre n'avait fait que s'embrouiller dans son vécu, mélangeant fantasme et réalité, et que peut-être le-dit meurtre n'avait jamais eu lieu. Il laissa sa phrase en suspension, comme une interrogation, espérant que Bastien vienne confirmer son intuition.

- Oui... je ne faisais qu'imaginer...

Le prêtre se sentit satisfait.

- Et ensuite, face à la situation que vivait votre mère avec cet homme, qu'avez-vous fait ?

Il sembla au prêtre que les épaules de l'homme s'affaissèrent.

- Rien... Je n'ai rien fait.

Le père se reprit.

- Vous m'avez dit, je crois, que vous aviez quinze ans ?

- J'avais quinze ans lorsque mon père est décédé. Mais quand Lechapelier est mort, j'en avais dix-sept.

- Alors j'ai mal posé ma question, car qu'auriez-vous pu faire à un si jeune âge ?! Quand je vous demandais ce que vous aviez fait je ne parlais pas tant d'un acte concret, vous n'étiez pas en position de faire quoi que ce soit, que d'une attitude plus générale. Comment avez-vous vécu cette situation ?

Bastien entendait les paroles de cet homme de Dieu. Il n'aurait su dire pourquoi, elles lui faisaient du bien. Ça n'était encore qu'un sentiment ténu, à peine perceptible, mais l'entendre dire qu'il était trop jeune pour agir et que ça n'était pas son rôle l'apaisait singulièrement. Pourtant, il se souvenait bien que sa sœur lui avait maintes fois tenu des propos similaires, mais venant d'elle, ces paroles n'avaient pas eu le même impact. Etait-ce parce que cet homme était un représentant de Dieu sur terre que ses paroles le marquaient plus ? Ou parce qu'il était extérieur à la mort de Lechapelier, contrairement à Karine ? Ou encore, parce qu'il avait une attitude paternelle envers lui ? Par ailleurs, Bastien était très étonné de se livrer autant à un inconnu. Il prenait conscience que c'était ce qui lui avait manqué durant toutes ces années : quelqu'un à qui se confier. Il reprit :

- Je l'ai très mal vécu. J'aurais voulu agir, mais je ne savais pas quoi faire. J'étais trop jeune pour travailler, nous n'avions personne à qui demander de l'argent, personne pour nous héberger. Je me suis senti... tellement démuni.

Le prêtre ne dit rien. Il est des évidences qui parfois n'ont pas besoin de commentaires. Juste de respect. Il reprit la parole au bout d'un moment.

- Avez-vous pu en parler à votre mère ?

Bastien répondit sur un ton véhément.

- Non ! Non, ça me mettait trop mal à l'aise.

- Oui, bien sûr. C'est déjà un sujet très difficile en temps normal, alors dans votre cas, ça devenait encore plus douloureux. Comment un adolescent pourrait-il parler de ce genre de situation à sa propre mère ?

Il y eu un temps de silence que le prêtre laissa couler pour permettre à Bastien de s'apaiser un tant soit peu.

- Mais vous étiez quand même conscient de sa souffrance.

C'était plus une affirmation qu'une question.

- Oui.

Comment cet homme, qui ne s'était jamais marié, n'avait jamais eu d'enfant, pouvait aussi bien comprendre ses sentiments ? Bastien réalisa qu'à défaut d'une épouse, cet homme avait

forcément eu une mère, et qu'avant d'être un prêtre il avait été un fils. Celui-ci poursuivit d'ailleurs :
- Et vous auriez souhaité l'effacer, cette souffrance ?
- Oui.
- Mais votre jeune âge ne vous l'a pas permis ?
- Non.
- Et vous avez donc souffert avec votre mère.
- Oui.
- Mais vous n'avez jamais eu la possibilité de le lui exprimer.
- Non.
Le prêtre laissa encore un temps de réflexion à Bastien. Au fur et à mesure qu'ils discutaient, il lui semblait que quelque chose se décrispait en lui. C'était encore ténu, mais perceptible. Il reprit :
- Et voyez-vous, toute cette souffrance dont vous avez été témoin, celle que vous avez ressentie, vous n'avez jamais pu la confier à qui que ce soit jusqu'à aujourd'hui. C'est cette souffrance qui a entretenu en vous cette colère, cette haine.
- Probablement.
- Que s'est-il passé ensuite ?
- Au bout de quelques mois, ma mère a trouvé un travail. Oh, c'était temporaire, mais c'était un travail. Nous avons même pu l'aider, ma sœur et moi, car il s'agissait de trier de l'ail.
- Oui, je vois de quoi il s'agit ! J'ai quelques paroissiens qui font ça aussi, au printemps, pour arrondir les fins de mois. Mais excusez-moi je vous ai interrompu.
- Non, non, il n'y a pas de problème. Cet été-là, maman a pu travailler pendant deux mois, et apparemment elle avait perçu un bon salaire. Je pense qu'elle avait pu régler ses dettes, car elle était transformée. Elle a eu aussi quelques missions d'intérim, durant l'été. Elle était gaie, enjouée, on voyait qu'elle revivait.
Le visage de Bastien s'était quelque peu égayé en évoquant cette période. On voyait que c'était un bon souvenir. Mais ce fut de courte durée. Il se tut et son visage redevint fermé. Le Père en déduisit la suite de l'histoire.
- Mais je devine que les missions d'intérim ont pris fin et que votre maman s'est à nouveau retrouvée en difficulté ?

- Oui c'est ça. Et nous l'avons vue, Karine et moi, dépérir à nouveau, mois après mois.

Le silence s'établit à nouveau.

- Karine, c'est votre jeune sœur ?
- Oui.
- Bien évidemment, vous ne lui avez rien raconté de ce que vous saviez.
- Non, pas à cette époque.
- Et vous n'aviez personne à qui en parler ? Un oncle ? Une tante ? Un professeur en qui vous auriez eu confiance ?
- Mon père et ma mère étaient enfants uniques. Les parents de mon père étaient décédés avant ma naissance, et ma mère n'avait plus son père non plus. Quant à ma grand-mère, elle est dépressive depuis le décès de son mari.

Le prêtre fut encore plus affligé en entendant cette dernière réponse. Lui-même venait d'une grande famille unie d'agriculteurs. Ses parents avaient repris l'exploitation familiale, ses grands-parents habitaient à l'autre bout des terres, et ses autres grands-parents de l'autre côté du village. Ses oncles et tantes habitaient tous les environs, les innombrables cousins et cousines se rejoignaient à longueur de journée en passant à travers champs, et les voisins et voisines fréquentaient la même école et la même église. Tout ce petit monde, habitué aux difficultés de la vie à la campagne, se prêtaient volontiers main forte les uns aux autres, à charge de revanche. Ce qui fait qu'il n'avait jamais eu à vivre le genre de solitude dont il entendait parler ici. Il lui avait fallu attendre d'entrer dans la prêtrise pour entendre ce genre de témoignage. Ils étaient restés silencieux un moment.

- Vous avez dû vous sentir bien seul.

Bastien ne répondit rien. A quoi bon ?

- Que s'est-il passé ensuite, lorsque votre maman s'est à nouveau retrouvée sans emploi ?
- Elle est venue un jour me demander si je pouvais lui prêter les sous que j'avais gagnés en travaillant chez Mc Do. C'était moi qui le lui avais proposé. J'avais travaillé dans le but de l'aider. Mais quand je lui en avais parlé, elle avait refusé en disant que c'était mon

argent, que ce n'était pas à moi de subvenir aux besoins de la famille, et qu'elle ferait tout son possible pour n'avoir jamais à me prendre mon salaire. Le jour où elle est venue me le demander, j'étais content de pouvoir l'aider. Mais en même temps j'ai compris que si elle me le demandait, c'est que ça allait vraiment mal. Il se tut. Le prêtre méditait sur ce qu'il venait d'entendre. Qu'avait dû penser cette femme, en se retrouvant dans la même situation qu'auparavant ? Et quand elle avait dû demander ses économies à son propre fils ? Il secoua la tête d'un air de dénégation. Il ne s'habituerait jamais à la souffrance que l'on rencontrait sur cette terre. D'autant que la plupart de ces souffrances provenaient des hommes eux-mêmes... Dans le cas présent, il se demanda quel genre d'homme pouvait bien être celui qui profitait de la détresse d'une pauvre femme pour en retirer satisfaction. Comment pouvait-on éprouver du plaisir au sein même de la souffrance ? Il demanda :

- Quel genre d'homme était votre propriétaire ?

Bastien dut réfléchir un moment pour trouver quoi dire.

- Un type suffisant. Il était fortuné. A tel point que quand il a vendu la maison à mes parents, c'est auprès de lui qu'ils ont souscrit leur crédit. La banque n'aurait pas voulu d'eux, les revenus de mon père n'étaient pas suffisants. Alors Lechapelier, qui était lui-même banquier, a établi un tableau d'amortissement en leur disant que ça ne faisait pas beaucoup de différence pour lui de percevoir un loyer ou un remboursement mensuel.

Le prêtre hocha la tête.

- Il devait effectivement être aisé pour pouvoir leur octroyer une telle possibilité.

Ils restèrent un instant à méditer sur le comportement de Lechapelier avant que le Père Petitchemin ne reprenne :

- Et malgré cette aisance vous dites que cet homme s'est montré intraitable ?

- Apparemment.

Le prêtre exprima le fond de sa pensée :

- On a du mal à comprendre un comportement aussi abjecte, n'est-ce pas ?

Bastien fut à la fois interpellé et réconforté d'entendre un prêtre non seulement éprouver les mêmes sentiments que lui envers Lechapelier, mais de plus qualifier le comportement de celui-ci d'abjecte. Cette conversation était singulièrement en train de lui apporter la paix qu'il recherchait depuis plus de quinze ans sans parvenir à la débusquer. Jusqu'à un certain point.

- Vous trouvez vous aussi que son comportement était abjecte ?

Le Père le regarda intensément. Il émanait de sa personne une autorité et une sérénité qui étaient à la fois réconfortantes et apaisantes.

- Je pense que tout homme ayant une conscience saine qualifierait son attitude d'abjecte.

Bastien soutint son regard. Il y trouva beaucoup d'indulgence et de compréhension. Nulle trace de reproche, d'accusation ou de jugement, encore moins de condamnation. Il détourna la tête pour méditer sur tout ce qui venait d'être dit. Son regard sur sa situation prenait une nuance nouvelle qu'il n'avait jamais expérimentée.

L'homme de Dieu relança la conversation, en verbalisant lui-même ce que cet homme avait tant de mal à nommer :

- Votre mère est donc redevenue le jouet de cet homme ?

- Oui. Il ne se cachait même plus. Quand je les avais vus, la première fois, il venait à la maison pendant que nous étions au lycée. Mais la seconde fois, c'était ma mère qui devait se rendre chez lui. C'était les grandes vacances, donc forcément nous avons vu qu'elle s'absentait deux fois par semaine.

Il se tut en évoquant cette période. Tant de souvenirs lui revenaient.

- Je me souviens même que Karine lui avait demandé ce qu'elle allait faire chez Lechapelier. Maman avait répondu qu'elle allait faire du ménage. Karine y avait cru. Moi, j'avais bien compris que deux heures de ménage par semaine ne payaient pas un loyer.

Il s'arrêta et un nouveau silence se fit. Le Père trouvait toute cette histoire sordide. Banale et sordide. Il estima qu'il en savait suffisamment pour parler maintenant du point crucial de cette histoire, la vraie raison de la présence de cet homme dans son église. Il jeta un rapide coup d'œil derrière eux pour s'assurer qu'il pouvait parler sans risque, et reprit la parole sur un ton grave.

- Vous avez commencé votre récit en me disant que vous aviez tué cet homme.

Il vit les traits de Bastien se crisper.

- Voulez-vous me dire comment vous en êtes arrivé là ?

Le peu de détente qu'il avait vu s'établir chez Bastien au cours des minutes précédentes s'évanouit en une seconde pour laisser la place à la tension palpable qui était la sienne au début. Ce qui confirma au Père Petitchemin son intuition qu'il n'avait pas affaire à un tueur de sang-froid, mais à un homme accablé.

- Est-ce vous qui vous êtes rendu chez lui pour... pour lui demander des comptes ?

Bastien gardait le silence.

- Est-ce lui qui est venu chez vous ?

Bastien se décida à raconter.

- Nous sommes partis en promenade un jour, tous les trois. Ma mère, ma sœur et moi. Sur le chemin du retour, nous nous sommes retrouvés le long de la propriété de Lechapelier. Je l'ai reconnu de loin. Il était perché à cueillir des fruits dans un arbre. Quand je l'ai vu là, entouré de toute son opulence, de tous ces signes de richesse, à cueillir ses fruits dans son arbre, alors que ma famille se mourrait de faim et de désespoir, alors que ma mère était dépressive, j'en ai été fou de rage et de haine. Aux yeux du monde, c'était un homme respectable, un monsieur, mais dans l'ombre, c'était une ordure qui s'envoyait ma mère comme le pire des salopards.

Le ton de Bastien avait enflé pendant son récit. Le ton de sa voix disait clairement, encore aujourd'hui, sa colère, sa haine. Il continua sur un ton véhément :

- Ca m'a rendu fou. Je l'ai interpellé et j'ai piqué un sprint en direction de l'entrée du verger.

Le prêtre intervint :

- Qu'aviez-vous en tête en allant vers lui ?

- Je voulais lui dire ce que je pensais de lui ! Lui cracher toute ma haine au visage ! Lui dire que je connaissais son petit jeu, et lui dire de laisser ma mère tranquille !

- Votre intention était-elle de le menacer ?

Bastien réfléchit un instant. Il semblait surpris de la remarque.

- Je ne crois pas... enfin... je ne sais pas... peut-être... je voulais lui dire un truc du genre "Je sais ce que vous faites et vous allez arrêter".

- Donc, vous vouliez juste... discuter.

- Je crois, oui...

- Alors vous avez couru, et ensuite ?

Bastien reprit sur le même ton véhément.

- Ensuite je l'ai interpellé et lui ai dit de descendre. Il m'a regardé d'en haut et m'a demandé d'un air mauvais qui j'étais et ce que je voulais. Bien entendu il était en colère que je sois rentré dans son jardin et que je l'ai apostrophé de cette façon. Alors je l'ai regardé en face, je lui ai décliné mon identité et je lui ai dit de descendre à nouveau parce que j'avais à lui parler. Quand il a compris qui j'étais, j'ai vu le mépris sur son visage, son expression qui avait l'air de dire "Mais de quoi vous mêlez-vous ?", comme si le fait de violer ma mère était son droit, comme si je me mêlais de sa vie privée. Il m'a insulté, m'a ordonné de sortir de chez lui. J'ai continué à lui crier de descendre, qu'on allait s'expliquer. Et comme il ne bougeait pas, j'ai commencé à le pousser au niveau des jambes pour l'inciter à descendre. Alors il a commencé à me donner des coups de pieds. J'ai d'abord pensé qu'il essayait de me faire lâcher prise, qu'il voulait se défendre, mais je me suis vite aperçu qu'il me visait vraiment, qu'il n'avait pas l'air effrayé, mais furieux, et que si moi j'essayais juste de le pousser vers son échelle, lui tentait vraiment de me frapper à la tête.

Bastien suspendit son récit. Le Père en profita :

- A cet instant, que s'est-il passé dans votre tête devant son refus de vous écouter, devant son mépris et son agressivité ?

Le jeune homme réfléchit un instant. Son visage se crispa. Il faisait véritablement un effort pour se souvenir. L'homme de foi s'aperçut qu'une fine sueur avait recouvert son front, ce qui n'était pas le cas quelques minutes auparavant.

- J'étais... j'étais tellement en colère... et son refus d'entrer en matière... ça m'a tellement ulcéré... je ne trouve même plus les mots pour dire dans quel état de rage ça m'a mis... autant d'arrogance... d'insolence...

Le prêtre ne savait pas si l'homme qui était en face de lui avait du mal à se souvenir, ou du mal à regarder en face l'acte qu'il avait commis. Avait-il prémédité son acte ? Avait-il agit sous le coup de la colère ? Il savait que s'il voulait l'aider, s'il voulait l'amener à prendre conscience de ce qu'il avait perpétrer, ou au contraire à s'en détacher, il allait devoir le bousculer.

- Vous étiez en colère, oui, vous l'avez déjà dit. Mais ensuite ? Qu'avez-vous pensé ? Qu'avez-vous fait ?

- Je voulais qu'il descende ! Je voulais qu'il m'écoute ! Alors, je l'ai attrapé par le bas de son pantalon et j'ai tiré un grand coup sec de toutes mes forces.

Bastien joignit le geste à la parole pour démontrer comment il s'y était pris. L'homme de Dieu commençait à entrevoir la vérité. Ce jeune homme n'avait pas agi délibérément, en prenant une arme dans le but d'abattre celui qu'il haïssait. Visiblement, les faits qu'il évoquait tendaient plutôt à suggérer qu'il avait agi sous le coup de la colère, par impulsivité. Mais il ne voulait pas seulement entrevoir la vérité, il voulait en être sûr. Et il voulait surtout que cet homme lui-même en soit sûr.

- Pourquoi ? Pourquoi avoir tiré sur son pantalon ?

Le visage de Bastien se crispa davantage, comme s'il souffrait.

- Pour l'obliger à descendre ! Pour le contraindre à m'écouter !

Le Père prit un ton ferme.

- Etes-vous sur ? Etes-vous sûr que c'était bien là ce que vous vouliez, juste le faire descendre ?

- Oui ! Je voulais... qu'il m'écoute !

Le père répliqua avec un ton ferme, à la limite de l'accusation.

- Etes-vous sûr que votre réelle intention à cet instant n'était pas de le tuer ?

Bastien releva la tête avec stupéfaction.

- Mais... non... je voulais...

Cette fois-ci, le prêtre répliqua avec un ton réellement accusateur.

- Allons, dites les choses telles qu'elles sont : vous vouliez l'arrêter dans sa malfaisance, alors vous l'avez tué !

Bastien en resta sans voix. Le prêtre parla encore plus durement.

- Voyons c'est évidemment ! Cet homme se comporte de manière ignoble avec votre mère, et il affiche à votre égard le plus parfait mépris. Vous voulez lui parler d'homme à homme, mais il refuse toute discussion avec vous. Vous, ce que vous vouliez, c'était libérer votre mère, le punir ! Alors vous l'avez tué !

Bastien se prit la tête à deux mains. Entendre cet homme l'accuser lui était insoutenable. Il lui avait semblé trouver auprès de ce prêtre un soutien compréhensif, un appui qui l'aurait aidé à y voir clair, et au lieu de cela il se retrouvait accusé ! Comment lui faire comprendre, comment lui prouver qu'il ne voulait pas ? Qu'il n'avait pas voulu ?... Mais... Est-ce qu'il n'avait vraiment pas voulu ? Avec tout ce temps qu'il avait passé à méditer de tuer cet homme, est-ce que finalement, la colère aidant, il n'était pas passé à l'acte avec une telle rapidité que sa conscience n'avait pas eu le temps de s'interposer ? Où était la vérité ? Il avait beau essayer de se souvenir, de faire le tri dans sa mémoire, il lui était impossible de retrouver quel avait été le sentiment dominant qui avait précédé son acte, la seconde juste avant. Etait-ce la colère ? La haine ? Le désir de vengeance ? Ou bien avait-il simplement voulu le faire descendre de son arbre ? Le mettre face à ses responsabilités ?

Il releva la tête et regarda à nouveau l'homme de Dieu avec désespoir. Comment le convaincre quand lui-même était en proie à un tel doute ? L'homme le regardait. Sur son visage, dans ses yeux, aucune crispation, aucun signe de colère ou d'indignation, encore moins d'incrimination. Il posa même une main paternelle sur l'épaule de Bastien. Pourtant, sa bouche continua à proférer des paroles terribles :

- C'est bien ce que vous venez de me dire ! Vous m'avez déclaré avoir tué un homme, et maintenant vous venez de m'indiquer le mobile, c'est bien ça ?

Bastien était consterné. Au comble du désespoir, il se leva d'un bond et sorti du rang dans l'allée centrale. Croyant qu'il allait s'enfuir sous le coup de l'émotion, le prêtre se leva lui aussi et le suivi. Il lui barra le passage et chercha son regard. Au lieu de s'adresser à lui sur un ton autoritaire et affirmatif, il poursuivit sur un ton à la fois véhément et persuasif :
- Est-ce bien ça ? Est-ce bien ça qui s'est passé ? Avez-vous délibérément choisi de tuer cet homme pour être sûr d'en avoir fini avec lui ? Pour que plus jamais il ne fasse de mal à votre mère ? Pour que plus jamais il ne vous méprise ?
Les larmes avaient commencées à sourdre des yeux de Bastien. Le prêtre lui saisit les mains.
- Allons dites-le ! Il vous faut faire face à vos souvenirs pour retrouver la paix ! Pour qu'enfin vous soyez libre de l'emprise de cet homme ! Pourquoi avez-vous tiré sur son pantalon ? Vouliez-vous le faire descendre ? Vouliez-vous le tuer ?
- Non ! Je n'ai pas voulu le tuer ! C'était un accident !
Et Bastien se mit à pleurer comme l'aurait fait un enfant. A bout de force, de désespoir, de culpabilité, d'égarement. Il se détourna. L'homme de Dieu le laissa s'épancher, se contentant de lui poser une main paternelle sur l'épaule. Il prit conscience que l'heure avait tourné, et avant qu'un visiteur tardif n'entre dans l'église, il alla fermer la grande porte pour être certain qu'ils ne soient pas dérangés avant de terminer leur entretien. Puis il revint vers Bastien et, au bout de plusieurs minutes, quand il eut constaté qu'il s'était un peu apaisé, lui proposa de reprendre place d'un signe de la main accompagné d'une pression amicale sur le bras. Bastien obtempéra. Il était vidé. Une fois assis, le Père reprit la parole sur un ton chaleureux :
- Vous aurez compris que si je vous ai bousculé, tout à l'heure, c'était pour vous aider à y voir plus clair dans vos sentiments, pour faire réagir en vous votre estime de vous-même, votre conscience. J'espérais que le fait de vous voir accusé allait faire ressurgir en vous les vrais sentiments qui vous ont poussé à agir il y a vingt ans. Et apparemment ce fut le cas.

Bastien hésita avant de reprendre la parole, la voix encore mouillée de larmes.

- En fait, je ne suis plus sûr de rien. Je me souviens que je n'ai jamais vraiment eu l'intention de le tuer. Même si je l'ai imaginé cent fois dans ma tête, jamais je n'ai vraiment songé à passer à l'acte. Et puis, je me suis retrouvé à côté de son verger, j'ai couru, on s'est disputé et j'ai tiré sur son pantalon... Quand j'y réfléchis, il me semble qu'à cet instant je ne voulais pas le tuer, juste le faire descendre, sans réaliser que mon geste était dangereux. Mais avec le temps, dans l'état de colère où j'étais, je ne suis plus sûr de rien. Après l'avoir imaginé cent fois, peut-être qu'à cette seconde-là, c'est réellement ce que j'ai voulu, le tuer.

Le père Petitchemin regardais avec tristesse cet homme qui était face à l'inéluctable et pour lequel il ne pouvait rien faire de plus. Comment lui permettre de se souvenir de cette fraction de seconde où il avait pris la décision de tirer sur le pantalon de son ennemi ? Comment faire renaitre le sentiment qui motiva son action à cet instant-là ? Il le savait, la culpabilité est un bien lourd fardeau à porter. Il demanda :

- Il y a bien dû y avoir une enquête, une autopsie ? La police ne vous a-t-elle pas interrogé ?

- Si. J'ai déclaré l'avoir vu tomber. L'autopsie n'ayant rien révélé d'autre, ils ont conclu à un accident.

- Je vois.

Le prêtre prit encore un temps de réflexion avant de poursuivre.

- Mais alors, si l'enquête n'a rien trouvé, si l'autopsie n'a rien révélé, c'est qu'il n'y avait probablement rien d'autre ?

Bastien le regarda droit dans les yeux.

- Croyez-vous qu'un déséquilibre provoqué par un pantalon tiré se voit à l'autopsie ?

Le Père soutint le regard de Bastien et médita cette réponse pendant un instant avant de répondre.

- Je vois ce que vous voulez dire.

- Quand bien même je n'aurais pas voulu le tuer, quand bien même ça ne serait qu'un accident, il n'en reste pas moins qu'un homme est mort à cause de moi. Ma sœur vous le dirait tout autant que moi.

Le prêtre sursauta.

- Parce que votre sœur était là ?

Bastien fit signe que oui de la tête. Le prêtre secoua la tête.

- Pauvre petite. Quel âge avait-elle ?
- Elle venait d'avoir quatorze ans.
- C'est tellement jeune. En avez-vous parlé depuis ?
- Pas pendant toutes ces années. Jusqu'à la semaine dernière, elle ne savait même pas pourquoi j'en voulais à cet homme. C'est moi qui le lui ai appris. Elle était restée sur cette interrogation "Pourquoi mon frère en voulait-il à cet homme, pourquoi l'a-t-il tué ?" Elle pensait que j'avais eu une crise de démence.
- Et elle-même, comment vit-elle tout ça ?
- Elle a décidé de tourner la page. Elle n'a pas oublié, mais elle fait avec. Aujourd'hui, elle dit qu'elle veut vivre, qu'elle veut avancer. Elle y arrive plus ou moins.
- Et vous-même, non ?

Bastien prit une inspiration avant de répondre.

- Disons… disons que jusqu'à aujourd'hui je n'avais jamais pu en parler à personne. Alors je me sentais coupable. Tellement coupable que mes pensées ont nié les faits et que dans mon souvenir c'était ma sœur qui avait tué cet homme.

Le prêtre en fut stupéfait.

- Pendant toutes ces années vous avez pensé que c'était votre jeune sœur qui l'avait fait tomber ?
- Oui. Voyez-vous, quand mon père est décédé, j'ai pensé que c'était alors à moi de prendre soin de ma mère et de ma sœur. Ou pour le moins que je devais épauler ma mère. J'ai essayé d'être un adulte. Et puis, quand ma mère a manqué d'argent, quand elle a couché avec cet homme, je ne savais plus quoi faire. Alors je m'en suis voulu, j'ai trouvé que je n'étais pas à la hauteur.
- Mais, vous n'étiez qu'un tout jeune homme ! Vous n'aviez même pas encore le droit de travailler ! Ce n'est pas comme si les faits se produisaient aujourd'hui, où vous auriez pu prêter de

l'argent à votre mère, ou encore l'héberger chez vous. Mais à l'époque, vous aviez les mains liées !

- Oui, mais c'est seulement aujourd'hui que j'en prends pleinement conscience. A l'époque, je me sentais coupable de n'avoir rien fait. Et puis, quand j'ai vu cet homme par terre, alors que ma sœur était justement là, j'ai trouvé que j'avais été en dessous de tout. Je ne sais plus comment, à quel moment mes souvenirs se sont mélangés, mais entre culpabilité d'avoir tué cet homme et culpabilité de n'avoir pas su gérer, j'ai fini par croire qu'à cause de mon inconséquence ma sœur s'était sentie obligée d'agir à ma place.

L'homme d'église resta sans voix, en découvrant comment le psychisme d'un homme pouvait l'amener à transformer la réalité. Un long moment s'écoula avant qu'il ne reprenne. Il estimait qu'il était temps de clore la discussion.

- Jeune homme, vous venez de m'ouvrir votre cœur avec beaucoup de sincérité. Et j'en profite au passage pour vous dire que je suis tenu par le secret professionnel. Vous n'avez donc rien à craindre de moi. Maintenant je voudrais vous poser une question : pourquoi êtes-vous venu dans cette église ? Qu'êtes-vous venu y chercher ? Croyez-vous en Dieu ?

Bastien détourna pudiquement les yeux avant de répondre :

- Je ne sais pas trop… Sans aller jusqu'à dire que je ne crois en rien, je ne sais pas trop non plus s'il y a un Dieu.

Le père observa quelques secondes de silence avant de répondre.

- Effectivement, le fait de croire en Dieu ou pas est un choix personnel, qui doit se faire en accord avec sa conscience. Mais dans cette situation où vous êtes, où vous vous interrogez, pourquoi êtes-vous venu ? Pour trouver des réponses ?... Un apaisement ?... L'absolution ?

Bastien réfléchit un moment avant de répondre.

- Je suis venu ici parce que je voulais fuir, éviter tous les endroits qui me rappelaient ma culpabilité. Aussi parce qu'une église, c'est paisible. Et aussi parce que… peut-être parce que j'aimerais que Dieu me pardonne.

Le prêtre le considéra un instant.
- Vous ressentez le besoin d'être pardonné par Dieu ?
- Je voudrais retrouver la paix, oui.
- Et que pourriez-vous faire qui vous ramène la paix ?
Bastien hésita un instant avant de répondre.
- J'avais songé à me dénoncer à la police, pour que justice soit faite. Mais les conséquences aujourd'hui seraient tout aussi désastreuses que si je continuais à me taire.
Le prêtre désigna l'anneau au doigt de Bastien.
- Vous êtes marié.
- Oui.
- Vous avez maintenant une famille... Votre auto-dénonciation, si jamais vous étiez jugé coupable, vous enverrait tout droit en prison, privant votre épouse et vos enfants de votre soutien. Ça serait un coup terrible pour votre mère, et probablement que votre sœur serait elle aussi inquiétée.
- Malheureusement oui.
- Il se peut aussi, étant donné qu'il s'agit d'un accident, d'une imprudence, et de plus causée dans des circonstances aussi dramatiques et par un individu aussi jeune, que vous bénéficiez d'une condamnation avec sursis.
- Oui, mais je ne peux pas en être sûr.
- Non, effectivement, il n'est pas possible de le savoir à l'avance.
Il y eut encore un silence avant que Bastien poursuive.
- Si je m'étais dénoncé à l'époque, si j'avais dit la vérité, cela n'aurait pas eu trop de conséquences. Si j'avais été condamné, ma mère et ma sœur auraient continué à vivre comme avant, mais sans moi, et si j'avais bénéficié du sursis, aujourd'hui je serais libre et la conscience tranquille. Mais comme je n'ai rien dit, si je me dénonce aujourd'hui et que je sois condamné, non seulement ma femme et mes enfants ne pourront plus compter sur moi, mais de plus ma sœur serait condamnée pour complicité, alors qu'à l'époque elle n'aurait même pas été inquiétée.
- C'est vrai. Je vois que vous avez réfléchi à la question, vous êtes très lucide.

Ils réfléchirent à nouveau en silence avant que l'homme de Dieu ne reprenne la parole d'un ton affirmé.

- Mon ami, vous êtes venu dans cette église pour trouver la paix, le pardon, et dans ce but vous m'avez ouvert votre cœur avec beaucoup de sincérité. Je vais donc vous parler avec la même sincérité. D'une part, vous m'avez déclaré avoir tué un homme, par accident, sous le coup de la colère, parce que vous n'étiez plus en mesure de prendre conscience de la portée de vos actes. Vous venez vous-même de me démontrer, avec beaucoup de courage, que vous avez parfaitement conscience que le geste que vous avez eu a été terrible. Et aujourd'hui, votre conscience vous le reproche, et vous indique que réparation doit être faite. Sur ce sujet, la Bible est sans ambiguïté. Les dix commandements disent clairement "Tu ne tueras point". Mais elle distingue également entre le meurtre crapuleux, commis de sang-froid, l'homicide commis par imprudence, et celui commis par accident. Dans votre cas, il me semble que l'on pourrait parler d'homicide involontaire, par imprudence. La distinction entre ces différents faits est nécessaire, car le degré de responsabilité n'est pas le même.

Le prêtre reprit un instant sa respiration.

- Par ailleurs, je veux également attirer votre attention sur un autre fait, tout aussi capital. Dieu nous demande, tout au long des textes bibliques, de venir en aide à ceux qui sont dans le besoin et de les soutenir. Les textes bibliques sont également très clairs là-dessus. Pourtant, nous constatons tous que notre société est bien absente, lorsque nous sommes en difficulté. Chacun considère que l'autre n'a qu'à s'assumer sa propre vie, et que s'il a besoin d'aide c'est une tâche qui incombe à autrui. Ce qui fait que, comme vous venez de le dire, votre famille n'a reçu quasiment aucun soutien. C'est bien ce que vous m'avez dit, que votre mère a longuement cherché du travail, sans en trouver n'est-ce pas ?

- Elle a cherché du travail partout où elle a pu. Elle a aussi demandé de l'aide aux services sociaux et aux allocations familiales.

- Sans résultat ?

- Oui, sans résultat.

- Je suppose qu'elle a aussi demandé à votre propriétaire d'avoir de la patience ?
- Probablement.
- Oui, c'est probable. Pourtant, il semble qu'elle n'ait trouvé d'aide nulle part. Et c'est bien là que je veux en venir. Lorsqu'une personne, quelle qu'elle soit, se retrouve en difficulté, elle ne trouve pas toujours l'aide dont elle a besoin. Elle se retrouve alors acculée, perdue, et ne fait donc pas forcément les meilleurs choix. Dans votre cas, vous vous êtes retrouvé dans une situation extrêmement difficile pour un jeune homme de dix-sept ans, et face au désespoir, et sans autre recours, vous avez agi comme vous avez pu. Et malheureusement, pressé par la détresse, par la souffrance, vous avez eu un geste fatal.

Bastien avait relevé la tête et regardait droit devant lui tout en écoutant. Il en avait tant voulu à la société de les avoir laissés tomber...

- Bien sûr, vous restez responsable de vos propres décisions, de vos propres actes, mais la société toute entière n'est-elle pas responsable de ses propres choix ? Ou plutôt, de son absence de choix et d'actes ?

Bastien continuait à écouter et à réfléchir à ce que lui disait le prêtre.

- N'est-ce pas à chacun d'entre nous de réfléchir à nos choix, à nos actes, pour façonner la société telle que nous la voulons, c'est-à-dire une société qui ne laisse pas une famille tellement démunie que la mère pense ne pas avoir d'autre solution que de se prostituer, et le fils d'avoir à assassiner le violeur de sa mère ?

Bastien restait silencieux. Il n'avait jamais envisagé les choses sous cet angle. La société coresponsable de ses actes ? Coresponsable parce qu'indifférente, démissionnaire, méprisante ? Entendre de telles paroles lui faisait du bien. Même s'il restait terriblement conscient, comme l'avait si justement rappelé le père Petitchemin, qu'il restait responsable de ses choix et coupable de ses actes. Il vit l'homme de foi tendre la main vers une bible posée devant eux, dans le dos du banc situé devant le leur, et chercher rapidement dans le livre sacré.

- Jeune homme, une telle situation nous dépasse, vous et moi. Alors je vous propose que nous nous tournions ensemble vers Dieu pour solliciter son secours. Si vous hésitez à vous approcher de Lui, si vous vous sentez trop coupable pour Lui parler, dites-vous bien qu'Il était là tout du long de notre conversation. Il a Lui-même entendu votre confession, Il a vu vos larmes, et bien plus...

Il posa sa main sur le bras de Bastien.

- Il a vu votre cœur.

Bastien sentit les larmes qui montaient à nouveau à ses yeux. Le prêtre reprit :

- Voici le texte que je voudrais vous lire. Vous le trouverez dans le livre des Psaumes, au chapitre soixante-deux et au verset neuf : "Fais de moi ton refuge en te confiant en moi en tout temps, et en épanchant ton cœur devant moi." Je vous propose qu'ensemble, nous nous confions à Dieu pour que vous puissiez lui épancher votre cœur.

Puis, la main toujours posée sur le bras de Bastien, il inclina la tête :

"Seigneur Dieu. Je te remercie parce que tu étais avec nous durant toute notre conversation. Tu as entendu la confession de ton enfant Bastien. S'il a oublié la cause déterminante de son acte, Toi tu t'en souviens. Et par-dessus tout tu as vu son repentir, tu as vu son cœur, sa sincérité. Père, nous voici maintenant ensemble devant toi, pour te demander d'intervenir dans sa vie, et de révéler à Bastien ce qu'il doit faire. Est-ce qu'il doit se dénoncer ? Est-ce qu'il doit rester auprès de sa famille ? Et pour qu'il puisse prendre cette décision je réclame pour lui ta paix. Quelle que soit sa décision, quoi que tu lui montres, donne lui ta paix. Je t'en remercie Seigneur. Amen".

- Amen.

Chapitre 21

Samedi 4 septembre 2010 - 05h00

Cette nuit-là, Isabelle dormit très peu. Sans cesse, ses pensées la ramenèrent à son tourment, à son interrogation qui ne trouvait pas d'issue : Bastien avait-il tué Lechapelier pour l'en délivrer ? Son fils était-il devenu un assassin pour la protéger ? Quand elle trouva enfin le sommeil, à deux heures du matin, il fut peuplé de cauchemars. Elle se réveilla finalement à cinq heures, peu reposée, mais trop tendue pour espérer pouvoir retrouver le sommeil. Elle se leva donc et prit une longue douche chaude pour essayer de se calmer.

Une fois habillée, elle n'eut aucune envie de déjeuner, mais se dit qu'il lui fallait quand même avaler quelque chose de chaud. Elle descendit à la cuisine et se prépara un thé. Une fois assise devant sa tasse, ses pensées ne firent que tourbillonner de plus belle. Elle aurait voulu pouvoir appeler Bastien, lui dire de venir, lui poser la question en face. Mais en dehors du fait qu'il était beaucoup trop tôt, elle avait bien conscience qu'elle ne serait jamais capable d'aborder un tel sujet avec son fils. Alors, à se torturer de la sorte, il lui prit l'envie de retourner sur le lieu du crime pour essayer de comprendre, de deviner ce qui s'était passé. Peut-être que le fait de revoir l'endroit lui apporterait davantage de réponses. Le lieu du crime ?... Avant même d'être sûre des faits, elle pensait déjà "au lieu du crime" ? Etait-elle déjà tellement convaincue de la culpabilité de son fils ? Exaspérée par cette tension qu'elle ne parvenait pas à maîtriser, elle se leva, saisit sa veste et sortit dans la fraîcheur de ce petit matin de fin d'été.

Le ciel commençait tout juste à pâlir à l'horizon. Cela lui importa peu, puisqu'elle connaissait le chemin par cœur. Elle apprécia même cette obscurité qui lui permettrait de se déplacer discrètement. Elle ne tenait pas à être vue par les nouveaux occupants de la maison de Lechapelier. Galvanisée par le besoin impérieux de découvrir la vérité, d'apaiser ses craintes, de savoir, elle marcha d'un bon pas jusqu'à la maison de son ancien propriétaire. Elle s'arrêta devant le portail pendant un moment. On ne voyait toujours rien de la maison, dissimulée par la végétation comme autrefois, mais ce qu'elle distinguait du parc n'avait pas changé. On aurait pu croire que tout était resté de même. Seul le temps s'était écoulé. Par contre, en tournant la tête, elle constata que le petit chemin qui longeait la propriété, celui qu'elle avait emprunté à une autre époque pour aller chercher de l'aide après la chute de Lechapelier, avait été goudronné et transformé en petite route. Autrefois, jusqu'au jour de la fatidique promenade, il lui avait été totalement invisible. Aveuglée par sa détresse et son désespoir, pétrie de honte à chacune de ses visites, elle avait gardé la tête baissée et n'avait rien enregistré des alentours. Ça n'avait été que le jour de l'accident qu'elle avait découvert ce chemin. Elle n'y était jamais revenue depuis.

Elle s'engagea sur cette petite route. Tout en marchant, elle jetait des regards dans la direction de la maison, mais celle-ci était toujours occultée par la haie qui bordait le parc. Pourtant, à un endroit, elle constata qu'il y a avait une brèche dans cette haie, provoquée probablement par la mort de quelques thuyas. La vue donnant sur la maison y était dégagée. Elle s'arrêta pour regarder ce qui avait été le lieu de son tourment, mais elle ne vit que la découpe de la bâtisse, plus sombre sur le fond de la nuit. La clarté n'était pas encore suffisante pour distinguer quelque chose. Sans perdre davantage de temps, elle poursuivit son chemin en direction du verger.

Elle continua sa route le long de la haie, attendant d'en atteindre l'extrémité pour voir se profiler le grillage qui délimitait les plantations. Mais au bout d'un moment, elle constata que la haie avait été remplacée par un mur. Elle continua donc en longeant ce mur, toujours dans l'attente d'atteindre le grillage. Le chemin lui sembla long. Dans son souvenir, la distance qui séparait le verger de la maison n'était pas si grande. Mais il fallait reconnaitre qu'elle n'avait fait ce trajet qu'une seule fois, de jour, au pas de course, et il y avait de cela vingt ans. Pourtant, arrivée à l'extrémité du mur, elle fut stupéfaite de constater qu'il n'y avait pas de verger, mais une garrigue qui s'étendait à perte de vue.

Pendant un instant, elle pensa s'être trompée de chemin. Mais après réflexion, elle réalisa qu'il n'y avait qu'un seul chemin qui longeait la maison de Lechapelier, et qu'elle ne pouvait donc pas l'avoir manqué. Elle était au bon endroit. Elle se dit alors que le verger avait probablement été arraché il y avait longtemps, et que la garrigue avait repris ses droits. Mais elle se souvint que le chemin devenu route longeait le verger en une ligne droite. Et là, devant elle, la route qui contournait la garrigue faisait une courbe. Elle se retourna alors pour observer le chemin qu'elle venait de parcourir, quand le soleil passa au-dessus de l'horizon. La clarté se fit instantanément plus intense et lui permit de comprendre que le mur qu'elle venait de longer remplaçait l'ancien grillage du verger. Elle fut étonnée de la transformation des lieux. En regardant alentour, elle reconnut parfaitement les environs, les buissons où elle s'était éloignée, le chemin qui longeait le verger de façon rectiligne. Sauf que ce mur remplaçait le grillage. Elle rebroussa chemin à pas lents, à la recherche d'une ouverture, et finit par trouver la grille qui permettait d'entrer dans l'enceinte. La clarté naissante du matin lui fit découvrir que ce mur ne protégeait plus des arbres, mais une propriété, une grande maison entourée d'un vaste jardin. Elle en resta interdite. La réalité ne collait plus du tout à son souvenir. Elle en fut déstabilisée. Elle avait souhaité venir ici pour trouver des réponses, et ne pouvait que constater que cela lui était dorénavant impossible. Elle observa quand même le jardin à travers la grille, espérant reconnaître l'endroit où elle avait vu Lechapelier à terre. En vain. Elle recula de quelques pas, pour avoir une vue d'ensemble du mur, et évaluer où se situait le portail du verger d'autrefois. De là, elle refit dans sa tête le chemin qu'elle avait parcouru à travers les arbres pour retrouver ses enfants. Elle revoyait la scène, se rappelait de son affolement, de son angoisse, à se demander pourquoi son fils avait crié, pourquoi ses enfants étaient entrés dans ce verger, et à chercher où ils se trouvaient. Au final, il lui sembla que ce parcours aboutissait là où il y avait maintenant la maison. Elle s'approcha à nouveau de la grille pour contempler les lieux et ne put que constater à nouveau que plus rien n'avait à voir avec ses souvenirs. Elle resta là un moment, à regarder cet endroit qu'elle ne connaissait pas, à se pénétrer du fait que les lieux avaient changé.

Sans le savoir, ses pensées étaient en train de suivre le même cheminement que celles de son fils deux jours plus tôt. Comme lui, elle avait voulu faire le tri dans ses souvenirs. Comme lui, elle constatait que le temps avait passé, que les choses avaient changé, et que ses souvenirs sordides n'existaient plus que dans sa tête. Qui, aujourd'hui, se souvenait encore de M. Lechapelier ? Sa propriété avait été démantelée, vendue, et le verger avait été totalement transformé par les nouveaux habitants. Actuellement, était-ce encore les mêmes personnes que celles qui avaient racheté le domaine après sa mort, ou bien différents occupants s'étaient-ils succédés, au point de ne même plus connaître le nom de celui qui, autrefois, avait été le fier propriétaire de ces lieux ? Quoi qu'il en soit, en contemplant l'endroit transformé, Isabelle prenait lentement conscience que le temps avait passé, que tout avait changé, et que la période encore si présente à sa mémoire était révolue, et bien révolue. Vingt années s'étaient écoulées depuis. Alors pourquoi vivait-elle encore dans ce passé ?

Lentement, encore sous le coup de l'émotion, elle reprit le chemin de son domicile, réfléchissant encore à toutes ces années qui avaient défilé. Elle repensait également à toutes ces périodes où elle avait déprimé, ou elle avait vu parfois son fils, parfois sa fille déprimer, où elle avait vu leurs conjoints attristés. Et tout ça pour quoi ? En avançant sur la petite route, qui pour elle était nouvelle, elle constata que cette allée n'était pourtant pas récente. Elle était envahie de mousse là où l'ombre des arbres s'étendait, plusieurs failles s'étaient formées dans le revêtement, et des coulures de goudron étaient visibles çà et là. Et il fallait plusieurs années pour que ce genre de dommages ne se produise. C'était pour elle une preuve supplémentaire que le temps avait passé, mais qu'elle n'en avait pas eu conscience. Elle atteignit l'endroit où la haie présentait une brèche. Le soleil était maintenant suffisamment haut pour lui permettre de voir clairement. Elle s'arrêta pour observer les lieux.

La maison avait quelque peu changé. La façade, autrefois blanche, avait été repeinte en ivoire, rendant l'ensemble moins austère. De nouveaux parterres et massifs de fleurs avaient été plantés çà et là, tandis que plusieurs buissons ou arbres avaient été enlevés, libérant la vue. A l'arrière de la maison, on voyait tout un ensemble de jeux pour jeunes enfants : bac à sable, toboggan, balançoire, porteur, tandis que du linge minuscule était suspendu sur l'étendoir à proximité. Les deux voitures garées devant étaient une familiale pour l'une, et une berline puissante pour l'autre. Tout indiquait qu'un jeune couple vivait là, avec un à plusieurs enfants. Il était peu probable qu'ils aient été ceux qui avaient racheté la maison aux héritiers Lechapelier vingt ans plus tôt. Combien s'étaient succédés avant eux ? Isabelle n'aurait probablement jamais la réponse, mais là n'était pas la question. Tout ce qu'elle constatait, là encore, c'est que le temps avait passé et qu'il n'y avait plus qu'elle, Bastien et Karine pour se souvenir de ces années de misère. Les autres avaient continué à vivre.

Toutes ces découvertes, cumulées à l'effet du soleil levant, lui firent l'effet d'une véritable prise de conscience. Elle réalisa que, depuis vingt ans, elle menait comme une double vie. D'une part, il y avait l'Isabelle qui s'était sortie de la misère, avait trouvé un emploi, avait poursuivi sa fonction de secrétaire, tout en tenant son rôle de mère et de maîtresse de maison. Et d'autre part, il y avait l'Isabelle meurtrie, écrasée, pauvre, en proie au doute et à la peur, qui se terrait comme un mulot au fond de son terrier. Une part d'elle-même avait vécu, mais une autre part, même si elle était ténue, était restée morte. Et ce matin, c'était comme si quelqu'un avait décidé d'ouvrir fenêtre et volets, après qu'elle ait été cloîtrée pendant vingt ans dans une chambre fermée, et que tout à coup l'air et le soleil soient entrés à flot. Et elle décida que vingt ans de réclusion, c'était bien assez. Elle estima qu'elle avait passé suffisamment de temps à observer cette maison, et qu'il était temps de rentrer chez elle.

Elle arriva à son domicile. Une fois de plus, elle fut heureuse d'en ouvrir la porte, d'en retrouver les odeurs familières. Elle se dit que c'était sa maison, qu'elle en avait payé chaque mensualité, de manière plus ou moins orthodoxe certes, mais qu'elle était maintenant la propriétaire officielle de ces lieux, et qu'elle s'y plaisait toujours autant qu'à l'époque où elle l'avait choisie avec Marc. Ici, tout était resté tel qu'elle l'avait imaginé au départ, signe qu'ici, par contre, le temps s'était figé. Et elle se demanda pourquoi, depuis vingt ans, elle n'avait jamais songé à rafraîchir la décoration. Elle fut brusquement prise d'une inspiration. Elle ôta sa veste et ses chaussures, enfila ses pantoufles, et monta aussitôt dans sa chambre. Là, elle ouvrit le tiroir du bas de sa commode, y prit une boîte d'où elle sortit une clef, retourna sur le palier munie de cette clef et se dirigea vers la porte qui était close depuis vingt ans. Elle l'ouvrit.

Elle dut allumer la lumière. La pièce était restée la même. Il y avait toujours le même dessus de lit, la même chaise, la même table de nuit et la même commode. Depuis plus de vingt années, elle n'y avait plus remis les pieds. Suite au décès de Lechapelier, elle avait fermé cette porte à clef, comme pour mieux y enfermer ses peurs, ses craintes et ses angoisses, et n'avait plus voulu y retourner. L'odeur de renfermé était tenace. Elle traversa la chambre, manœuvra la fenêtre qui grinça, puis les volets sur lesquels elle dut forcer pour pouvoir les faire bouger. L'air frais et humide du matin s'engouffra dans la pièce en même temps que le soleil naissant, les deux contrastant avec la pesanteur de l'air ambiant et la laideur de la pièce. Isabelle emplit ses poumons et ses yeux de la vue que lui offrait l'extérieur. Oui, il était temps d'amener le renouveau dans cette chambre.

Elle s'aperçut alors qu'elle avait faim. Forcément, elle n'avait pas encore déjeuné, et son escapade matinale lui avait ouvert l'appétit. Elle retraversa la pièce en sens inverse, attrapa au passage l'horrible dessus de lit ainsi que les draps jaunis, et descendit au rez. Là, elle commença par fourrer les vieux tissus dans un sac poubelle qu'elle noua, avant de le jeter dans le conteneur de la remise. Puis, elle ouvrit les volets de la salle à manger, du salon et de la cuisine, histoire de faire entrer à flot le radieux soleil du matin. Elle se prépara alors un bon petit-déjeuner avec du pain grillé, du beurre, un café corsé et un jus d'orange qu'elle posa sur un plateau. Elle reprit son roman, celui qu'elle gardait à proximité du canapé, s'installa à la table de la salle à manger en face du soleil, et déjeuna de bon appétit en se replongeant dans ce livre qu'elle avait délaissé depuis trop longtemps.

Puis, une fois son repas terminé, elle débarrassa la table, s'installa à son secrétaire, en sortit une feuille de brouillon et y nota plusieurs résolutions. Elle nota de vider et refaire la chambre d'amis. Là, elle mit un point d'interrogation : voulait-elle simplement la rafraichir, la transformer en salle de jeux, ou en bureau ? Ou les deux ? Elle se dit qu'elle ferait bien d'en parler à ses enfants et à ses petits-enfants. Ils décideraient ensemble de la future destination de la pièce. Ensuite, elle nota de rénover également toutes les autres pièces, l'une après l'autre. Là aussi, elle mit un point d'interrogation : voulait-elle conserver les mêmes teintes, le même mobilier, ou bien tout changer ? Pour sa chambre, elle le savait déjà : elle voulait simplement rafraîchir les couleurs, probablement refaire la décoration, mais sans apporter de grands changements. Pareil pour la salle à manger et la salle de bain. Par contre, pour la cuisine et les chambres des enfants, elle voulait leur demander leur avis. Elle nota également de refaire le potager. Elle l'avait laissé à l'abandon après avoir trouvé du travail, car non seulement elle n'avait plus eu ni le temps ni le besoin de s'en occuper, mais cette activité avait pris pour elle l'aspect d'une activité de survie, de pauvre. Il était temps d'y remédier. Enfin, elle nota également de finaliser le rangement de la remise. Là aussi, il était temps de tourner la page.

Puis elle mit sa feuille de résolutions de côté, sortit une autre feuille de brouillon, et y nota des idées de menus pour inviter sa famille à déjeuner demain. Il était un peu tard pour prendre une telle décision, et elle résolut de les appeler avant de se mettre à cuisiner, mais elle avait envie, elle avait besoin de tous les réunir, d'être avec eux, de profiter d'eux avec ce nouvel élan de vie qui lui était venu ce matin, avec cette nouvelle envie d'aller de l'avant. Elle avait besoin de voir Bastien et de lui dire que le passé était bel et bien passé, qu'elle avait tourné la page, et qu'il devait faire de même. Au bout de quelques minutes de réflexion, elle décida qu'il valait mieux prévoir un buffet. C'était encore de saison, et cela conviendrait à tout le monde. Elle nota alors plusieurs idées de crudité, de salades, avec quand même un plat chaud au cas où le temps serait plus frais. Une fois sa liste finie, elle alla la placer dans la cuisine, puis regarda l'heure en pensant appeler ses enfants. Elle fut surprise de constater qu'il n'était que huit heures du matin. Bien trop tôt pour un coup de fil. Alors, dans l'attente, galvanisée par ce nouvel élan, elle décida réaliser la dernière résolution de sa liste, celle de terminer le rangement de la remise qu'elle avait délaissée suite à la trouvaille des fleurs fanées.

Elle mit son tablier, se rendit dans la remise, et reprit son rangement là où elle l'avait laissé. Décidée, elle commença par prendre les fleurs fanées et les vieux chiffons à bras-le-corps, les porta dans le jardin au milieu de l'ancien potager et les jeta là. Elle entassa par-dessus les branchages qu'elle pensait porter en déchetterie, et fit encore plusieurs allers-retours pour se débarrasser de quelques vieilleries dont elle ne voulait plus. Puis elle mit le feu au tout avec un véritable plaisir. Tout flamba en quelques minutes. Une fois le feu éteint elle inonda les cendres pour être sûr qu'il ne reprenne pas, puis retourna le dessus de la terre à la fourche pour la mélanger aux cendres. Puisqu'elle avait l'idée de refaire son potager au printemps, autant préparer la terre dès à présent.

Une fois cette affaire réglée, elle poursuivit son tri, son rangement et son nettoyage, et ne s'arrêta que lorsqu'elle estima que la remise était suffisamment en ordre. Le gain de place était appréciable. Seuls restaient, au milieu de la pièce, de vieux ustensiles qu'elle souhaitait trier avec ses enfants avant de décider de leur sort. Quand elle rentra à nouveau dans sa cuisine, elle découvrit qu'il était onze heures passées. Elle se dépêcha de retirer son tablier et de se laver les mains pour appeler ses enfants et les inviter à déjeuner le lendemain. Au téléphone, il lui sembla que ces derniers se montraient un peu hésitants pour venir, Karine comme Bastien, mais ils finirent par accepter l'un comme l'autre, comme mis en échec à trouver une excuse valable. Elle avait trouvé que Bastien avait une voix morne. Elle avait d'autant plus insisté, désireuse d'avoir une explication avec lui et de lui insuffler ce nouvel élan de vie qui l'animait depuis ce matin.

Elle se lança alors dans ses préparations culinaires, faisant une pause pour déjeuner devant les informations, puis poursuivit cette tâche jusqu'en fin d'après-midi. Tout en cuisinant, elle réfléchit à la discussion qu'elle souhaitait avoir avec Bastien. Depuis mercredi, sa pensée avait évolué. Il n'était plus vraiment question pour elle de découvrir si son fils avait tué Lechapelier ou pas. En fait, aujourd'hui, elle ne souhaitait plus le savoir. Ce n'était pas qu'elle s'en moquait, mais bien plutôt qu'elle voulait tourner la page. Après tout, il y avait eu une enquête qui n'avait rien révélé de plus, et Bastien ne semblait pas mal se porter, alors pourquoi remettre de l'huile sur le feu ? Il n'y avait que ces petites discussions à la sauvage, qu'avaient toujours Karine et Bastien chaque fois qu'ils se voyaient, pour rappeler à Isabelle le souvenir de ce moment funeste. Elle l'avait toujours su. Leurs petites rencontres se faisaient toujours en fin de journée, aux alentours de dix-sept heures, à peu près l'heure à laquelle Lechapelier était décédé. Déjà, quand ils étaient adolescents et qu'ils vivaient encore chez elle, ils se retrouvaient toujours dans la chambre de l'un ou de l'autre pour discuter à voix basse entre eux. Comme s'ils avaient voulu se rassurer l'un l'autre. Ce qu'ils ne faisaient jamais avant. Elle avait toujours eu un doute. Mais aujourd'hui, elle ne souhaitait plus du tout avoir une certitude. Elle voulait juste avancer. Vingt ans de pénitence était suffisants. Le reste du monde avait continué à vivre. Maintenant, elle voulait faire de même.

Elle rangea tout ce qu'elle avait préparé au frigo, et décida qu'elle avait suffisamment travaillé pour aujourd'hui. D'ailleurs, elle se sentait fourbue. Mais heureuse. Le grand mouvement de nettoyage et de tri qu'elle entreprenait ne visait pas seulement à nettoyer sa maison, mais également son âme. Et qu'est-ce que cela lui faisait du bien ! Pour finir la journée, elle décida de se préparer un plateau-télé et de passer la soirée devant le journal télévisé, puis devant un de ces feuilletons policiers américains, où les flics sont tous beaux, minces, et ultra-compétents.

Chapitre 22

Dimanche 5 septembre 2010

Bastien et Delphine arrivèrent les premiers avec leurs enfants. La veille, ils avaient discuté pour savoir s'il fallait informer Isabelle de la déprime de Bastien ou pas. Lui ne le souhaitait pas, mais Delphine avait insisté en disant que, de toute façon, il était visible qu'il n'allait pas bien. Isabelle allait forcément se faire du souci. Un peu contrarié, Bastien avait rétorqué :
- Mais que veux-tu que je lui dise ?

- Eh bien la vérité : que depuis le temps que tu assumes à tous les niveaux, tu te retrouves un peu perdu et fatigué, que de mauvais souvenirs datant de la période du décès de ton père te reviennent en mémoire, que tu es en arrêt le temps de reprendre ton souffle et que tu vas aller voir un thérapeute. Où est le problème ? Tu crois que ça sera mieux si tu ne lui dis rien ?

Bastien n'avait plus rien dit et Delphine n'avait pas insisté.

Les enfants franchirent la porte les premiers pour vite embrasser leur mamie, suivis de leur maman. Bastien entra le dernier, et Isabelle avisa tout de suite qu'il était pâle et amaigri. Elle en fut attristée, bien sûr, mais curieusement, elle ne s'en sentit pas accablée. En se levant ce matin, elle avait constaté que son bel enthousiasme de la veille était intact, et en voyant son fils elle n'eut pas envie de s'apitoyer, mais bien plutôt de l'encourager. Elle prit son visage dans ses mains et lui demanda avec tendresse :
- Qu'est-ce qui se passe, Bastien, je ne te trouve pas en forme.

Elle vit que son regard était triste, mais quand même vif.
- Oh, pas grand-chose, un petit coup de fatigue, c'est ce qui arrive quand on travaille trop.
- Quand on travaille trop ? Bastien, que me racontes-tu, tu as pris tes vacances au mois de juillet, comment pourrais-tu déjà être fatigué ? Est-ce que tu es malade ?

Il se détourna en évitant son regard, pour poser sa veste et sa sacoche, et répondit sur un ton un peu irrité.

- Mais non maman, que vas-tu encore chercher ? Vacances ou pas, la rentrée a été un peu sur les chapeaux de roue, c'est tout.

Il vit à son regard qu'elle n'était pas convaincue par cette réponse. Les enfants offrirent, sans le savoir, un bon subterfuge en réclamant l'autorisation à leur grand-mère de l'aider à finir la préparation des plats. Elle accepta avec un grand sourire, à condition qu'ils lui racontent leur rentrée scolaire, et que les adultes aillent mettre la table dans le jardin. Bastien et Delphine ne se firent pas prier. Une fois qu'ils furent dehors, Delphine demanda :

- Tu n'as donc pas l'intention de lui en parler ?

Bastien répondit sur un ton interloqué.

- Que veux-tu que je lui dise ?

- Eh bien tout simplement la vérité ! Que tu as des angoisses qui te reviennent, en écho au décès de ton père ! Ça n'a rien de dramatique, en soi !

Il avait semblé à Delphine que Bastien avait pâli lorsqu'elle lui avait suggéré de dire la vérité. Pourquoi le fait de parler à sa mère le gênait-il tellement ? Quant à Bastien, il vit bien que Delphine était mécontente.

Ils commençaient à poser les assiettes en silence, quand ils virent arriver la voiture de Michel et Karine. Eux aussi avaient discuté la veille. Karine se demandait s'ils avaient bien fait d'accepter cette invitation, compte-tenu de la situation. Michel avait demandé, avec un air faussement innocent, de quelle situation elle parlait.

- Mais tu sais bien, que Bastien n'est pas en forme et qu'il me saoule à vouloir que ça soit moi qui n'aille pas bien...

- Ah ça ! Mais ça, ça n'a rien de "secret défense" ! J'estime que vous pouvez très bien en parler à ta mère, elle peut comprendre ce genre de chose, non ?

Karine avait été visiblement mal à l'aise.

- Mais... elle pourrait s'inquiéter...

- Ah ? Et tu crois qu'elle ne va pas s'inquiéter si elle voit Bastien déprimé sans qu'il lui explique ce qui ne va pas ? Ou encore mieux, s'il ne va plus la voir pendant des semaines ?

Karine avait semblé hésiter et Michel avait enfoncé le clou.

- Je crois plutôt qu'il est temps que vous appreniez, dans cette famille, à faire face aux évènements sans en faire tout un drame, au lieu de toujours afficher un air politiquement correct quand il y a un souci.

Et il avait ajouté sur un ton légèrement irrité :
- J'avoue que je commence à en avoir marre de votre habitude à toujours afficher un calme apparent au lieu d'aller au fond des choses.

Quand Michel et Karine apparurent, Delphine et Bastien s'interrompirent pour les accueillir et procéder aux embrassades rituelles, pendant que Karen et Christophe couraient à la cuisine rejoindre leurs cousins et leur grand-mère. Michel, à la fois pour indiquer qu'il était au courant de la situation et pour montrer sa sympathie, posa sa main sur l'épaule de Bastien et lui demanda d'un ton chaleureux :
- Alors, comment vas-tu ?

Bastien répondit d'un ton hésitant.
- Oh, on fait aller...
- Je vois. Ecoute, prend du temps pour toi. Ça ne fait qu'une ou deux semaines que tu es en arrêt, donc pour le moment la sécu et la mutuelle devraient te ficher la paix. Profites-en. Visiblement, tu as toujours été un gars sérieux, tu as toujours été là pour ta mère et ta sœur, mais maintenant, c'est de toi que tu dois prendre soin, ok ?

Bastien eut un sourire un peu triste.
- Ok, je vais faire ce qu'il faut.
- Très bien. Et...

Michel hésita avant de poursuivre. Bastien demanda :
- Et ?...

Michel se jeta à l'eau.
- Et je trouve que tu devrais en parler à ta mère.

Bastien jeta un coup d'œil à sa femme et à sa sœur. Il n'eut pas le temps de répondre que Delphine emboîta le pas à Michel.
- Je suis d'accord avec Michel. Bastien, tu n'étais pas très convaincant tout à l'heure en disant à ta mère que tu étais juste un peu fatigué. Elle-même t'a fait remarquer que ça n'était pas très

crédible. Pourquoi ne lui as-tu pas dit, à ce moment-là, que tu faisais de la déprime ?

Karine réagit :

- Ma mère a posé des questions ?

- Elle a bien remarqué que Bastien a maigri et qu'il a mauvaise mine. Donc forcément, elle lui a demandé ce qui n'allait pas.

Michel reprit :

- Et tu as dit que tu étais juste un peu fatigué au lieu de dire la vérité ?

Bastien inclina la tête pour répondre. Il y eut un silence avant que Michel ne poursuive, sur un ton sec.

- Ecoute, nous quatre sommes au courant que tu ne vas pas bien. Je ne vois pas pourquoi ta mère ne pourrait pas être informée elle aussi, c'est ridicule. Elle n'est pas en sucre, il me semble, et elle peut entendre ce genre de chose, je ne vois pas pourquoi vous en faites tout un drame.

Pour clore ces propos qui la mettaient mal à l'aise, Karine fit un pas pour embrasser son frère à son tour. Même s'il était visible qu'il n'allait pas bien, elle trouvait qu'il avait quand même bien meilleure mine que la dernière fois où ils s'étaient vu. Certes, il avait maigri, il était pâle, mais l'éclat de son regard était moins éteint, et il semblait avoir retrouvé un peu de vivacité. Delphine allait reprendre la parole quand Isabelle apparu sur le pas de la porte.

- Ah mais tout le monde est là ! Est-ce que les deux hommes veulent bien venir m'aider pendant que les femmes mettent la table ?

Michel répondit à voix haute :

- On arrive !

Avant de clore à voix basse.

- C'est à vous deux de décider de ce que vous devez faire, mais au moins vous connaissez notre point de vue.

Michel prit la direction de la maison, suivit par Bastien, en silence. En arrivant, Michel et Isabelle se saluèrent cordialement. Isabelle confia à Michel la tâche de déboucher le vin, le jus de pomme pétillant pour les enfants, de remplir la carafe et d'apporter les boissons sur la table, et à Bastien de sortir la desserte de la remise, de la placer près de la table puis d'y apporter les plats. En entrant dans la remise, Bastien fut véritablement épaté de la place et du rangement qui avaient été faits :

- Maman ! Mais tu as fait un sacré boulot !

Isabelle le rejoignit sur le pas de la porte.

- Oui, j'en ai eu assez de tout ce bazar qui traînait depuis des lustres. Regarde toute la place que je gagne ! Tiens, la desserte est là, dans ce coin.

En passant par le jardin pour sortir la desserte, Bastien remarqua les traces de cendre sur le sol. Inquiet, il interpella sa mère.

- Maman ! Qu'est-ce qui s'est passé, il y a eu le feu au jardin ?

Elle répondit d'un ton joyeux.

- En quelque sorte : j'ai brûlé des vieilleries !

Bastien lui jeta un regard à la fois sceptique et content avant de poursuivre son chemin.

Les deux belles-sœurs mettaient le couvert tout en discutant. Lorsqu'elle fut sûre qu'elles étaient seules, Karine demanda à voix basse à Delphine si Bastien lui avait parlé de leur entrevue. Delphine, tout en posant les assiettes, lui confirma que oui. Elle lui résuma en quelques mots ce que Bastien lui avait dit, à savoir que lui et Karine avaient pu discuter de tout ce qui lui avait pesé lors du décès de leur père, que ça lui avait fait du bien d'en parler, même si tout n'était pas réglé. Karine acquiesça d'un signe de tête. Elle nota que Bastien s'en était tenu à l'excuse qu'ils avaient conclue ensemble. Et ça valait mieux comme ça. Elle-même avait donné la même explication à son mari. Elle espérait cependant pouvoir s'isoler un moment avec son frère pour lui demander comment il allait réellement, car même s'il lui semblait aller mieux, elle restait inquiète.

Par contre, elle ne savait pas quelle contenance prendre avec leur mère. En effet, si Michel et Delphine avaient facilement accepté l'explication qu'elle avait élaborée avec Bastien, il était beaucoup moins sûr que leur mère y souscrive aussi facilement. Elle était là lorsque les faits s'étaient produits, et en savait plus qu'eux. D'un autre côté, avait-elle le moindre soupçon sur le rôle que

Bastien avait joué dans le décès de Lechapelier ? Elle demanda à Delphine :

— Qu'a répondu ma mère, tout à l'heure, quand Bastien lui a dit qu'il était fatigué ?

Delphine releva la tête.

— Elle a insisté en disant que son excuse n'était pas très crédible, vu qu'il a pris ses vacances récemment, que ça n'était pas normal qu'il soit déjà fatigué.

— Et qu'a-t-il répondu ?

— Il l'a un peu rembarrée, en lui demandant qu'est-ce qu'elle allait chercher.

— Et toi aussi, tu penses qu'il faudrait en parler ouvertement ?

Delphine posa les couverts qu'elle avait dans les mains pour faire face à Karine.

— Karine, il est tellement évident qu'il faut lui parler que je me demande même comment vous pouvez en douter, toi et Bastien ! J'avoue que comme Michel, j'ai du mal à comprendre cette surprotection que vous exercez toujours sur elle, toi et ton frère. Votre mère n'est ni stupide ni délicate. Elle peut comprendre, sans en faire tout un drame, que Bastien fait de la déprime, non ?

Karine répondit d'une voix atone :

— Probablement.

Bastien faisait des allers-retours pour amener les entrées sur la desserte. Sa mère avait préparé un repas dans un style buffet, pour être sûre que tout le monde y trouve son bonheur. Elle considérait qu'un repas de famille devait être un régal et une fête pour tout le monde, pas une punition, et encore moins un affrontement entre parents et enfants autour des tomates ou du gigot de mouton à l'ail. Il eut un sourire amusé en constatant la quantité de plats préparés et ne put s'empêcher de taquiner sa mère en embarquant les suivants. D'autant plus qu'elle finissait de préparer les derniers avec les enfants. Elle lui répondit dans un sourire que quand on aimait on ne comptait pas.

Il s'attarda un instant à regarder sa mère tandis qu'elle était occupée avec les enfants. Elle avait un éclat qu'il ne lui avait pas vu depuis longtemps, depuis très longtemps. Il mit ce fait en corrélation avec celui de la remise qu'elle avait nettoyée et rangée, et se demanda ce qui arrivait à sa mère. Il avait toujours eu conscience que, comme lui, elle portait sans cesse le poids de leur passé. Même quand elle riait, même pendant les rencontres familiales, il y avait toujours en elle une tristesse, une fêlure. Il en avait toujours été peiné. Et aujourd'hui, il lui semblait qu'elle était différente. Il n'aurait su dire pourquoi.

Il reprit le trajet vers la desserte et se demanda une fois de plus, comme il ne cessait de le faire depuis sa discussion avec le prêtre Petitchemin, s'il avait le droit, pour apaiser sa conscience, d'infliger à sa mère encore bien du chagrin en se dénonçant à la police. Qu'est-ce qui serait le plus juste en fait : faire justice à Lechapelier en se dénonçant, ou faire justice à sa famille en se taisant ? Il savait, aussi sûrement qu'il savait que le soleil se levait chaque matin, que s'il se dénonçait, il se reprocherait pour le restant de ses jours le chagrin qu'il infligerait à ceux qu'il aimait. De même que s'il continuait à se taire, il porterait pareillement le poids de sa faute, sans pouvoir trouver un apaisement. Par ailleurs, il n'avait aucune certitude si le fait d'aller en prison lui retirerait le poids de la culpabilité. Il se pouvait très bien que celui-ci subsiste. Et encore pire : qu'il subsiste avec en prime la culpabilité d'abandonner ceux qu'il aimait. Il était face à un choix cornélien, et comme l'avait dit le prêtre, il était seul à pouvoir faire ce choix. Pourtant, depuis vendredi soir, il se sentait quand même moins seul. Le père lui avait dit qu'il pourrait compter sur lui. Et sur Dieu aussi. Et ce soutien apportait à Bastien un apaisement inestimable.

Tout en débouchant les bouteilles, Michel jetait des coups d'œil à droite et à gauche pour prendre la température de l'ambiance générale. Pour être sûr de ne pas gêner les allers et venues des uns et des autres, il s'était placé à l'écart, dans la remise dont les portes étaient grandes ouvertes sur le jardin et la cuisine. Lui aussi avait été ébahi de découvrir la pièce qui semblait avoir doublé de volume. Il se promit d'en féliciter Isabelle pendant le repas.

Il avait remarqué que Karine et Delphine discutaient entre elles, et à la façon dont elles se rapprochaient pour ne pas être entendues, à l'expression de leurs visages, il comprit qu'elles s'entretenaient de la récente rencontre de Karine et Bastien. Il en connaissait toute la teneur, pour en avoir discuté avec Karine. Il fallait maintenant laisser le temps à Bastien de faire face à tout ce qui l'avait oppressé, qu'il puisse en parler avec un thérapeute, accepter le fait que vu l'âge qu'il avait à l'époque, il n'avait pas pu faire grand-chose et enfin, qu'il puisse définitivement faire le deuil de toute cette période. D'ailleurs, ce dernier affichait un air pensif tout en faisant des allers-retours entre la cuisine et le jardin. Quand on connaissait Bastien, on voyait immédiatement qu'il n'avait pas sa désinvolture et son dynamisme habituels. Il fallait laisser le temps au temps. Mais si au moins la relation s'était apaisée entre le frère et la sœur, si au moins ils retrouvaient l'un et l'autre la même complicité qu'auparavant, la partie serait gagnée. Ce qu'il fallait, maintenant, c'était donner quelques explications à Isabelle, afin que chacun puisse faire corps-à-corps avec les autres pour soutenir Bastien, et que l'ensemble de la famille reprenne son équilibre. Michel se tourna alors vers la cuisine. Curieusement, Isabelle semblait radieuse. Il l'avait toujours connue comme quelqu'un d'aimable, d'avenant, mais il ne l'aurait jamais qualifiée de "joyeuse". Même pendant les fêtes de fin d'années, ou quand les enfants faisaient les pitres, elle riait de bon cœur, mais son visage affichait aussitôt une ombre triste dès les éclats de rire finis. Mais aujourd'hui, c'était différent. Elle était joyeuse. Vraiment joyeuse. Michel en fut très étonné, étant donné l'air abattu qu'affichait Bastien.

Isabelle décréta qu'il était temps de passer à table et tout le monde obtempéra. Les enfants apportèrent la joie, la bonne humeur et la désinvolture qui faisaient tellement défaut à leurs parents ce midi-là et, face à l'inertie ambiante, Isabelle orienta résolument la discussion sur le thème de la rentrée, en décrétant qu'après l'avis des enfants, elle voulait avoir celui des parents. Le déjeuner se passa alors dans une bonne humeur apparente, où chacun commenta les dernières nouvelles de l'école, les nouveaux rythmes scolaires, ou les adaptations des programmes. Les enfants, pressés d'aller jouer au jardin, se dépêchèrent de manger leur repas et d'avaler leur gâteau au chocolat, pour pouvoir aller plus vite améliorer leurs cabanes, dans l'espoir qu'elles résistent pendant l'hiver. Ils ne manquèrent quand même pas d'exprimer à leur grand-mère combien ce qu'elle avait préparé était bon. Les adultes, plus posés, décidèrent de débarrasser la table avant de passer au dessert, histoire de pouvoir se poser et déguster leur douceur sans plus avoir à se lever.

Une fois la table débarrassée des plats et assiettes sales, une fois le lave-vaisselle rempli, les restes rangés au frigo, et la cuisine nettoyée, Isabelle, Delphine et Michel retournèrent s'asseoir à la table, emportant avec eux la cafetière. Karine et Bastien firent exprès de s'attarder à la cuisine afin de pouvoir discuter. Karine prit la parole en essayant de faire une boutade :

- Au moins, cette fois-ci, ils ne pourront pas dire qu'on se retrouve toujours en fin de journée...

Ils rirent tous les deux, sans grande conviction. Karine demanda :
- Alors toi, comment vas-tu ?
- Un peu mieux. Je suis allé voir un prêtre.

Karine fut surprise.
- Un prêtre ?
- Oui. J'avais besoin de paix, de calme, de silence. Alors j'ai eu envie de m'isoler dans une église.

Karine trouvait que la voix de son frère avait retrouvé en assurance. Sans être aussi ferme que d'habitude, il était bien plus sûr de lui que lors de leur discussion en haut de la colline. Elle s'en réjouit.

- Et alors, que t'a dit ce prêtre ?
- Il est venu vers moi et m'a demandé pourquoi je venais là. Alors je lui ai tout dit.

Devant la mine effrayée de sa sœur, il précisa avec un geste apaisant :
- Il est tenu par le secret professionnel. Il ne dira rien.

Il fit une pause avant de déclarer.
- J'avais besoin de parler. Cela m'a fait beaucoup de bien. C'était la première fois que j'avais la possibilité d'en parler à quelqu'un. Il m'a écouté avec beaucoup de sérieux. Il n'a prononcé aucune parole de jugement, aucune critique. Il n'a pas non plus cherché à

minimiser ce que j'ai fait, mais sans m'accabler. Il est resté très neutre.

Bastien fit à nouveau une pause. Il revivait la scène tout en la racontant.

- Il m'a fait prendre conscience que je ne suis pas le seul fautif dans cette histoire.

Karine haussa les sourcils, dubitative.

- Il m'a fait remarquer que la société entière, dans ce genre d'affaire, est co-responsable. Par manque de solidarité, par indifférence, ou soi-disant pour respecter la vie privée des autres.

Il prit une inspiration avant de poursuivre.

- Rappelle-toi, maman a cherché de l'aide partout, et pourtant personne n'a bougé. Et au final, ne sachant plus que faire, ne trouvant aucune aide, à bout de ressource, j'ai passé mes nerfs sur ce type.

Il se tut encore un instant avant de poursuivre.

- Ce que m'a dit ce prêtre, à cet égard, m'a fait du bien. Je me sens un peu moins fautif.

Il se tut encore un moment.

- Ceci dit, ça ne change rien au fait que c'est moi seul qui ai agi, et que même si c'était plus un accident qu'un meurtre…

Il s'arrêta un instant avant de conclure :

- Ça reste un homicide.

Ils restèrent muets un instant. Il ne leur était pas encore facile d'assumer le mot que Bastien venait de prononcer. Un homicide.

Karine demanda :

- Est-ce que tu crois qu'il faut tout leur dire ?

Bastien haussa les sourcils, n'étant pas sûr de comprendre la question.

- Est-ce que tu crois que nous devons tout dire à Delphine et Michel ?

Bastien répliqua fermement.

- Non. Ça ferait d'eux nos complices.

- C'est aussi ce que je pensais.

Il y eut encore un court silence avant que Karine ne reprenne.

- Et alors, qu'est-ce qu'on fait ?

- En ce qui concerne maman, je crois que nous n'avons pas le choix. Comme le disait Delphine tout à l'heure, elle ne m'a pas cru quand j'ai prétendu être seulement fatigué. Alors, je vais aller lui parler et lui dire que je suis... déprimé. Et soit elle me croira, soit...
Il eut un geste fataliste de la main. Karine conclut.
- Oui, elle était là, elle. Elle connaît tous les tenants et les aboutissants. Elle sait que Lechapelier est mort en août, et qu'on y était. Elle pourrait faire le lien...
- C'est ce que je crains. Mais avons-nous le choix ? Michel et Delphine ne comprennent plus pourquoi nous nous taisons.
Il y eut un nouveau silence entre eux. Puis Bastien poursuivit.
- Par ailleurs, avec ce prêtre, nous avons aussi discuté du fait que me livrer à la police ne serait pas forcément la bonne solution. A moins d'obtenir un sursis, je finirais en prison, et toi également, pour complicité. Ça ferait un nouveau coup dur pour maman, nos conjoints se retrouveraient seuls, et nos enfants auraient à en pâtir.
Karine constata que les faits étaient bien résumés. Il n'y avait rien à ajouter. Il y eut une minute de silence avant qu'elle ne dise, en guise de conclusion :
- Ok. Alors on s'en tient à notre version officielle, et tu vas expliquer à maman le pourquoi de ta mauvaise mine. Et si elle te pose des questions ?
- On s'en tient à ce que l'on a dit. Pour protéger nos familles. S'il faut improviser, fais-moi confiance. De toute façon, elle ne me posera pas de question trop directe devant Michel et Delphine. Je l'imagine mal me demander "As-tu tué Lechapelier ?".
Elle approuva d'un léger signe de tête. Le ton ferme de la voix de Bastien la rassurait. Elle avait toujours été habituée à le voir prendre des décisions, à décider, mais ces dernières semaines, ç'avait été tout le contraire. Il s'était montré hésitant, craintif, fuyant. Aussi, le voir prendre une décision sur un ton déterminé lui redonna un peu d'espoir ; il recommençait à aller de l'avant. Décidemment, cette discussion avec ce prêtre semblait lui avoir fait du bien.
Ils rejoignirent leur famille et s'assirent devant leur dessert avant de se servir leur café. En quelques minutes, ils constatèrent que la

discussion était sporadique et banale, principalement orientée sur les jeux des enfants. Eux-mêmes restèrent silencieux. Ni l'un ni l'autre n'osait prendre la parole, et il semblait que plus personne ne savait quoi dire. Ou plutôt que plus personne n'osait prendre la parole de peur d'en dire trop. Chacun s'interrogeait sur la conduite à tenir quand Isabelle, posant sa main sur la main de son fils, lui demanda d'un ton affectueux :

- Alors Bastien, vas-tu te décider à me dire ce qui ne va pas et que tu t'efforces tant à me cacher ?

Tout le monde en resta coi, stupéfait à la fois que ce soit Isabelle qui mette les pieds dans le plat, et qu'enfin le sujet soit abordé. Bastien eu un faible sourire, à la fois vaincu et amusé.

- Ah... Je suis bien mauvais acteur alors.
- Disons que je suis ta mère et que tu ne peux rien me cacher. Alors, qu'est-ce qui ne va pas ?

Et en lui disant cela, Isabelle regardait son fils droit dans les yeux, sans ciller. Bastien baissa les siens, et posa à son tour sa main sur celle de sa mère, en un geste caressant. Il poussa un soupir et se jeta à l'eau.

- Il y a que, d'un seul coup, toute la période que nous avons vécue lors du décès de papa m'est revenue à la face. Comme ça, d'un seul coup.

Il resta quelques secondes silencieux avant d'avouer :

- A l'époque, je ne me suis pas senti à la hauteur.

Le ton de sa voix disait assez clairement combien cet aveu lui coûtait. Il releva alors la tête et regarda à son tour sa mère dans les yeux.

- Je ne me suis pas senti à la hauteur et j'ai eu l'impression que tout ce qui se passait était de ma faute.

Il se tut. La mère et le fils continuaient à se regarder les yeux dans les yeux, comme si leur dialogue se poursuivait au-delà des mots. Isabelle reprit en appuyant sur chaque mot :

- Bastien, tu sais bien que tu n'es responsable de rien. Est-ce toi qui as décidé de la mort de ton père, ou des conséquences qui ont suivi ?

Bastien répondit sur le même ton.

- Non, mais je sais que j'aurais pu réagir autrement.
- Et comment ?
Le ton qu'ils employaient était insistant, et l'intensité de leur regard donnait encore davantage de poids aux paroles qui étaient prononcées. Karine était à la fois subjuguée et effrayée. Elle réalisait parfaitement que la conversation dont elle était témoin dépassait largement le sens seul des paroles qui étaient prononcées, et ne pouvait qu'approuver que tout ce non-dit vienne enfin au jour. Mais si son compagnon et sa belle-sœur percevaient eux-aussi ce double sens ?
Bastien détourna à nouveau les yeux et retira sa main. Le ton de sa voix se durcit.
- En disant non à certains évènements.
- En disant non à certains évènements ? Et à quoi voulais-tu dire non ? A la mort ? Au chômage ? A la pauvreté ?
La voix d'Isabelle était à la fois ferme, neutre et paisible. Bastien, lui, continuait à fixer la table d'un air mauvais, en serrant les dents. Michel fut impressionné par l'agressivité qu'il découvrait sur le visage de Bastien. Il ne l'avait jamais vu exprimer une telle émotion négative. Ce dernier releva la tête et fixa à nouveau sa mère dans les yeux d'un air haineux.
- En disant au propriétaire d'arrêter de te harceler pour les loyers.
Karine frémit. Maintenant qu'elle était au courant des évènements qui s'étaient produits, elle comprenait parfaitement à quoi Bastien faisait référence en parlant de harcèlement. Et même si elle appréciait la discrétion du terme employé, elle craignait la suite de la discussion. Pourtant, sa mère ne réagit pas. Elle continua à regarder Bastien dans les yeux, la main toujours sur celle de son fils. Un silence s'était fait à nouveau, où l'éloquence du regard remplaçait les mots. Maintenant, Isabelle savait. Elle savait que Bastien savait, qu'il avait toujours su. Et elle comprenait que ce savoir était un mobile. Mais elle ne s'y arrêta pas et poursuivit :
- Et crois-tu que cela l'aurait arrêté ? Tu crois vraiment que si tu lui avais dit quelque chose, il aurait cessé de me harceler ?

Delphine jeta un regard interrogateur vers Michel. De quoi étaient-ils en train de parler ? Elle n'avait jamais entendu parler d'un propriétaire, encore moins qu'il aurait harcelé Isabelle... N'était-elle pas propriétaire de sa maison ? Mais Michel lui indiqua qu'il n'en savait pas plus qu'elle en haussant discrètement les épaules d'un air étonné.

- J'aurais très bien pu lui dire moi-même de me laisser tranquille. Mais j'ai été trop faible pour le faire. Comment toi, un tout jeune homme, un adolescent, tu aurais pu ? Et surtout, en quoi aurais-tu été meilleur que moi pour le convaincre ?

Bastien ne répondait rien, il soutenait le regard de sa mère. Maintenant, elle savait qu'il avait eu connaissance de tout ce qu'elle avait vécu. Et à sa façon, il lui en demandait pardon. Elle poursuivit avec force.

- Bastien, cet individu était sans scrupule. Il n'y avait rien que tu aurais pu faire. Si toi ou moi avions dit quelque chose, ça aurait été l'expulsion. Et tu le sais très bien.

Ils restèrent un long moment dans le silence, à se regarder. Les larmes étaient montées aux yeux de Bastien. Les uns et les autres retenaient leur souffle, conscient que quelque chose se passait, et craignant d'en entraver le processus. Isabelle dégagea sa main pour caresser la joue de son fils.

- Bastien, j'ai toujours pu compter sur toi à cette époque. Te rappelles-tu comment tu m'avais sortie de l'embarras en me donnant tes économies ? Ce soutien a été précieux pour moi, je t'assure. Mais ce que tu me dis à présent, ce que tu exigeais de toi à cette période, était infaisable. Je n'ai jamais connu personne qui, par sa seule volonté, arrive à fléchir la volonté d'une autre personne, en particulier si celle-ci est malfaisante. Je t'assure Bastien que tu n'as rien à te reprocher.

Bastien resta sans réaction pendant un moment. Puis il se leva d'un bond, au comble de l'émotion, pour s'éloigner et verser quelques larmes silencieuses. Durant toutes ces années, il s'était accusé du calvaire de sa mère, de son incapacité à l'en sortir, comme si lui-même avait été coupable. Et voilà que sa mère elle-même l'absolvait. C'était comme une digue qui se rompait, un fardeau qui tombait. Plus personne n'osait parler, par respect pour la douleur de Bastien, et pour ne pas entraver ce début de processus de guérison. Pourtant, au bout de plusieurs minutes, Isabelle finit par reprendre la parole. Elle regardait droit devant elle, et se mit à parler comme si elle s'adressait à elle-même. Le ton de sa voix était normal, comme pour raconter une anecdote quelconque.

- J'ai été réveillée très tôt, ce matin, très tôt. Et j'ai eu envie de m'aérer, de faire une balade. Alors je suis partie en direction du verger. Vous savez, le vieux verger à côté de la maison de M. Lechapelier ?

Le sang de Karine se glaça. Voilà que sa mère elle-même évoquait le verger, ce fameux, ce terrible verger. Et cette évocation n'était pas anodine. Elle se sentit extrêmement mal à l'aise et préféra ne rien répondre. Elle aurait voulu regarder la réaction de Bastien, mais elle craignait que son regard ne soit trop éloquent, ne trahisse sa peur. Alors, elle continua à regarder la table.

Bastien n'osa pas se retourner, il resta figé par l'appréhension. Mais il avait l'avantage de s'être déjà éloigné, et rien ne l'obligeait à faire face à nouveau. Il conserva la même position. Il craignait d'entendre la suite.

Michel ne fut pas certain de comprendre où voulait en venir Isabelle, et estima qu'elle essayait de ramener la conversation sur un sujet banal, histoire de détendre l'atmosphère. Delphine dû avoir la même pensée, car elle essaya de relancer en disant :

- Il y a un verger dans le coin ?

Isabelle reprit sur un ton anodin :

- Il y en avait un, un peu plus loin sur la gauche, après la grande maison de maître. Nous avions été nous y promener, autrefois, avec les enfants. Et ce matin, j'ai eu envie d'aller par là. Eh bien figurez-vous qu'il n'y est plus !

Karine releva la tête vivement.

- Le verger n'y est plus ?!

Elle ne se rendit pas compte que le ton de sa voix était sidéré, comme s'il s'agissait d'un drame. Mais cela n'échappa ni à Delphine, ni à Michel, qui se demandèrent pareillement comment la disparition d'un verger, dont ils n'avaient jamais entendu parler, pouvait autant interpeller Karine. Et pourquoi Isabelle leur parlait-elle de ce verger aujourd'hui. Mais cette dernière poursuivait d'un ton léger.

- Eh non ! Peut-être vous souvenez-vous que la propriété avait été vendue, après la mort de M. Lechapelier. Eh bien il semble qu'elle ait été divisée en deux parties. Aujourd'hui, c'est un jeune couple avec des enfants qui habite la maison de maître, et le verger a été rasé pour être remplacé par une maison. Et vu le jardin qui l'entoure, ça ne date pas d'hier !

Bastien se retourna pour faire face à la table. Ses yeux rougis témoignaient des larmes qu'il venait de verser. Il avait repris contenance, et considérait maintenant sa mère avec un air de profonde réflexion. Karine restait silencieuse, l'air hébétée. En quelques minutes, sa mère avait non seulement évoqué le verger, mais également la mort de Lechapelier. Deux sujets totalement tabous entre eux depuis vingt ans. Que se passait-il ? Michel, toujours perdu, demanda doucement :

- Et pourquoi nous parlez-vous maintenant de ce verger, Isabelle ?

- Eh bien parce qu'en le voyant, ou plutôt en constatant qu'il n'existait plus, j'ai réalisé combien le temps avait passé, mon bon Michel ! Je me souvenais encore de ce jour où nous nous étions promenés comme si c'était hier ! Et voilà que je découvre que tout a changé, que le temps a passé, que les choses ne sont plus les mêmes que dans mon souvenir, que des gens sont venus là, sont repartis pour être remplacés par d'autres. Et qui se souvient, aujourd'hui, de cette époque dont moi je me souviens ? Qui a connaissance de ceux qui les ont précédés ? Personne. Parce que tout ça, c'est passé.

Michel fit un petit sourire poli à sa belle-mère, mais il était loin de comprendre où elle voulait en venir. Karine, cette fois-ci, avait levé la tête vers son frère quand il s'était retourné et avait constaté qu'il ne semblait pas outre mesure surpris d'apprendre que le verger n'existait plus. Etait-il au courant ? Delphine essaya de clarifier les propos de sa belle-mère.

- Si je comprends bien, Isabelle, vous voulez dire que depuis tout ce temps Bastien, vous, et peut-être aussi Karine étiez encore un peu prisonniers du passé, et que vous avez réalisé ce matin qu'il était pourtant loin derrière vous ?

Isabelle se tourna vers Delphine.

- Oui. C'est exactement ça, Delphine. J'ai été régulièrement déprimée lorsque le passé me revenait en tête, et il me semblait souvent voir mes enfants pareillement déprimés, de temps à autre. Alors aujourd'hui, alors que je vois que Bastien ne va pas bien, je voudrais que nous tournions tous la page, que nous tirions un trait sur le passé. Il n'y a plus que nous trois pour nous torturer avec tout ça ! Qui d'autre s'en souvient encore ?

Michel ne parvenait toujours pas à faire le lien entre cette histoire de propriétaire brusquement surgie du passé et ce verger. Ce qu'il comprenait par contre c'était que sa belle-famille était en train de crever un abcès. Et dans le fond, il se souciait bien peu de connaître l'origine de cet abcès. Aujourd'hui, il rejoignait pleinement l'opinion de sa belle-mère : faire un trait sur le passé. Ce fut Bastien qui reprit la parole, du même ton appuyé qu'il avait eu précédemment.

- Et si on allait y faire un tour, à ce verger ?

Michel vit clairement Karine blêmir en ouvrant de grands yeux. Isabelle renchérit sur un ton décidé.

- Ca me semble une excellente idée ! Cela nous ferait une très bonne balade digestive ! A la fois pour digérer le repas, et le passé. Qu'en dis-tu Karine ?

Et elle se tourna vers sa fille, lui posant à son tour la main sur la sienne. Mais Karine resta pétrifiée.

- Je ne sais pas...

Isabelle lui parla alors du même ton appuyé qu'elle avait adopté quelques minutes plus tôt avec son fils, en la fixant du même regard pénétrant.

- Ma chérie, je t'assure que ça te ferait du bien de constater à ton tour que les choses ont changé et que le temps a passé.

Delphine continuait, comme Michel, à se demander pourquoi ce verger pouvait revêtir une telle importance pour son mari, sa belle-mère et sa belle-sœur, et pourquoi ils n'en avaient jamais parlé auparavant. Elle aurait aimé poser davantage de questions, mais consciente qu'il y avait là un gros secret de famille, elle jugea plus prudent de se taire dans l'immédiat. Elle fit le lien, toutefois, avec la réticence qu'avaient montré Bastien et Karine à exprimer à leur mère la déprime de Bastien, ainsi qu'avec toutes leurs conversations secrètes, et avec la colère de Bastien chaque fois qu'elle lui en avait parlé.

Comme Karine se taisait, ce fut Michel qui proposa, sur un ton grave :

- Je vous propose d'y aller tous les trois, entre vous. Delphine, si ça te va, nous restons ici avec les enfants ?

Delphine approuva d'un signe de tête avant d'ajouter :

- C'est de votre passé, qu'il s'agit, pas du nôtre. Vous serez plus tranquilles entre vous.

Et Bastien déclara, comme si la décision ne revenait qu'à lui seul :

- Allons-y.

Karine se leva comme un automate, très pâle. Bastien s'avança pour la prendre familièrement par le bras, avant de prendre pareillement sa mère qui s'était levée à son tour. Isabelle salua gentiment son gendre et sa bru par un "A tout à l'heure !" avant de se mettre en marche. Delphine et Michel les regardèrent s'éloigner au bout du chemin puis tourner sur leur gauche. Delphine, qui n'y tenait plus, vint s'asseoir à côté de Michel pour lui demander :

- Est-ce que tu avais déjà entendu parler de ce verger ?

Michel eut une moue dubitative.

- Non, pas le moins du monde !
- Et des problèmes avec un propriétaire ?
- Non plus.

Ils restèrent perplexes et silencieux l'un et l'autre pendant un instant avant que Delphine ne poursuive :

- Tu as vu comment Isabelle les regardait avec insistance ? Il semblait qu'elle voulait leur dire quelque chose à eux seuls...
- Ouais... j'ai vu... et ce qu'elle voulait leur dire, ben moi je ne l'ai pas entendu...

- Non, moi non plus... mais il est clair qu'elle faisait passer un message, bien plus que ce que ses mots seuls disaient.

Michel réfléchit un instant avant de conclure :
- Ecoute, tout ce qu'on voulait c'était qu'ils fassent le point entre eux, non ? Alors j'avoue que maintenant qu'ils le font, et même si je n'y comprends rien, je n'ai pas envie de chercher plus loin ce qu'ils ont voulu dire ou de quoi ils voulaient parler. Comme l'a dit Isabelle, après tout, tout ça a vingt ans. Toi et moi n'étions pas là, donc j'estime que ça ne nous regarde pas, et je n'ai pas envie de m'en mêler. Très franchement, j'avoue que j'en ai ras-le-bol de toutes ces salades, et que je n'ai plus envie de me prendre la tête là-dessus.

Delphine réfléchissait. Elle était quand même troublée de tout ce dont elle venait d'être témoin. Michel changea de sujet en reprenant son habituel ton plaisantin.
- Oh, et puis tout ça, ça me stresse. J'ai besoin de me détendre, et je crois qu'une autre part de gâteau fera parfaitement l'affaire.

Et il joignit le geste à la parole en attrapant un morceau de gâteau au chocolat et en mordant dedans à belle dent. Delphine resta plongée dans ses pensées un instant. Puis elle regarda Michel dévorer son gâteau avec étonnement, puis avec amusement avant de décréter :
- Eh bien puisque c'est ça, pour moi ça sera la tarte aux pommes !

Elle avait probablement eut son content de tracas elle aussi, et décida, comme Michel, de ne pas chercher davantage à déterrer ce que sa belle-famille se décidait enfin à enterrer.

Pendant que leurs conjoints s'interrogeaient et se consolaient à coup de pâtisserie, Bastien, Karine et leur mère poursuivaient leur chemin en direction de l'ancienne propriété Lechapelier. Isabelle avait le cœur léger, en paix. La discussion qu'elle souhaitait avoir avec Bastien avait à peu près eu lieu, et même si elle n'avait pas obtenu la réponse à la question qu'elle se posait ouvertement depuis quelques jours, elle restait sereine. Elle n'avait pas hésité à ouvrir le débat devant tous les adultes réunis, consciente de la tension qui régnait entre ses enfants et leurs conjoints. Elle était restée consciente que la teneur de son dialogue avec Bastien avait du paraître bien obscur à certains, mais cet aspect lui avait peu importé. Ce qu'elle avait voulu, c'était briser le tabou, ouvrir une brèche.

Bastien, lui, se sentait un peu perdu. Mais en même temps, la discussion qu'il avait eue avec sa mère lui avait permis d'exprimer les sentiments qu'il n'avait jamais eu l'occasion de révéler, et d'entendre les mots d'apaisement qu'il n'avait jamais espéré entendre. Ses sentiments en restaient un peu confus, mais depuis deux semaines qu'il était maintenant dans cet état, il avait fini par accepter ce fait sans plus chercher à contrôler ou esquiver quoi que ce soit. Après tout, ses proches lui disaient de se laisser aller, de prendre du temps pour lui, alors pourquoi se faire encore violence ? Il avait lâché les bras de sa mère et de sa sœur, et continuait à cheminer entre elles, silencieux, les bras ballants.

Quant à Karine, elle était blême. Bien que n'osant pas l'exprimer, elle n'avait aucune envie de retourner sur les lieux du drame. Quand les faits s'étaient produits, elle n'avait absolument pas compris la raison du comportement de son frère. Elle ignorait les agissements de cet homme envers sa mère, et avait donc cru que Bastien avait eu un coup de folie. Aussi, sans en avoir conscience, elle avait isolé cet évènement dans son subconscient, l'avait rangé dans la zone des faits incompréhensibles, rubrique folie temporaire, et avait appris à vivre avec l'idée que son frère pouvait commettre un meurtre sous l'emprise d'une folie passagère. A moins que ce genre de comportement ne soit unique et que chaque être humain soit capable de commettre un meurtre gratuit, par pure folie. Elle n'avait pas cherché davantage à comprendre et, comme elle l'avait expliqué à Bastien, s'était simplement appliquée à continuer à vivre.

Ils atteignirent le portail de la maison de Lechapelier, et s'y arrêtèrent. Isabelle s'approcha de la boîte aux lettres, et lut à voix haute :

- M. et Mme Bugget.

Elle considéra un instant le parc, avant de commenter :

- Rien n'a changé, ici, depuis le temps où je venais. A part le nom sur la boîte aux lettres.

Elle se tourna vers ses enfants pour les inviter à poursuivre leur chemin et remarqua la pâleur et les yeux rouges de Karine, qui retenait ses larmes. Elle était terrorisée. Isabelle en fut mortifiée, s'approcha d'elle et la prit dans ses bras.

- Tout va bien se passer, ma chérie, tu vas voir. Fais-moi confiance.

Bastien renchérit.

- Je suis moi aussi allé faire un tour par-là, jeudi soir. Et moi aussi, je suis resté stupéfait du changement. Et moi aussi je me suis dit que les choses avaient changé.

Isabelle se tourna à nouveau vers sa fille.

- Il n'y a que toi qui n'aies pas fait cette observation. Viens, allons jusqu'au bout.

Et elle prit sa fille par la main, comme si cette dernière avait encore dix ans. Ils arrivèrent là où la haie faisait une brèche. Isabelle en fit le commentaire, tout en continuant à marcher :

- Le parc a été éclairci, des massifs de fleurs ont été ajoutés, et des jeux pour enfants ont été installés. Ici ça a bien changé.

Puis ils poursuivirent en silence jusqu'au début du mur, là où s'arrêtait le domaine en perspective du verger. Là, la rangée d'arbres qui bordait la route s'interrompait, laissant la vue sur le mur sur leur gauche, et sur la garrigue sur leur droite et en face. Karine s'était franchement mise à pleurer, silencieusement, à chaudes larmes. Isabelle l'encouragea en la tirant gentiment par la main, tandis qu'elle posait une main pareillement encourageante dans le dos de Bastien. Ils poursuivirent leur route jusqu'à la grille au milieu du mur. Bastien restait silencieux. Une fois arrêtés, Isabelle reprit la parole.

- Tu vois ma chérie, beaucoup de choses ont changé. Même si l'on reconnait les lieux, regarde, le verger n'existe plus.

Karine, toujours pleurant, regardait alentour, aussi déroutée qu'avaient pu l'être son frère et sa mère. Elle regardait à droite, puis à gauche, se retournait et comparait ce qu'elle voyait avec ses souvenirs. Puis elle fit face au mur et resta un instant silencieuse. Enfin, elle se mit à raconter.

- Je croyais que Bastien était devenu fou.

Elle s'interrompit pour essuyer les larmes qui ruisselaient sur son visage.

- Je ne comprenais pas pourquoi il criait comme ça, pourquoi il s'en prenait au propriétaire, pourquoi il l'insultait.

Elle s'interrompit à nouveau, ses souvenirs émergeant, comme projetés sur ce mur qui lui voilait ce qu'elle s'attendait à voir. Bastien se demanda jusqu'où elle voulait raconter ses souvenirs. Mais il ne fit aucun commentaire, aucun mouvement. Il en avait assez de fuir, de dissimuler. Peut-être, d'ailleurs, que sa mère avait déjà compris. Elle ne disait rien non plus, ni ne posait aucune question. Elle ne faisait qu'écouter Karine avec attention. Cette dernière reprit le cours de ses pensées. Son regard était posé sur le mur, mais regardait bien au-delà, dans le verger, vingt ans plus tôt.

- Je n'avais jamais vu Bastien aussi en colère. Il voulait faire descendre Lechapelier, il voulait des explications. Je ne comprenais pas quelles explications il voulait, des explications sur quoi ? J'ai essayé de l'arrêter, je lui ai dit qu'on devait partir de là, qu'on n'avait pas le droit de rentrer sur une propriété privée comme ça. Mais il ne m'entendait pas. Il était fou de colère.

Elle s'interrompit à nouveau. Bastien regardait le paysage, au loin, toujours conscient du sujet que sa sœur racontait.

- Et alors il a tiré sur le pantalon de Lechapelier. Celui-ci a glissé, il est tombé, et il s'est tué en tombant.

Et ce fut un nouveau flot de larmes. Elle se tut à nouveau, peut-être définitivement. Isabelle prit une grande inspiration, avant de pousser un profond soupir. Maintenant elle savait. Les yeux toujours fixés sur l'horizon, Bastien commenta simplement :

- Je ne voulais pas le tuer, je voulais juste qu'il descende.

Et ce fut là, en faisant ce simple commentaire, qu'il prit véritablement conscience de ses intentions telles qu'elles étaient au moment où il avait saisi le pantalon de son adversaire. Comme subjugué par cette prise de conscience, il répéta fermement :

- Je voulais juste qu'il descende.

Les paroles de ses enfants, bien que terribles, firent sauter le dernier verrou qui enserrait Isabelle. Elle avait maintenant la confirmation que son fils avait bien tué Lechapelier. Mais elle

apprenait aussi que sa véritable motivation n'avait pas été le meurtre. C'était un accident. Et de toute façon, peu lui importait à présent. Elle ne voulait plus que Lechapelier les fasse souffrir. Elle dit à voix basse :
- Merci de m'avoir tout dit. J'avais besoin de savoir. Maintenant, je sais que mon fils n'est pas un assassin. Je sais qu'il n'a pas tué un homme pour protéger sa mère.

Et elle tendit la main pour la poser sur le bras de son fils. Bastien, sans détourner le regard de l'horizon, posa aussi sa main sur celle de sa mère. Puis Isabelle libéra sa main pour se tourner vers Karine dont les larmes commençaient tout juste à se tarir.
- Est-ce que tu vois, à ton tour, que les choses ont changé ?

Karine continuait à regarder ce mur, ce verger, la garrigue, l'horizon. Elle restait silencieuse. Elle réfléchissait. Puis elle demanda, avec une petite voix d'adolescente timide :
- Alors tu ne voulais pas le tuer ?

Il répondit laconiquement.
- Non.

Elle médita encore pendant un moment avant de dire :
- Alors nous nous rendons tous malades depuis des années pour un évènement qui, en fait, n'était qu'un accident ?

Bastien tourna la tête vers sa sœur et répondit :
- Ce n'est pas tout à fait un accident, aux yeux de la justice c'est un homicide involontaire.

Ils se regardaient, sans animosité, sans reproche. Karine poursuivit :
- Et... on peut être poursuivi pour ce genre de fait ?
- Je me suis renseigné. Si on avait parlé tout de suite, tu n'aurais rien eu à craindre, et moi j'aurais pu être condamné pour... je ne sais pas... homicide pour comportement dangereux ou agressif. Ou pour coup sans intention de donner la mort. J'aurais aussi pu bénéficier d'un sursis. Mais ça n'était pas sûr non plus. Par contre, si nous parlons aujourd'hui, je pense que j'irai à coup sûr en prison, pour avoir dissimulé les faits, et toi aussi, parce qu'alors tu deviendrais complice.

Il y eut encore un silence avant que Karine reprenne :

- Alors que tu ne voulais pas le tuer.

- Oui. Bien que je n'aie pas voulu le tuer, au final il a quand même perdu la vie.

Cette fois-ci le silence s'établit pour de bon. Bastien regardait à nouveau l'horizon, Karine regardait le mur, et Isabelle regardait tout à tour le sol, le mur, l'horizon, son fils, sa fille. Ce fut Karine, au bout d'un long moment, qui rompit à nouveau le silence.

- Vous avez raison. Le temps a passé, les choses ont changé, je ne reconnais plus vraiment rien, ici.

Tous les trois restèrent à nouveau silencieux, méditant tout ce qui venait d'être dit, et en particulier les derniers mots de Karine. Ce fut Isabelle qui reprit à voix basse :

- Et comme je le disais tout à l'heure, qui se souvient encore, aujourd'hui, de ce verger, de ce qui s'est passé ? Il n'y a plus que nous trois pour nous torturer de la sorte.

Puis elle proposa, après un silence :

- Alors si nous reprenions enfin le cours de nos vraies vies ? Il commence à se faire tard, je ne voudrais pas que Michel et Delphine s'inquiètent.

- Tu as raison, maman, rentrons.

Et Bastien enlaça sa mère et sa sœur de ses deux bras. Elles l'enserrèrent du même geste et ils restèrent ainsi quelques minutes à s'embrasser avant de reprendre la route à pas lents. Sur le chemin du retour, Bastien raconta à sa mère comment il avait été se recueillir dans une église et comment le prêtre l'avait écouté et conseillé. Isabelle fut très étonnée d'entendre que son fils avait cherché refuge dans un lieu de culte. Il y avait tellement longtemps qu'elle-même n'y avait pas été. Elle s'était sentie tellement sale, tellement coupable... Peut-être était-il temps, là aussi, de tourner la page et de retourner vers Dieu. Avant d'arriver à leur maison, Isabelle se tourna vers son fils et lui demanda avec franchise :

- Et maintenant, que comptes-tu faire, Bastien ?

Ils s'arrêtèrent tous les trois. Bastien prit une inspiration, sembla réfléchir, puis relâcha son inspiration avant de répondre :

- Je pense que je vais encore prendre un temps de réflexion avant de prendre une décision définitive. Mais j'avoue que je ne suis pas très enclin à aller voir la police. Je n'ai pas vraiment envie de faire vivre ça à ma famille, ni à vous.

Isabelle médita cette réponse avant de répondre :

- Tu as raison de prendre ton temps. Ce n'est pas le genre de décision que l'on prend à la légère.

Karine lui coupa la parole.

- D'autant plus que je ne pense pas que les murs d'une prison puissent être pires que les vingt-cinq années que nous venons de vivre chacun.

La pensée que Karine venait d'exprimer rejoignait parfaitement ce qu'Isabelle avait vécu la veille. L'idée d'avoir été enfermée pendant toutes ces années, et de se voir tout à coup libérée. Elle répondit sur un ton pensif :

- Oui, moi aussi je trouve que notre pénitence à tous les trois a été bien réelle. Oui, bien réelle.

Sortie de sa réflexion, elle releva les yeux sur Bastien :

- Mais maintenant, comment te sens-tu ?

Bastien prit à nouveau une inspiration avant de répondre en regardant sa mère dans les yeux :

- Je me sens mieux, maman. Beaucoup mieux.

Un grand sourire vint lentement sur le visage d'Isabelle.

- Alors tant mieux !

Puis elle se tourna vers Karine, qui avait retrouvé des couleurs.

- Et toi ?

Karine lui fit un sourire, un peu pâle, avant de dire :

- Moi aussi, maman, je me sens mieux. C'est bien la première fois que nous avons pu en parler. Enfin j'ai compris ce qui s'est passé, et pourquoi.

- Et j'espère que ça sera aussi la dernière ! A moins bien sûr que l'un ou l'autre ait encore besoin d'en parler.

Puis, quittant le ton sérieux qu'elle avait jusque-là, et adoptant un ton beaucoup plus joyeux :

- Alors si nous allons mieux chacun, et si nous sommes prêts à reprendre le cours de notre vie, rejoignons donc notre famille ! J'ai encore envie de profiter de mes petits-enfants !

Et tandis qu'ils s'approchaient de la maison, des cris et des glapissements de joie leur parvinrent depuis le jardin. On était à cet instant de la journée où le rayonnement du soleil se fait moins intense, et où ce changement de luminosité fait prendre conscience que l'après-midi touche à sa fin. Mais pour la première fois depuis bien longtemps, ce moment de la journée ne fut pas accompagné de détresse, mais d'espoir.